# War Mage

## 워메이지

### 김재한 퓨전 판타지 소설
FUSION FANTASY STORY

# 위메이지 6

## 김재한 퓨전 판타지 소설

초판 1쇄 찍은 날 § 2009년 11월 17일
초판 1쇄 펴낸 날 § 2009년 11월 23일

지은이 § 김재한
펴낸이 § 서경석

편집장 § 문혜영
편집책임 § 서지현
편집 § 주소영

펴낸곳 § 도서출판 청어람
등록번호 § 제1081-1-89호
등록일자 § 1999. 5. 31
어람번호 § 제1-1091호

주소 § 경기도 부천시 원미구 심곡2동 163-2 서경B/D 3F (우) 420-822
전화 § 032-656-4452  팩스 § 032-656-4453
http://www.chungeoram.com
E-mail § eoram99@chollian.net

ⓒ 김재한, 2009

ISBN 978-89-251-1996-0 04810
ISBN 978-89-251-1897-0 (세트)

# Contents

# Chapter 19
## 회상

* 본문에 등장하는 모든 인명, 지명, 단체명은 현실과 관계가
없습니다.

Whoever fights monsters should see to it that in the process he does not become a monster. And when you look long into an abyss, the abyss also looks into you.

(괴물과 싸우는 자는 괴물이 되지 않도록 주의해야 한다. 심연을 들여다볼 때, 심연도 당신을 들여다본다.)

—니체

신은 죽었다.

과거에 사람들은 상식으로 이해할 수 없는 존재를 신이라 이름 붙이고 떠받들었다. 인간을 초월한 능력을 가진 모든 것, 인간의 인식을 초월하는 모든 것은 그들에게 있어서 신이었다.

그러나 인간은 보다 경외하기 편한 것을 원했다. 그리하여 신이라 이름 붙여진 것들은 시간이 흐를수록 그 형질이 가공되어 '신성한 무언가'로 구분되었다. 똑같은 것이라도 신성하지 못한 것은 신이 아니었다.

그것은, 괴물이다.

연옥을 살아가는 자들에게 있어 가장 의미없는 것은 신과 괴물을 구분 짓는 것이다. 신이 곧 괴물이고, 괴물이 곧 신이다. 굳이 인류 역사에 남은 니체의 명 대사를 인용할 필요도 없이, 그들에게 있어 신이라는 개념은 오래전에 사멸한 기록 같은 것이었다.

그렇지 않았다면 그는 이미 신일 것이다.

대마법사 모건은 공간을 부유하고 있었다. 시공간에 대한 개념이 대다수의 인류와는 다른 그에게 있어서 과거란 언제든지 되돌아볼 수 있는 기록에 불과하다. 그는 인간의 모습을 하고 있지만 인간임을 잃어버렸고, 현세에 존재하지만 허깨비에 불과한 진리의 찌꺼기였다.

'여기서부터였군.'

모건은 과거를 부유하고 있었다.

젊은 사업가로 위장한 고대인, 에밀 크레이그의 목소리가
들려온다.

'만나서 반갑습니다, 모건 D.S. 발데스 씨.'

그 순간 모건의 인식은 그 시점으로 되돌아갔다.


\*　　　　\*　　　　\*


그것은 지금으로부터 20여 년 전의 일이다.

영국의 런던 마법사 연구원에서 공부와 연구를 계속하던
모건은 대마법사 멀린의 끝없는 스카웃 제의를 귀찮게 여겨
서 그의 영향력이 덜 미치는 곳으로 이동하기로 했다. 사실
영국에서 퀸 오더를 거스르고 살아간다는 것은 불가능한 일
이었으니 그것은 현명한 결정이었다.

그가 선택한 곳은 미국이었다.

디스트로이어가 무섭긴 했지만 모건은 아직까지는 무소속
이었고, 마법계에서는 신흥 명사로 누구나 조직에 영입하고
싶어하는 인재였다. 당연하게도 미국에 들어서자마자 디스
트로이어를 비롯한 온갖 조직들의 러브콜을 받았지만 그것을
모두 물리치고, 개인으로서 연구를 계속했다.

그러던 어느 날 한 남자가 찾아왔다.

"GN 엔지니어링의 에밀 크레이그라고 합니다."

미소 지으며 찾아온 그 남자는 독특하게도 연옥의 신분이 아닌, 일반 사회의 신분을 내세우며 인사했다. 당시에는 아직 IT 시장이라는 것이 제대로 존재하지 않던, IBM과 애플이 좁쌀만 한 시장을 놓고 으르렁거리며 마이크로소프트가 막 태동하던 그런 시기라 KD 인더스트리가 존재하지 않았다. 에밀이 운영하던 회사는 보잉사에 항공기용 몇몇 부품들을 제조, 납품하는 GN 엔지니어링이라는 회사였다.

"만나서 반갑습니다, 모건 D.S. 발데스 씨."

"반갑소. 그런데 항공기용 부품을 만드는 회사에서 나한테 무슨 볼일이지? 나는 기술자도 아니고 하다못해 이공계 대학을 나온 사람도 아닌데."

모건의 태도는 까칠했다. 물론 눈앞의 남자가 연옥의 인물이라는 것은 쉽사리 알 수 있었다. 그런 느낌을 풀풀 풍기고 있었으니까.

하지만 여기에 와서 디스트로이어의 제안조차 물리친 그다. 그 이후 수많은 조직들의 제의는 모두 다 귀찮을 뿐이었다. 스폰싱 제의도 상당히 많았지만 그는 이미 런던에서 개발한 몇몇 독자적 마법 술식을 퀸 오더에 팔아 넘겨서 천문학적인 돈을 벌어들였기 때문에 돈이 아쉽지도 않았다. 디스트로이어 측에서 순순히 물러나 준 것도 모건이 미국 땅에서 연구를 통해 얻는 성과를 그들에게 우선적으로 판매할 것을 약속했기 때문이었다.

"이런, 실례했습니다. 사업을 하는 몸이다 보니 이쪽 신분부터 말하는 게 습관이 되어서요. 연옥에 몸담고 있는 몸으로 다시 소개하죠. 미드가르드라는 작은 조직을 운영하고 있는 에밀 크레이그라고 합니다."

그렇게 말하면서 '미드가르드 총수 에밀 크레이그'라고 써 있는 명함을 건네주는 그의 모습은, 지금과 비교해도 전혀 다르지 않았다. 20년이라는 시간이 흘렀건만 옷차림이나 헤어스타일을 제외하면 달라진 구석을 찾을 수 없는, 젊은 사업가의 모습이었다.

물론 당시에는 모건도 아직 젊었다. 30대 초반 정도였고 겉모습은 그것보다 좀 더 젊어서 다들 20대 중반으로 봐주었으니까.

"미드가르드? 케케묵은 이름을 조직의 이름으로 선택했군. 같은 이름을 가진 조직이 꽤 많을 텐데."

"그렇긴 하지요. 하지만 개인적으로 애착이 가는 이름이라 다른 이름을 쓰고 싶지 않았습니다. 그리고 우리 조직도 제법 오래되었답니다."

"오래되었다면 얼마쯤? 미국에 있는 조직이라면 미국 건국 이후에나 창립했을 텐데."

"사실 예전에는 독일에 있다가 이전했지요. 조직 역사는 600년쯤 되었습니다."

"600년?"

그 말에는 모건도 조금 놀랐다. 연옥에서 600년이나 되는 역사를 가진 집단은 의외로 흔치 않았으니까. 워낙 격렬하고 살벌한 싸움이 계속되는 세계이기 때문에 시간의 흐름 속에서 조용히 사라져 가는 경우가 대부분이었다.

"모건 씨, 당신에게 제안이 있어서 찾아왔습니다. 물론 이런 대사는 수도 없이 들어 지겨우시겠지만."

"백 번은 확실히 넘었지."

"그럼 되도록 신선함을 드릴 수 있도록 노력하죠. 모건 씨, 당신이 예전에 학회에서 발표한 다차원 감응 이론을 바탕으로 한 간략형 공간이동 술식, 그것을 완성할 수 있도록 도움을 드리고 싶습니다. 아, 물론 금전적인 부분에서의 도움이 아니라는 것을 분명히 해두죠."

"뭐?"

에밀의 제안은 모건에게는 충격적이었다.

지금껏 그 어떤 조직도, 심지어 7대 세력이라 불리는 이들마저도 모건에게서 뭔가를 얻어내길 원했지 먼저 주겠다고 한 적은 없었다. 그런데 에밀 크레이그라는 남자는 오히려 그의 연구가 미진하니 그것을 보완해서 완성에 이르게 해주겠다고 말하고 있는 것이 아닌가?

모건은 처음에는 그가 헛소리를 하고 있다고 생각했다.

하지만 그가 가방에서 꺼내서 보여준 자료를 보고는, 그의 말이 사실이라는 것을 깨달았다.

"이건… 있을 수 없어. 이런 방식으로 구현되는 마법 따위가……."

"아직 마법이 닿지 못한 영역이죠. 아인슈타인 덕분에 마법도 극적인 발전을 이루긴 했습니다만, 아직도 갈 길이 멉니다."

에밀은 여유있는 미소를 지으며 말했다.

확실히 20세기에 들어서서 마법은 극적인 발전을 이루었다. 아인슈타인의 상대성 이론의 발표, 자연과학의 발전과 맞물려 지난 수천 년을 능가하는 어마어마한 성과를 얻은 것이다. 하지만 정체 상태가 풀리고 폭발적인 발전이 있었다는 것은, 그만큼 갈 길이 멀다는 소리이기도 했다. 에밀이 모건에게 준 자료는 그것을 증명해 주는 것만 같았다.

"당신의 말대로 그것은 마법을 위한 이론이 아닙니다. 하지만 당신이라면 그것을 연구해서 당신의 마법을 완성할 수 있겠죠."

"그렇겠지……."

대답하는 모건의 목소리는 떨리고 있었다. 스스로를 천재라고 믿어 의심치 않는 모건에게 이 자료는 그가 우물 안 개구리였다고 말해주는 것 같았다.

에밀이 말했다.

"그 자료뿐만 아니라 당신에게 드릴 수 있는 것은 많습니다. 우리와 함께하기만 한다면 당신은 지금까지와는 비교도 할 수 없는 진리를 얻게 될 겁니다. 모건 씨, 우리와 함께하지 않겠습니까?"

"……."

"당장 결정하기 쉽지 않으실 테니 며칠 시간을 드리겠습니다. 아, 그리고 우리 조직에 들어올 경우 그 사실은 알려지지 않을 겁니다. 우리는 대외적으로는 당신이 들어올 만한 조직이 아니니까요."

에밀은 그렇게 떠나갔다.

그리고 며칠 후, 모건은 미드가르드에 소속되게 되었다. 조직에 들어가자 에밀은 그에게 이미 파멸해 버린 세계의 진실을 알려주었고, 연옥의 인간에게는 그 이상으로 충격적인 이 사진의 존재를 소개시켜 주었다.

모건이 연구 중이었던 간략형 공간이동을 완성하고 대마법사의 칭호를 받게 된 것은 다시 그로부터 10년이 지난 후였다. 멀린은 그의 마법적 성과를 순수하게 축하하며 그에게 대마법사의 칭호를 수여할 것을 열정적으로 추진했다.

하지만 이때까지도 모건이 미드가르드 소속이라는 것은 알려지지 않았다. 모건은 무소속 마법사로 알려진 채로 연구를 계속했고, 그러는 한편 에밀이 준 자료들을 들고 전 세계를 여행했다.

퀘이사 포인트.

그것이 모건이 전 세계를 여행하게 된 이유였다. 이 세계를 있게 했고, 온갖 전설이 있게 했고, 지금까지도 이 세계를 요동치게 하고 있는 외우주의 파편.

모건은 그것들을 찾아다니며 이 세계의 시작을 알고 싶어 했다. 지구는 유달리 퀘이사의 파편들이 지속적으로 떨어진 곳이었고—그것은 대부분 수십 년 혹은 수백 년 단위였지만—그로부터 무수한 신비가 파생되었다. 인류 그 자체의 발원조차 퀘이사 포인트가 있었기에 가능한 일이었으니, 이 세계의 본질을 연구함에 있어 그것을 빼놓을 수 없었다.

그렇게 여행을 하던 모건이 한국이라는 나라에 발을 딛게 된 것도 그리 신기한 일은 아니다. 그리고 약 3년 전, 그는 마침내 스스로의 운명을 크게 궤도에서 이탈시키는 사건을 맞이하게 된다.

\*       \*       \*

'진유현.'

빠르게 과거를 여행하던 모건의 기억이 또 어느 시점에서 멈춘다. 그 시점은 그 자신이 경험했던 것이 아니었다. 세계 유일의 분단 국가 대한민국, 그중에서도 대전이라고 불리는 도시에서 있었던 일이다.

그것은 모건과 진유현이 만나기 바로 전날에 있었던 작은 사건이었다.

거기서부터 시작해서 진유현과 자신의 만남까지, 그의 의식이 빠르게 흘러가기 시작했다.


*        *        *


진유현이라는 이름을 가진 소년은 대전직할시에 가본 지가 어언 10년이나 되었다. 마지막으로 그 도시에 가보았을 때는 그가 여섯 살 때, 부모와 헤어지기 전이었다.

열여섯 살의 유현은 아직 안대를 쓰고 있지 않았다. 10년간 몸담고 있던 조직에서 나와 서울의 브로커들을 통해 합법적인 신분을 얻은 그는 KTX를 타고 대전으로 향했다.

"별로 달라지지 않은 것 같군."

대전에 도착한 유현은 버스에서 내리면서 중얼거렸다. 그가 눈에 담고 있는 것은 바로 그 자신이 10년 전까지 살았던 동네였다.

10년간 대전의 시가지는 많이 바뀐 것 같았지만 그가 살던 동네는 별로 달라지지 않았다. 아직 재개발이 이루어지지 않아서 그런 것인지, 아니면 원래부터 좀 부유한 사람들이 사는 개인 주택가였기 때문인지는 모르겠지만.

어린 시절의 기억은 벌써 흐릿했다. 10년의 세월 속에서, 보통 인간이었던 때의 기억은 윤색되고 파편화되어서 거대한 의식의 공허 속으로 사라져 갔다.

유현이 굳이 자신이 살던 곳에 온 것은 어떤 환상을 품고 있어서가 아니다. 단지 자신의 10년간을 확인하기 위해서 그는 이곳에 왔다.

학생들은 학교에, 성인들은 직장에 있을 시간이라 그런지 주택가는 한산했다. 하지만 유현은 굳이 인식장애술을 펼치고 그 사이를 걸었다. 자신이 이곳에 왔다는 사실을 누구에게도 기억되게 하고 싶지 않았기 때문이다.

이윽고 유현이 멈춰 선 곳은 정원이 예쁘게 꾸며진 개 두 마리를 기르고 있는 집 앞이었다. 유현은 잠시 동안 그 집 앞에서 멍청하니 서 있었다.

문득 벨을 누르기 위해 손을 들었던 그는 자신의 손이 떨리고 있는 것을 발견했다.

'동요하고 있는 건가.'

아무리 무심한 척하고 있어도 그도 인간임은 분명한 모양이었다.

이곳은 바로 그가 살았던 집이었다.

오기 전에 많은 것을 확인해 보았다. 그의 부친, 모친, 그리고 동생은 큰 탈 없이 생존해서 지금껏 무난한 인생을 살아왔다. 대기업의 사원인 부친은 직장에서 승진했지만 서울의 본사로 갈 정도로 성공하지는 못했고, 두 살 어렸던 동생 진광현은 초등학교를 졸업하고 중학생이 되었다. 그들은 여전히 이 집에서 살고 있었다.

딩동.

잠시 머뭇거리던 유현은 결국 벨을 눌렀다.

잠시 후, 현관문이 열리면서 한 여성이 정원으로 나왔다. 그녀를 보는 순간 유현은 잠시 동안 넋을 잃고 말았다.

'엄마.'

어머니라고 생각하지 않은 것은 그에게 있어 그녀에 대한 모든 것이 10년 전에 정지한 채였기 때문이겠지. 아니, 그렇지 않더라도 열여섯 살 소년에게 아직 어머니라는 호칭은 어색했다.

그런 생각을 떠올려서 스스로를 진정시키면서 유현은 그녀가 다가오는 것을 바라보았다. 그녀는 빽빽한 창살로 된 문 너머로 유현을 바라보며 고개를 갸웃거렸다.

"누구세요?"

드라마 속이었다면 분명 그녀는 유현을 보는 순간 어떤 이상한 느낌을 받으며 멈춰 섰겠지. 그리고 잠시 동안 동생인 진광현과 닮은 구석이 많은 유현의 얼굴을 바라보다가, 시야를 가리는 거추장스러운 문을 열고 가까이 다가와 그의 얼굴을 똑바로 들여다보았을 것이다. 그러다가 두 손을 들어 그의 얼굴을 만져 보고 떨리는 목소리로 물었겠지. '혹시 유현이니?' 그녀의 눈에서는 눈물이 주르륵 흘러내리고 목소리는 과잉된 감정에 물들어 떨리고, 그렇게 모자는 서로 엉엉 울면서 10년 만의 상봉에 감격했을지도 모른다.

하지만 현실에서 그녀는 유현을 전혀 모르는 사람을 보는 눈으로 바라보면서 '누구세요?'라고 묻고 있을 뿐이다. 유현은 잠시 동안 그녀를 바라보고 있었다. 입술이 몇 번 달싹였지만 결국 아무런 말도 하지 못하는 그에게, 그녀가 다시 한번 물었다.

"저기… 누구세요? 죄송하지만 저희 집은 아무것도 안 사거든요? 뭐 팔러 오신 거면 다른 집으로 가보세요."

잡상인 취급을 받고 나서야 유현은 정신을 차렸다. 그는 쓴웃음을 지으며 그녀의 눈을 들여다보았다. 동시에 마법이 발동해서 암시가 걸린다.

"무슨 말씀이세요, 이모. 저 영준이에요. 2년 만에 한국에 와서 바로 찾아뵈러 온 건데 그런 말씀을 하시니 엄청 서운하네요."

유현의 표정도, 목소리도 진심과는 아득할 정도로 거리가 멀었다. 밝고 명랑한 기색으로 그는 자신의 모친에게 공들여 준비한 가짜 정보를 주입시켰다.

"어, 어머. 영준이? 정말이야?"

그녀가 놀란 표정을 지으며 문을 열었다.

그녀에게는 결혼하고 몇 년 뒤에 남편의 직장 문제로 일가족이 함께 미국으로 간 두 살 위의 언니가 있었다. 그녀는 유현을 그 언니의 조카 이영준으로 받아들였다. 사실 이영준은 유현보다 나이가 몇 살은 더 많았지만 암시에 걸린 그녀는 그런 생각은 하지도 못하고 유현을 진짜 영준이라고 생각했다.

"오랜만이다, 애. 키가 엄청 컸네. 몰라볼 정도야."

진짜 영준은 유현보다 키가 더 크다. 하지만 5년 전을 마지막으로 한국에 찾아오지 않았다. 암시 속에서 그녀는 영준을 2년 전에도 보았다고 생각했고, 유현의 모습보다 좀 더 앳된 모습으로 기억하고 있었다. 머리가 멋대로 유현이 암시로 주입한 설정에 맞추어 필요한 과거를 만들어간다.

"어쩐 일로 이렇게 찾아온 거니? 깜짝 놀랐잖아. 너희 엄마랑 아빠는?"

"하하. 한국에 좀 볼일이 있어서 찾아왔다가 들러본 거예요. 이번에는 저 혼자 왔어요."

"그 나이에 혼자 다녀?"

"그렇게 됐어요. 이번에는 외가에 신세 지게 되었구요."

"저런. 우리 집에 있어도 되는데. 광현이도 좋아할걸."

"저도 그러고 싶긴 한데 볼일이 서울에 있어서요."

다른 사람을 연기하면서 유현은 10년 만에 보는 모친을 꼼꼼히 살펴보았다. 모친에 대한 기억이 뚜렷하지는 않지만 10년이 지나다 보니 눈에 띄는 주름을 비롯해서 전체적으로 나이가 들었다는 느낌이 들었다.

"내 정신 좀 봐. 뭣 좀 먹을래?"

"아, 괜찮아요. 점심 먹고 왔거든요. 광현이 방 좀 봐도 될까요?"

"그래."

웃으며 대답하는 그녀의 눈앞에 유현의 손이 들이대진다. 동시에 그녀의 의식이 그대로 정지했다. 쓰러지는 그녀를 유현이 끌어안고 속삭였다.

"엄마."

잠시 동안 그녀를 끌어안고 있던 유현은 곧 그녀를 거실 소파에 앉혀놓고는 집 안을 살펴보았다. 거실 인테리어는 많이 바뀌어서 예전의 흔적을 찾아보기 어려웠다. 하지만 아버지가 애지중지했던 토산품 조각들이나, 분재들은 여전히 그곳에 자리를 잡고 있었다. 그것들을 천천히 살펴보던 유현은 동생 광현의 방에 들어가 보았다. 방 안에 있는 몇 장의 사진들에는 오직 광현과 부모님의 모습만이 있다. 유현의 모습은 없다.

컴퓨터를 켜고, 부팅이 되는 동안 앨범을 찾아서 뒤져 보았다. 역시 예상한 대로의 결과만이 기다리고 있다. 유현의 모습은 단 한 장도 남아 있지 않고, 광현의 성장 과정만이 그곳에 있었다.

"이 녀석, 이러다 부모님한테 들키면 경을 치지."

컴퓨터 앞에 앉은 유현은 금세 야동 폴더를 찾아내고는 키득거렸다. 중학생이라 그런가, 별로 위기의식 없이 위험한 자료들을 여기저기 다 드러내 놓고 있었다.

잠시 컴퓨터를 살펴보던 유현은 전원을 끄고 안방과 서재까지 뒤져 보았다. 천천히 시간을 들여서 살펴보았지만 역시 그의 흔적은 전혀 없었다. 아버지가 몰래 쓰고 있는 일기까지도 조작되어서 유현의 흔적이 말살되어 있었다.

'역시 육도의 정보부, 정말 꼼꼼하군.'

10년 동안 일하면서 그들의 능력을 보아온 유현이다. 하지만 이렇게 아주 사소한 것들을 찾아보다 보니 그들의 능력을 새삼 실감할 수 있었다.

유현은 사회적으로 존재하지 않는 인간이다.

출생에 관련된 기록은 물론이고, 병원에서 진단받았던 사소한 기록, 심지어 가족이 갖고 있던 개인적인 기록까지 모두 말소되었다. 인간은 자신이 기록해 놓고도 그 사실조차 잊어버리는 적도 많은데, 육도의 정보부는 사람들의 무의식까지 꼼꼼하게 뒤져서 그들이 기록했던 모든 것을 없애고 조작했다.

그 결과 유현은 태어났던 적도 없고 사람들과 함께 살았던 적도 없는 인간이 되었다. 그와 관련되었던 인간들은 모두 그의 존재를 잊었다. 굳이 증거를 찾자면 아마도 어머니의 몸뿐 아닐까? 오로지 그녀의 육체만이 두 번 출산했다는 기록을 갖고 있을 뿐이다.

유현은 마지막으로 아버지의 미니앨범을 덮고는 자리에서 일어났다. 그리고 거실의 소파에 앉아 있는 엄마에게 다가가서 말했다.

"건강하세요."

달리 뭔가 그럴듯한 말을 남기고 싶었지만 생각나는 말이 없다. 유현은 그녀의 귓가에 멋없는 한마디를 남기고 집을 나왔다. 염동력에 의해 문이 저절로 잠기면서 그가 왔던 흔적이 사라진다. 그녀는 10분쯤 후에 깨어나면 유현을 만났다는 사실조차 잊어버린 채, 자기가 깜빡 거실에서 잠들었다고 생각할 것이다.

"왈왈!"

그때 웅크리고 있던 개가 짖었다. 한창 까불거리던 나이의 개가 아닌, 늙은 개의 힘없는 소리가 유현의 발길을 잡았다.

"노리."

유현은 그 개의 이름을 기억하고 있었다.

개는 10년 이상의 세월을 살아간다. 유현이 이 세상에서 사라지던 10년 전, 두 살짜리 기운 넘치는 개였던 노리는 이제 죽을 날만을 기다리고 있는 늙은 개가 되었다.

유현은 노리에게 다가가서 끌어안았다.

"기가 막히는군. 엄마조차도 나를 잊었는데… 네가 나를 기억하다니."

유현은 헛웃음을 흘리며 노리의 등을 쓰다듬었다.

세상 모두가 그를 잊었지만 한 마리 늙은 개만은 그를 기억하고 있었다. 육도는 모든 인간의 기억과 기록을 조작했지만 개의 기억만은 건드리지 않고 남겨두었다.

"너도 얼마 남지 않았구나. 건강해라."

유현은 그 자신도 놀랄 만큼 부드러운 미소를 지으며 노리를 쓰다듬어 주었다. 그리고 무거운 발걸음으로 집을 나섰다.

"왈왈!"

노리의 힘없이 짖는 소리가 발길을 잡는다. 하지만 유현은 멈추지 않고 그곳을 떠나갔다.

＊　　　＊　　　＊

진광현은 학교가 끝나자마자 친구들과 모여서 지치지도 않고 농구를 하고 있었다. 같은 나이 또래 중에서는 꽤 키도 크고 운동 신경도 좋아서 뭔가 내기가 걸리면 다들 광현과 한 팀이 되길 원했다.

"악! 또냐!?"

상대 팀 녀석들이 비명을 지르는 것을 즐기면서 광현은 레이업슛을 던졌다. 공이 링을 통과하자 바스켓이 출렁거리면서 다시 토해낸다.

"앗싸! 9점 차!"

"역시 진광현!"

같은 팀 녀석들이 신이 나서 그를 칭송하고 있었다. 그러는 동안 공이 굴러서 코트 밖으로 나가더니 한 사람의 발치에 걸렸다.

"아, 미안한데 공 좀 던져 주세요!"

광현이 뒤늦게 그 사실을 알고 말했다. 그 사람은 공을 주워 들더니 잠시 동안 광현을 바라보고 있었다.

'뭐, 뭐야?'

광현은 생전 처음 보는 사람이 자신을 뚫어져라 쳐다보고 있자 당혹감을 느꼈다. 그렇게 잠시 시간이 흐르자 다른 녀석들이 짜증을 냈다.

"아, 형! 그거 좀 던져 달라니까요!"

그 말에 그가 피식 웃었다. 그러더니 그 자리에 선 자세 그대로, 정말 공을 제대로 던지려는 자세조차 취하지 않고 팔만 움직여서 공을 쉭 던졌다. 그런데 그 자세로 던졌다고는 믿을 수 없을 정도로 높은 궤도로 공이 날아가는 게 아닌가?

"악! 어디다 던지는 거예요!"

아이들이 깜짝 놀라서 소리쳤다. 누가 봐도 엉뚱한 곳으로 던졌다고 생각할 궤도였다.

하지만 그 생각은 1초도 되지 않아 박살 나버렸다. 공이 너무나도 깨끗한 호를 그리면서 골대로 날아가고 있는 게 아닌가?

"저, 저거……."

"설마……!"

바로 그 설마였다. 코트 바깥 쪽, 골대하고는 적어도 30미터 정도 거리에서 던진 공이 그대로 골인해 버렸다!

"말도 안 돼!"

다들 자기가 본 것을 믿을 수가 없어서 비명을 질렀다. 광현도 믿을 수가 없어서 공을 던진 이를 다시 돌아보았다. 하지만 그 순간 그는 광현의 바로 앞에 와 있었다.

"야동 폴더는 좀 공들여서 숨겨라."

"뭐, 뭐?"

"엄마, 아빠도 다 아시겠더라. 그렇게 주의없이 살다가 언제 한번 피 볼걸."

"혀, 형은 도대체 누구길래 그런 소릴……."

"건강해라."

당황하는 광현의 어깨를 툭 쳐준 그가 씩 웃으며 몸을 돌렸다. 광현이 뭐라 말하려고 했을 때 친구들이 그의 어깨를 쳐서 그를 불렀다.

"광현아, 뭐해?"

"어, 아니, 너희 지금……."

뒤돌아보았을 때 친구들은 방금 전의 그 놀라운 사건 따윈 있지도 않았다는 것처럼, 아무렇지도 않게 농구를 계속하려는 모습만을 보여주고 있었다. 광현은 잠시 오싹함을 느끼며 뒤를 돌아보았다. 그러나 이미 그 사람은 모습을 감춘 뒤였다.

'뭐, 뭐야? 귀신이야?'

광현은 소름이 끼치는 것을 느꼈지만 왠지 모르게 그런 생각도 곧 흐릿해졌다. 그도 곧 아무 일도 없었다는 듯 다시 농구 경기에 몰두했고 두 번 다시 그 일에 대해서 떠올리지 않았다.

2

유현은 아버지가 직장에서 나와서 회식 자리에 참석한 뒤 돌아올 때, 일부러 술에 취한 그와 부딪친 다음 쓰러지는 것을 부축해 두고 몇 마디 의미없는 이야기를 나누었다. 그리고 그와 헤어져서는 다음 목적지를 정했다.

강원도 설악산.

굳이 설악산으로 향하기로 한 것은 그곳이 마지막으로 가족들과 놀러 갔던 곳이기 때문이다. 아버지의 휴가 때 설악산에 놀러 갔다 오는 길에, 진유현이라는 인간은 세상에서 사라졌다.

"사고 흔적이… 남아 있을 리가 없지."

도로 아래쪽으로 내려온 유현은 주변을 살펴보며 쓴웃음을 지었다.

이곳은 바로 10년 전 유현의 가족이 사고를 당했던 곳이다. 벼락을 부르는 요괴의 도주 루트에 걸려서 차가 가드레일을 들이받고 몇 바퀴나 구르는 사고를 당했지. 다행히 경사가 그렇게 크지 않아서 다들 부상을 입는 정도로 끝났다.

이곳에서 그는 육도와 만났고, 연옥의 일원이 되었다.

"설악산이나 가볼까."

설악산에는 일 때문에 몇 번 왔던 적이 있었다. 아무래도 영적으로 중요한 포인트다 보니 육도에서도 신경을 쓰는 편이고, 대요괴 발생률도 높아서 상위 전투 인력이 파견되는 일도 많았다.

그는 오토바이에 올라타고 설악산 쪽으로 향했다.

설악산에서 여름 스키를 즐겼던 것이 가족과의 마지막 추억이다.

그 여름 스키장은 지금은 불황 때문인지 그냥 일반 스키장이 되었고, 눈이 내리지 않는 계절에는 운영되지 않고 있었다. 유현은 그 사실을 확인한 뒤에 일반인은 다니지 않는 루트로 산에 올랐다.

아무래도 설악산에는 감시의 눈길이 많았지만 그럭저럭 산봉우리에 오를 수 있었다. 그리고 그곳에 선객이 있는 것을 발견했다.

"응?"

그는 눈에 확 띄는 은발에 푸른 눈을 가진 중년 남자였다. 정상에서 아래쪽을 굽어보며 담배를 뻑뻑 피우고 있던 남자는 유현의 존재를 알아차리고는 눈살을 찌푸렸다.

"뭐야? 날 찾으러 왔냐?"

"……."

유현은 말없이 그를 바라보았다. 말을 들어보니 연옥의 인간인데, 연옥에서 외국인이 능숙하게 한국어를 구사하는 것 자체는 별로 신기할 게 없다. 자신이 와서 고독을 즐기려던 곳을 남에게 먼저 선수치기 당해서 기분 나쁜 것도 있긴 하지만, 입을 다물고 있는 것은 그런 이유 때문이 아니었다.

단순히, 눈앞의 남자가 무서웠다.

'말도 안 되는 마력이다.'

유현의 온몸은 초긴장 상태로 돌입해 있었다. 굳어진 얼굴에서 식은땀이 흘렀다.

'이 정도면 인간 급, 아니, 어쩌면 천상 급과 필적할지도.'

유현은 과거의 기억들을 뒤져서 눈앞의 중년 남자를 평가할 만한 기준을 찾아내려고 했다. 남자가 숨기지 않고 발산하는 마력 파동은 유현이 기준을 매길 수 없을 정도로 강대했다.

그런 유현의 상태를 읽은 것일까? 남자가 피식 웃으며 말했다.

"그렇게 얼어 있을 필요 없다. 난 이 나라에 싸우려고 온 게 아니니까. 한 대 피울래?"

중년 남자가 손가락을 한 번 튕기자 담배 한 개비가 유현의 눈앞까지 날아와서 멈췄다. 유현은 잠시 동안 그것을 바라보다가, 살짝 찌푸린 얼굴로 말했다.

"…담배는 안 피워요."

그 말에 중년 남자가 눈살을 찌푸리더니 '재미없는 놈'이라고 투덜거렸다.


중년 남자는 자신을 대마법사 모건이라고 소개했다. 유현은 잠시 믿을 수 없다는 표정을 지었지만, 그에게서 느껴지는 마력은 분명 그 이야기가 사실이라고 말해주고 있었다.

'이렇게 경박한 인간이 대마법사라니.'

유현은 자신이 대마법사라는 존재에 대해서 환상을 품고 있었다는 사실을 인정해야만 했다.

모건은 유현의 자기소개를 듣고는 의아해하는 표정을 지었다.

"어디 조직에 소속된 몸이 아니라고?"

"얼마 전까지는 그랬지만, 은퇴했거든요."

"호오. 꽤나 젊은 나이에 은퇴했구만. 그 조직 혹시 육도인가?"

"……"

"자네 마력 패턴만 봐도 알 수 있는 거니까 그렇게 노려보지 말게. 대마법사쯤 되면 그런 것도 다 알 수 있는 거라네."

"육도의 보안도 생각보다 물렁했군요."

"다 그런 거지. 하지만 한 번이라도 육도의 인물들과 접해 본 인간들이라면 대체로 알아보지 않던가? 예를 들어 자네도 디스트로이어나 쿠로카미의 일원 정도는 자세히 보면 알 수 있을 텐데."

"그렇긴 하죠."

"그런데 여기에는 어쩐 일로 올라온 건가?"

"……."

"대단한 비밀이라면 묻지 않겠네만."

"그런 건 아닌데……."

유현은 작게 한숨을 쉬었다. 무슨 대단한 이유가 있어서 여기에 온 것은 아니다. 그냥 자신의 10년간을 확인하고 나니 충동적으로 설악산에 올라와서 고독을 씹고 싶어졌을 뿐이지.

원래는 그런 이야기를 이러쿵저러쿵 남에게 늘어놓는 성격은 아니다. 하지만 왠지 지금은 이 경박한 대마법사에게 신세 한탄 비슷한 것을 하고 싶어졌다.

"그냥 조직에서 나오고 나니까 기분이 복잡해서요. 그래서 잠시 혼자 산이나 볼까 싶어서 올라왔죠."

"그런가. 그런데 내가 먼저 와서 떡하니 앉아 있어서 기분이 상했다 이거구만."

"그런 것은 아니고……."

"아니긴 뭐가 아냐. 얼굴에 다 드러나더구만."

쯧쯧 하고 혀를 찬 모건이 문득 하늘을 올려다보았다. 이제 슬슬 해가 뉘엿뉘엿 서쪽으로 기울어가면서 주변이 어두워지고 있었다. 일반인 관광객이라면 재빨리 내려가지 않으면 조난을 우려해야겠지만 둘 다 그런 걱정은 하지 않는다.

하늘을 가만히 올려다보던 모건이 문득 유현을 돌아보며 물었다.

"자네, 오늘 하루 동안만 나한테 고용되지 않겠나?"

"무슨 말이죠?"

"전 육도 소속이면 제법 쓸만할 것 같은데, 전투 병력이 하나쯤 같이 있으면 좋을 것 같아서 하는 제안일세. 오늘 밤 여기서 아주 재미있는 일이 벌어질 텐데 그게 제법 위험하거든."

"세력 다툼이나 그런 거라면 사양하겠습니다."

"그런 것은 아닐세. 이 일이 일어날 것을 알고 있는 조직은 육도 정도일걸."

"…그럼 더 곤란한데요."

육도에서 막 은퇴한 놈한테 육도와 관련된 일에 머리를 들이밀라니 말도 안 되는 소리다.

"아니, 그건 걱정하지 않아도 되네. 수십 년 만의 축제야. 한반도에 떨어지는 것은 아마도 세 개쯤이 되지 않을까 싶은데, 육도는 여기는 인식하지 못하고 있을 것 같군. 하긴 이 궤도를 읽을 수 있는 것은 에밀뿐일 테니까 당연한가. 달의 공전 궤도에 걸렸을 때부터 연산한 결과일 테니… 흠."

"무슨 말이죠?"

유현으로서는 전혀 알아들을 수 없는 이야기였다. 도대체 달의 공전 궤도가 왜 튀어나오는 거야?

하지만 모건은 설명해 줄 생각은 없는 모양이었다. 그는 장난스러운 미소를 지은 채 말했다.

"어쨌든 육도의 개입이 없을 거라는 것은 내가 보장하지. 일단은 요괴 사건도 아니니까 다른 조직들도 시간이 좀 지난 후에나 조사하러 올 걸세."

"흠."

유현이 고민하는 기색을 보이자 그가 얼른 대가에 대한 이야기를 꺼냈다.

"대가는 아주 후하게 줌세. 한화로 계산해서… 음. 어디 보자. 2천만 원 정도면 어떤가? 하룻밤 일하는 것치고는 굉장히 후한 보수라고 생각하는데."

"그렇게까지 말하는 것을 보니 위험도가 높은 일 같군요."

"솔직히 위험은 좀 있는 편이지. 그러니까 보수를 높게 주겠다는 것 아닌가?"

"좋아요. 해보죠. 대마법사씩이나 되시는 분이 그렇게 대단하다 하는 일이니 좀 흥미가 생기는군요."

기분도 꿀꿀하던 참인데 차라리 잘됐다. 유현은 그런 생각으로 모건의 제안을 수락했다. 모건이 의미심장하게 웃으며 말했다.

"후회하지 않을 걸세, 아주 역사적인 구경거리니까."


모건은 언제, 어디서 그 일이 일어날지 정확하게 알고 있었다. 아예 타이머를 세팅해 놓고 주변에 마법적인 장치를 하고 있었는데, 구체적인 효과를 알 수는 없었지만 그것이 그 자신과 유현을 보호하기 위한 것이라는 것만은 알아볼 수 있었다.

"그 일이라는 것, 예지능력자한테 들으신 거예요?"

"아니, 그런 것은… 음. 아니, 따지고 보면 비슷하겠군. 예지 능력도 어느 정도 이용해서 계산한 것이니까."

점점 더 알 수 없는 이야기만 한다.

어쨌든 시간이 흘러 밤이 되고 나자 모건은 계속 하늘만 쳐다보고 있었다. 그는 천체망원경을 닮은, 커다란 관측 장비까지 가져와서 밤하늘을 들여다보고 있었는데, 유현에게는 평소와 같은 밤하늘만 보일 뿐 별다른 것은 보이지 않았다.

'무슨 일이 일어나는 거지?'

중간에 몇 번 모건에게 물어보긴 했지만, 그는 일이 일어나기 직전까지는 비밀주의를 유지할 모양이다. 그저 기대하고 기다리라는 말만 계속하고 있었다.

'하지만 여기는… 뭔가 이상하긴 하군.'

그가 대답을 해주지 않자 유현은 심심풀이로 주변을 살피다가 이상한 느낌을 받았다. 의기강체술로 전신의 기력을 자유자재로 제어하고, 내장된 마법 술식으로 마력을 통제하는 그는 주변에 흐르는 영맥의 파동이 좀 이상하다고 느끼고 있었다. 뭐라고 설명할 수는 없지만 좀 이상하게 뒤틀려 있는 느낌이랄까? 그렇다고 요괴가 발생해서 돌아다니는 것도 아니니 더더욱 이상했다.

"왜 그러나?"

유현이 계속 인상을 찌푸리고 있자 모건이 물었다. 유현이 자신의 느낌을 말해주자 그가 피식 웃었다.

"그건 이 근처에도 퀘이사 포인트가 있어서 그럴 것이네."

"퀘이사 포인트? 그게 뭐죠?"

"영맥을 뒤트는 포인트라고 생각하면 쉽지. 자네도 보기보다는 예민하군. 하긴 설악산의 퀘이사 포인트는 비교적 오래되지 않은 포인트니까 당연한가?"

그렇게 말하던 모건은 갑자기 밤하늘을 향해 고개를 확 돌렸다. 그 순간 그의 눈은 수십 킬로미터의 거리를 뛰어넘어서, 대기권 바깥 쪽 절대진공의 세계를 보고 있었다. 잽싸게 관측 장비로 달려든 그의 눈에 무시무시한 속도로 지구로 접근해 오는 빛줄기가 잡혔다.

"오는군! 속도는… 초속 20킬로미터 이상! 금방 오겠군!"

그의 눈에 비춰지는 섬광은 두 줄기였다.

아마도 이 순간, 육도에서도 같은 것을 관측하고 있었을 것이다. 하지만 모건은 육도 측에서 모르는 사실 하나를 알고 있었다. 달의 공전 궤도를 지나는 순간, 에밀 크레이그가 그만이 가진 특수한 수단으로 관측한 그 빛줄기는 사실은 세 개였다는 것!

'관측기기로는 보이지 않아. 확실히 뒤에 숨어 있군. 대기권을 돌파하면서 궤도가 갈라지는 건가?'

모건의 마안(魔眼)으로도, 관측기기로도 숨어 있는 하나의 빛줄기를 확인할 수 없었다. 예지능력자들도 잡아내지 못했으니 육도 측에서 모르는 것도 무리가 아니었다. 그러니 이곳 설악산으로 떨어질 하나는 누구의 방해도 받지 않고 모건이 독점할 수 있었다.

"이 순간을 기다렸다. 후후후. 마침내 갓 지구에 떨어진 신선한 퀘이사의 파편을 만나게 되는군."

"퀘이사의 파편?"

유현이 눈살을 찌푸리며 물었다. 아까 전부터 모건이 말하는 '퀘이사'라는 것은 도대체 무엇을 의미하는 것일까?

모건이 양팔을 활짝 벌리고 지구의 중력, 아니, 정확히는 지구에 사는 생명체들이 만들어낸 의념의 중력에 이끌린 퀘이사의 파편을 환영하며 말했다.

"그건 우주 창세와 함께 존재한 가장 오래된 은하, 즉 우주 중심부로부터 온 창세의 파편일세. 오늘 밤 그중 하나가 이곳에 떨어질 예정이지."

"도대체 무슨 소릴……."

뜬구름 잡는 소리에 유현이 눈살을 찌푸리는 순간이었다.

찌이이이잉.

갑자기 그의 감각을 엄청난 기세로 관통하고 지나가는 파동이 있었다. 유현은 온몸의 털이 모조리 곤두서는 듯한 감각을 맛보면서 고개를 쳐들었다.

밤하늘이 빛나고 있었다.

"이건……."

유현의 말은 끝까지 이어지지 못했다. 하늘의 한구석에서 눈부신 빛이 번쩍였다고 여긴 순간, 그 빛은 한줄기 유성처럼 공간을 가로질러서 그들로부터 백 수십 미터 정도 떨어진 지점에 충돌했기 때문이다.

쿠아아아아아!

하늘과 땅을 비스듬하게 잇는 빛의 기둥이 그려진다. 그리고 그 끝에서 폭음이 울리며 충격파가 터졌다. 설악산 전체가 뒤흔들리는 것 같은 충격에 유현이 휘청거리는 순간, 빛이 폭발하며 주변을 새하얗게 물들였다.

"큭⋯⋯."

엄청난 충격파가 주변을 휩쓸었지만 모건과 유현은 멀쩡했다. 모건이 미리 구축해 둔 방어 결계가 두 사람을 완벽하게 지켜냈기 때문이다. 주변에 헤아릴 수 없이 많은 마법의 문자가 빛을 발하며 떠 있었고 그 한가운데서 모건이 희열에 찬 표정으로 웃음을 터뜨렸다.

"하하하하하! 왔구나! 왔어!"

그와 거의 같은 시간대에 목포 부근의 해상에도, 전주의 인적없는 지역에서도 비슷한 현상이 관측되고 있었다. 육도에서 이 상황을 예지하고 파견한 수백 명의 인원, 천상 계급까지 포함한 대부대가 그 사건을 묻어버리기 위해서 움직이는 중이었다.

하지만 이곳에는 아무것도 없다. 토착 조직들마저 이 사태를 까맣게 모르는 채 모건과 유현만이 이 사리에서 역사의 한 부분을 목격하고 있었다.

'이건⋯ 괜찮은 건가?'

빛과 충격파가 사그라지는 가운데, 유헌은 주변의 변화를 감지하며 식은땀을 흘렸다. 폭발은 가라앉았지만 영맥이 미친 듯이 날뛰고 있었다. 당장 대요괴가 몇 개체는 탄생해도 이상하지 않을 것처럼, 엄청난 에너지가 영맥을 타고 폭주하면서 주변을 뒤흔들었다.

쿠구구구구……

"음?"

문득 모건이 눈살을 찌푸렸다.

하늘과 땅을 잇던 빛기둥은 사라지고, 이제 지상에 내려온 빛만이 주변을 소용돌이치게 하고 있었다. 그 주변의 나무들은 무참하게 꺾여서 쓰러지고 그걸로도 모자라서 빛에 삼켜져서 소멸되어 간다. 그러는 한편 그 중심부로부터 퍼져 나온 에너지가 영맥을 타고 흘러서 주변을 뒤흔들고 있었다.

거기까지는 모건이 예상한 것과 다르지 않았다. 그런데 퀘이사의 파편이 발하는 파동이… 이상한 공진 현상을 일으키고 있는 게 아닌가?

"이런, 설마……"

모건이 전율을 느끼며 다른 지점을 바라보았다.

방금 전에 떨어진 퀘이사의 파편, 그로부터 고작 수십 미터 떨어진 곳에 또 다른 퀘이사 포인트가 있었다. 이미 모건이 조사를 마친 포인트로, 옛날 사람들의 기원이 투영되어 이 주변의 영맥을 안정시키고, 주변에서 태어나는 요괴를 다시 영맥으로 환원시켜 버리는 놀라운 효능을 발휘하는 포인트였다.

그런데 지금, 어떤 의념에도 물들지 않은 순수한 퀘이사의 파편과 그 포인트가 공명하면서 위험한 파동을 불러일으키기 시작했다. 아니, 모건이 마법적인 수단으로 관측해 보니 새로운 퀘이사의 파편이, 완전히 안정화되어 있던 퀘이사 포인트를 강력한 힘으로 끌어당겨서 파괴시키는 게 아닌가?

"이히히히히히!"

"키케케케!"

"크어어어어!"

동시에 폭주하는 영맥으로부터 무수한 요괴들이 태어나기 시작했다. 원래 사람의 발길이 거의 닿지 않는 이곳까지 미치는 인간의 의념은 고작해야 한두 마리가 태어날 정도다. 하지만 오랜 시간 동안 태어나는 요괴를 다시 영맥으로 되돌리던 퀘이사 포인트에 물려 있던 의념이 역으로 폭주하면서 무수한 요괴들이 태어나고 있는 것이다.

"이런 바보 같은 일이! 에밀도 이런 일은 예측하지 못했는데!"

모건은 전혀 예상치 못한 사태에 당황하고 말았다. 그런 그의 옆에서 철컥, 하고 뭔가의 잠금쇠를 푸는 소리가 들려왔다. 모건이 뒤를 돌아보자 유현이 라이플을 꺼내서 총알을 장전하고 있었다.

"뭘 할 셈인가?"

"싸워야죠. 저것들이 세상으로 나가게 둘 수는 없습니다."

"잠깐……."

투둣!

그가 말릴 새도 없이 유현이 요괴 한 마리를 겨누고 방아쇠를 당겼다. 공기가 찢어지는 소리와 함께 70미터 떨어진 곳에 있던, 곤충이 변화한 요괴 한 마리가 총탄에 꿰뚫려 산산조각 났다.

순간 오밤중에 빠르게 움직이는 작은 요괴를 정확하게 쏴버린 유현의 사격 솜씨에 감탄한 모건이었지만, 곧 지금 그럴 때가 아니라는 사실을 깨달았다. 그가 유현의 팔을 잡으며 말했다.

"이 사람아, 지금 그런 사소한 게 문제가 아니야!"

"아니, 지금 대요괴도 있는 것 같거든요? 저거 대요괴네! 이게 사소하면 중요한 건 대체 뭔데요?"

두 개의 퀘이사 포인트가 폭주하면서 태어나는 요괴의 숫자는 엄청났다. 살아 있는 모든 것을 변질시키고, 그것으로도 모자라서 죽어버린 시체까지 변이시킬 기세였다. 산짐승들이, 벌레들이, 그리고 죽은 고목까지도 요괴로 재탄생되고 있었다. 그중에는 대요괴도 있었으니 유현이 이 자리에서 뼈를 묻게 될 거라고 생각한 것도 무리가 아니다.

그러나 모건은 지금 그런 상황은 눈에 들어오지도 않는 모양이었다.

"잘못하면 이 지역이 통째로 날아간단 말이다!"

"뭐라고요?"

그의 말에 유현도 흠칫했다.

"지금 사태는 자네가 생각하는 것보다 훨씬 스케일이 크네. 일단 태어나는 요괴 중에 심각한 것만 없애면서 나랑 저기까지 가지."

"같이 죽자는 소리군요."

유현이 계속해서 태어나고 있는 요괴의 대군들을 보면서 헛웃음을 흘렸다.

하지만 거절할 생각은 아니었다. 어차피 언제 죽어도 상관없는 인생이다. 자신의 10년이 어떤 의미를 가졌는지 확인도 했겠다, 죽음이라도 자기 의지로 선택할 수 있다면 그건 나름 멋진 일이겠지.

모건이 쯧 하고 혀를 찼다.

"처음부터 죽을 가오니 뭐니 하지 말게. 나이도 어린 게 말야."

"저도 나름 사선을 많이 넘어와서 말이죠."

"자, 그럼 가겠네. 일단 마법 좀 걸고 가지. 지금부터 자네 한테 마법을 걸 테니까 저항하지 말게나."

"마음대로 하시죠."

그렇게 대답한 유현은 그 직후 깜짝 놀라고 말았다. 모건이 양손을 모아 수인을 맺으며 주문을 외우자 열 개도 넘는 주문이 줄줄이 자신의 몸에 걸리기 시작했던 것이다.

과연 대마법사라고 감탄할 만했다. 유현의 전투 능력이 한 순간에 월등히 폭증할 정도로 효과가 뛰어난 마법들이 겹겹이 걸렸다. 그것도 유현의 몸에 장치된 술식들과 전혀 충돌하지 않는 형태로!

'대단하군.'

여태까지 육도에서 작전 행동을 하면서 마법사들의 지원을 많이 받아봤지만, 그 어떤 마법사가 걸어준 지원도 지금 걸린 마법들의 반의반도 따라오지 못했다.

"그럼 간다. 결계를 축소시킨 상태로 이동할 거니까 되도록 바깥으로 나가지 말게."

"그럴 수도 있습니까?"

"원래 안 되지만 대마법사는 다 된다네."

"……"

이 양반은 이런 상황에서조차 전혀 무게감이 없다. 유현은 쳇 하고 혀를 차면서 그의 뒤를 따랐다.

## 3

그 이후, 고작 백 수십 미터를 나아가면서 얼마나 격렬한
전투를 벌여야 했는지를 일일이 묘사하는 것은 의미가 없을
것이다. 사흘 밤낮은 싸운 것 같았지만 실제로 지난 시간은
35분가량. 유현은 그 시간 동안 대마법사의 힘이라는 것을 유
감없이 볼 수 있었다.

'대요괴를 일격에 죽여 버리다니.'

갑자기 대요괴로 탄생해서 날카로운 바람을 사방으로 흩
뿌리며 날아드는 살쾡이 요괴를 모건은 결계 안으로 끌어들
이더니 한 번도 본 적 없는 이상한 파동중첩형 마법으로 일격
에 참살해 버렸다. 그의 말에 의하면 다차원 감응술식을 이용
한 공간마법의 일종이라고 하는데, 유현으로서는 잘 이해할
수 없는 수준의 설명이었지만 어쨌든 그것이 엄청난 마법이
라는 것만은 알 수 있었다.

유현도 결계에 접근하는 요괴들을 상대로 필사적으로 싸
웠다. 영역을 벗어나려는 작은 요괴들을 라이플로 쏴 죽이고,
결계에 달라붙어서 포효하는 요괴들을 상대로 환두대도를 뿌
려가며 피를 뒤집어썼다. 그렇게 30분간 쉬지도 않고 싸우고
나자 심장이 미친 듯이 요동치고, 입에서는 단내가 났으며,

전신의 근육이 비명을 지르는 게 느껴질 정도였다.

모건이 조금 지친 기색이 드러나는 얼굴로 칭찬했다.

"기대 이상으로 잘 싸워주는군. 제법인데? 혹시 수라 급쯤 됐나?"

"거의 그쯤이었죠. 젠장!"

유현은 탄약을 여유있게 챙겨오지 않은 스스로를 탓하면서 환두대도를 찔렀다.

푸확!

결계에 붙어서 마법 문자를 갉아먹던 거대한 벌레 요괴가 유현의 공격에 관통당해서 기분 나쁜 체액을 사방으로 흩뿌렸다. 유현은 몸에 묻은 체액을 털어내면서 짜증을 냈다.

'크윽, 총만 쓸 수 있어도 좀 더 여유있게 싸울 수 있는데.'

유현은 육도에서 나온 지 얼마 안 되어서 총기류를 충분히 보유하고 있지 않았다. 혹시나 몰라서 아는 무기 상인에게 라이플 한 정과 권총 두 정을 사두고, 적당히 총탄을 사둔 게 전부였다. 이때의 경험이 유현으로 하여금 무기를 항상 넉넉하게 보유해야겠다는 강박관념을 심어주는 계기가 된다.

"다 온 것 같군. 아니, 저쪽에서 다가와 준 건가?"

모건이 침을 꿀꺽 삼키며 말했다.

유현이 고개를 돌리자 눈앞까지 빛의 소용돌이가 다가와 있었다.

'점점 확장되고 있어?'

유현은 자신들이 전진한 거리가 얼마 되지 않는다는 것을 알고 있었다. 아무리 대마법사의 결계라고 해도 수십, 수백의 요괴가 달려드는데 온전할 리가 없었고, 결계를 갉아먹는 마법포식형 요괴까지 상대하느라 그들의 전진 속도는 무척 더뎠다.

그런데 아까 전까지만 해도 수십 미터는 떨어져 있던 빛의 소용돌이가 바로 14, 5미터 앞까지 다가와 있는 것이다. 이쪽이 가까이 간 게 아니라, 저쪽이 그만큼 덩치를 불린 결과였다.

그와 동시에 영맥은 점점 더 강렬하게 요동치고 있었다. 유현의 감각으로는 이러다가 대지가 견디지 못하고 터져 나가는 게 아닐까 싶을 정도였다.

"이제부터는 자네한테 맡기겠네. 난 잠시 이놈을 분석하는 작업에 들어가지."

"아주 좋은 말씀 해주시는군요."

"뒈지지 말게."

모건은 씩 웃고는 눈을 감았다. 동시에 그의 주변에 빛으로 그려진 마법 문자들이 떠오르며 복잡한 술식을 구성하기 시작했다. 유현은 그것을 보면서 요괴의 대군들을 바라보았다.

"그래. 밖으로 나가느니… 여기로 와라."

유현은 결의를 다지며 검에 힘을 불어넣었다. 요괴의 피를 머금은 환두대도가 호박색 섬광을 뿌려내며 타오르기 시작했다.

모건은 이미 전 세계 수십 개의 퀘이사 포인트를 답사하고 분석, 연구해 왔다. 그래서 퀘이사가 근본적으로 어떤 성향을 가졌는지는 알고 있었다. 아니, 그렇다고 생각했다.

'이놈은 지금까지의 것들과는 완전히 다르군.'

그가 보아온 퀘이사 포인트는 아무리 최근의 것이라도 지상에 떨어진 지 수백 년은 지난 것이었다. 이 근처에 있던 퀘이사 포인트가 대략 800년 전의 것인데도 '비교적 최근의 것'이라고 할 정도였으니 말 다했다.

그가 보아온 퀘이사 포인트들은 인간의 의념을 받아들여 변화해 가는 이상한 거울 같은 것이다. 그것들은 각각 마법으로도 만들어내지 못할 것 같은 기이하고 놀라운 효과들을 발휘하는 존재가 되어 있었다.

스스로를 구세계의 망령, 요정인이라 칭하는 에밀의 말에 의하면, 지구는 태양계의 다른 행성들에 비해 퀘이사의 파편이 월등히 많이 떨어지는 곳이라고 한다. 그나마 지구와 비교할 만한 곳은 달 정도인데, 그것도 신세계가 시작되고 나서는 더 이상 해당사항이 없다고 했다.

그 이유는 퀘이사의 파편 자체가 생명체의 의념에 이끌리기 때문이다.

즉, 아직 생명이 잉태되지 않은 세계보다는 생명이 가득하고 그들의 의념이 별을 감싸고 있는 세계에 이끌려 온다. 그런 의미에서 지구의 인력은 퀘이사의 파편에게는 거의 블랙홀만큼이나 강력한 것이었다.

'완전히 계산이 빗나갔어.'

지금까지 모건은 퀘이사는 아득히 먼 옛날, 창세의 의지가 남아 있는 '소원을 이루어주는 장치' 같은 것이라고 생각하고 있었다. 그렇기에 생명체의 의념을 투영하여 세계에 영향을 미치는 무언가로 변화해 가는 것이라고.

그 추측은 반만 맞았다.

이것은, 문자 그대로 '신의 힘'이었다.

퀘이사의 파편이 인간의 기원을 투영하여 변화해 가는 것은 당연하다. 이 세계 자체가 그런 식으로 변해가고 있기 때문이다. 생명체의 의지가 모이고 모여서 이 세계를 조금씩 변화시켜 간다. 신화에 나오는 대로 욕망이야말로 이 세상을 돌리는 가장 위대한 원천이다.

그러나 그 힘이 인간의 기원을 뿌리치고 폭주하기 시작했을 때는 감히 인간의 힘으로 막을 수 없었다. 왜냐하면 인간의 의념은 하나로 모여 거대한 군집을 이루는 데 막대한 시간과 기적 같은 우연의 일치가 필요하며, 그들의 존재 그 자체가 이 힘으로부터 비롯된 것이기 때문이다. 모든 것의 근원이자 모든 것이 될 수 있는 힘이 지금 변화를 거부하고 자신으로부터 변화해 간 것들을 다시 자신과 같은 상태로 되돌리고 있었다.

'이대로라면… 이건 모든 것을 집어삼킨다.'

새로운 퀘이사의 파편은 이전의 퀘이사 포인트를 강력한 인력으로 끌어당겨서 박살 내고 그 잔해를 흡수했다. 그것은 몸의 일부가 되어버린 것을 신경째로 뜯어내는 것과 같은 행위였다. 영맥은 폭주하고, 영맥과 일체화된 퀘이사의 파편이 그 격류를 집어삼키며 무한히 증식해 가고 있었다. 그리고 그것에 집어삼켜진 존재는 무엇이든 간에 그 고유한 성질을 잃고 그것과 똑같은 존재로 환원되어 간다. 그렇게 세계의 구성원들을 집어삼켜서 스스로의 덩치를 불려가는 한편, 에너지 그 자체를 폭주시켜서 기세가 폭증해 간다.

동원할 수 있는 모든 수단을 동원해서 퀘이사의 파편을 분석한 모건은 한 가지, 절망적인 결론에 도달했다.

'이대로 가면… 아무리 늦어도 37시간 안에 지구 전체가 이것에 먹혀서 사라진다.'

어처구니가 없었다. 한 번 파멸하고 나서도 수만 년 동안이나 유지되어 온 세계가 이렇게 어처구니없는 이유로 파멸할 위기에 처하다니!

물론 그가 잘못 계산했을 수도 있다. 퀘이사의 파편이 어떻게 변화해 갈지는 아무도 예상할 수 없는 것이다. 지금은 영맥을 타고 흐르는 의념에 영향받기는커녕 오히려 그것을 집어삼켜, 자기 자신으로 환원시키면서 폭주하고 있지만 어느 순간 안정을 찾을지도 모른다.

하지만 만약에 그렇게 되지 않는다면 그때는 아무도 파멸을 막을 수 없다. 파멸한 세계를 누덕누덕 깁고 기워서 현상유지를 해왔던 7대 세력조차도 이것에 대응할 수는 없을 것이다.

"이게 신의 의지라면… 정말 고약한 의지로군!"

모건은 화가 치미는 것을 느꼈다.

차라리 누군가의 실수, 혹은 음모라면 그 편이 낫다. 하지만 아무도 모르는 이곳에서 일어난 우연 때문에 속수무책으로 멸망을 맞이할 수밖에 없다면, 그렇다면 원망할 것은 있는지 없는지도 모를 신밖에 없지 않은가!

세계는 바뀌어야 한다. 그리고 바뀔 예정이었다.

그러니까 이런 식으로 멸망하는 것은 용서할 수 없다!

"진유현이라고 했나?"

모건은 점점 소모되고 있는 결계에 다시금 힘을 불어넣었다. 그리고 사방으로 파동을 흩뿌려서 요괴들을 떨쳐 내며 자신과 유현의 몸을 허공으로 띄웠다.

"그렇습니다만!"

유현이 환두대도에 묻은 요괴의 체액을 털어내며 대답했다.

모건이 그를 돌아보며 말했다.

"나한테 자네 목숨을 주지 않겠나?"

"지금 그런 말 하고 있을 상황은 아닌 것 같은데요?"

유현이 피식 웃으며 대꾸했다. 목숨을 주고 자시고, 아무리 봐도 여기서 뼈를 묻을 수밖에 없는 상황이다. 주변을 둘러보면 이미 수천 마리의 요괴가 우글거리며 포위망을 형성하고 있었다. 아무리 모건이 대마법사라고 해도 여기서 탈출하는 것은 무리다. 남은 길은 싸우고 싸우고 싸우다가 힘이 다해 죽어가는 것뿐.

모건도 뒤늦게 그 상황을 알아차렸다. 그가 퀘이사의 파편을 분석하고 있는 동안 사태가 점입가경으로 심각해져 가고 있었던 것이다.

"그렇군. 하하하, 웃음밖에 안 나오는데 이거."

"큰 마법이라도 한 방 쏴주지 그래요?"

유현이 투덜거리며 요괴들을 바라보았다.

지금쯤 설악산 바깥쪽에서도 연옥의 조직들이 이 상황을 눈치챘을 것이다. 여기서는 할 만큼 하고 뒤를 그들에게 맡기는 수밖에.

하지만 모건은 유현의 어깨를 잡고 자신을 바라보게 하면서, 다시 한 번 말했다.

"그러니까 더더욱, 한 번 더 묻겠네. 나한테 자네 목숨을 주지 않겠나?"

"……."

유현은 잠시 눈살을 찌푸린 채 그를 바라보았다. 그러다가 물었다.

"설명부터 해주시죠."

"그러지. 간단하게 말하겠는데… 저 밑에 저거 보이지?"

"퀘이사의 파편이라고 하는 저거 말이죠?"

"그래. 저거, 아까부터 커진 것도 알고 있지?"

"몇 배는 커진 것 같군요. 점유하는 영역이 확실히……."

공중에서 치솟아오른 채로 내려다보니 더 확실히 알 수 있었다. 퀘이사의 파편으로부터 흘러나온 빛이 이미 반경 50미터 이상을 집어삼키고 조금씩 꿈틀거리면서 그 영역을 넓혀가고 있었다. 그리고 그 주변의 영맥은 터질 듯이 요동치면서 계속해서 요괴를 만들어간다.

모건이 말을 이었다.

"요괴가 문제가 아니다. 이대로 가면 저것이 지구 전체를 집어삼킬 거야."

"뭐라고요, 지구 전체?"

"그래. 지구 전체다. 지구가 저 빛에 먹혀서 사라지고… 세계가 멸망하는 거지."

"그런 말도 안 되는……."

"나도 내가 헛소리하는 거면 좋겠네. 근데 이게 사실이니까 문제지."

모건이 짜증을 냈다.

유현은 잠시 동안 멍청하니 그를 바라보았다. 지금 그러고 있을 상황이 아니라는 것은 알겠는데, 이야기가 현실을 지나치게 이탈해서 받아들이기가 쉽지 않았다.

'세계가 멸망한다고?'

유현은 퀘이사의 파편을 바라보았다.

서서히 소용돌이치며 주변을 삼켜가고 있는, 우주로부터 온 불길한 빛. 수천 마리의 요괴 중 이따금씩 그것에 다가가는 요괴들이 있었는데, 거기에 가 닿자마자 삼켜져서 다시는 나타나지 않고 있었다.

유현의 머릿속에 바로 어제까지 만난 가족의 모습이 지나갔다.

그것은 그가 지난 10년 동안 지켜낸, 망가져 버린 그의 삶에서 유일하게 의미있다고 생각하는 것이다. 이제 두 번 다시 그들의 곁으로 돌아갈 수 없다고 하더라도, 그들의 기억 속에서 자신이라는 존재가 완전히 사멸해 버린 후라고 하더라도……

자신만은 죽음의 그 순간까지 그 의미를 끌어안고 가고 싶었다.

"…내 목숨을 드리면, 저걸 어떻게 할 수 있는 겁니까?"

"아마도."

"아마도?"

"확신은 할 수 없지. 하지만 적어도 시도는 해볼 만하다네."

모건이 잔뜩 굳어진 얼굴로 말했다. 그런 그를 보며 유현은 왠지 웃음이 나오는 것을 느꼈다. 경망스럽기만 한 줄 알았던 이 사람이 이렇게 진지해지는 때도 있었나 싶어서.

유현 자신은 실감하지 못하고 있지만, 정말로 세계가 멸망할 수도 있는 것인가 보다 싶어서.

유현은 곧 그를 똑바로 바라보며 말했다.

"그렇다면… 이 목숨을 드리죠. 방법을 말해보세요."


모건은 퀘이사 포인트에 대한 수많은 지식을 갖고 있었다.

퀘이사의 힘은 미드가르드의 계획에서도 중요한 비중을 가진 요소였다. 이후 세계수를 부활시키고, 세계의 영맥을 제거할 때도 퀘이사 포인트는 이용될 것이다. 세계 7대 세력조차 퀘이사 포인트를 이용할 방법을 찾지 못해서 방치해 두고 있지만, 구세계의 지식을 가진 에밀은 그것을 이용할 수 있었다.

모건은 그로부터 많은 자료를 제공받았다. 그중에는 북유럽 신화의 오딘이 그러했듯이, 인간을 제물 삼아서 퀘이사의 힘을 봉인하는 경우도 있었다.

"그게 가능합니까?"

유현이 의구심을 드러냈다.

저것은 멀리서 봐도 끔찍할 정도로 강하고 거대한 힘이다. 저대로 증식해서 지구 전체를 집어삼킬 수도 있다면 고작해야 인간 하나 따윈 티끌만도 못할 것이다.

그런데 그것을 인간을 제물 삼아 봉인한다고?

모건이 확신을 담아서 말했다.

"퀘이사의 파편은… 인간의 의념에 반응한다. 즉, 인간의 의념이야말로 그것을 제어할 수 있는 유일한 열쇠야."

"제가 할 일은 뭐죠?"

"염원하게. 자네 자신이 저것을 담아 봉할 그릇이 될 수 있기를… 온 힘을 다해 염원하게."

"염원이라, 익숙하지 않은 일이로군요."

유현이 투덜거렸다.

무언가를 염원한다. 보통 사람들에게 있어서 그것은 지극히 일상적인 일이다. 염원의 대상이 무엇이든 간에 사람은 항상 염원을 간직한 채 일상을 살아가니까.

하지만 유현에게 있어서 그것은 너무나도 거리가 먼 행위였다. 신도, 악마도 모두 죽여야 할 괴물에 불과하고 인간으로서의 삶 따윈 박탈당한 채 전투기계로 살아왔는데 무엇을 염원한단 말인가?

그러나 되새겨 보면 분명히 바랐던 것이 있었다.

'필요하다면, 염원해 주지.'

유현은 환두대도를 집어넣었다. 모건이 결계를 몇 겹으로 강화해서 요괴의 침입을 막는 바람에 안쪽에서도 바깥을 공격할 수 없게 되었기 때문이다. 그리고 지금부터는 요괴 따위에게 신경 쓸 여유가 없었다.

'내 몸이 뜯겨서 죽어간다고 하더라도… 염원해 주지.'

유현은 가슴속에 결의를 새겼다. 설령 이 자리에서 쓰러져 죽어가더라도, 염원하기를 그치지 않을 것이다.

모건이 말했다.

"한 가지 위로가 되는 이야기를 해주겠네."

"뭡니까?"

"자네 혼자 희생되지는 않을 거야. 나도 같이 따라갈 걸세."

"별로 위로가 안 되는 이야기인데요. 마지막 길동무가 칙칙한 영감님이라니."

"영감님이라니! 난 아직 중년일세, 중년! 아저씨라고 해야지!"

"…아저씨라고 불러 드리죠. 대마법사 모건 아저씨. 기뻐요?"

"건방진 애송이 같으니."

죽음을 앞에 두고도 유현이 동정적인 시선을 보내자 모건이 투덜거렸다. 마법을 준비하던 그가 문득 유현에게 물었다.

"그런데 말일세. 자네, 무슨 생각으로 희생하겠다고 하는 건가?"

"무슨 말이죠?"

"오늘 처음 만난 사람의 말 아닌가? 믿기 쉽지 않을 텐데, 그리고 내가 틀렸을 수도 있는데?"

"글쎄요."

유현은 대답할 말을 생각하며 허공을 올려다보았다. 이럴 때 밤하늘에 달이라도 휘영청 떠 있는 모습이 보이면 좋으련만, 눈에 보이는 것은 빛으로 그려진 두터운 결계와 그 너머에 다닥다닥 붙어 있는 징그러운 요괴들뿐이다. 보고 있으면

역겨워서 토할 것 같다. 그나마 그들이 웽알웽알대는 소리가 들리지 않도록 차단된 것이 위안이라고나 할까?

'마지막에 보는 풍경이 이따위라니, 좋은 기억 안고 가기는 틀렸군.'

영화나 소설을 보면 주요 인물들이 죽음의 순간에 보는 광경에는 낭만이 살아 있게 마련이던데 자신이 망막에 새길 것은 이따위 것들밖에 없다니, 왠지 서글퍼진다. 하지만 그런다고 이 죽음의 의미가 변하진 않을 테니 상관없겠지.

"왠지 당신 말이 맞는 것 같아서요. 그리고……."

"그리고?"

"세상이 없어지는 것보다는 내가 없어지는 게 나으니까."

유현은 담담하게 진심을 이야기했다.

망가져 버린 자신에게 어떤 가치가 있냐고 묻는다면, 아마도 대답을 찾아내기 어려울 것 같다. 이제는 모든 것이 희미해져서, 가족에 대한 제대로 된 감정마저 남아 있지 않았다. 인간성은 마모되어 찌꺼기만이 남아 있고, 그가 사랑했던 것에 대한 감정도 황량한 연옥의 바람에 풍화되어서 어린 시절의 결의만이 비석처럼 세워져 있을 뿐.

하지만 그럼에도 불구하고 자신의 10년은 의미가 있었다. 그것을 확인했으니, 그 가치가 사라지는 일은 막고 싶었다.

"그런가."

그의 눈빛에서 말하지 않은 쓸쓸한 속내를 읽은 것일까, 모건이 피식 웃었다. 모든 마법의 배치를 마친 그가 말했다.

"그럼 시작하지."

모건은 마지막으로 담배 한 개비를 꺼내서 입에 물었다. 마지막 가는 길은 최대한 독한 담배와 함께하고 싶었지만 지금 품에 갖고 있는 것은 레종 블루였다.

"시시하군. 하지만 인생이 다 그런 거지."

그는 뿌연 담배 연기를 피워내며 중얼거렸다. 동시에 마법이 발현되었다.

우우우우우우웅!

빛이 휘몰아치며, 두 사람을 감싼 결계가 진동하기 시작했다. 결계에 다닥다닥 붙어 있던 저급한 요괴들이 갈가리 찢겨 나가면서 두 사람의 위치가 퀘이사를 향해 다가간다. 그리고 그로부터 빛이 뻗어나가 퀘이사 에너지와 연결되었다.

모건은 마지막 담배를 펫 하고 뱉어낸 다음 양손을 모으고 술식 연산을 시작했다. 퀘이사 에너지가 그의 마법이 증폭시키는 진유현의 의념에 이끌려 다가오는 것이 느껴진다. 에너지의 질량으로 보면 절대적으로, 고래와 박테리아만큼의 엄청난 차이가 있었지만 퀘이사는 결코 인간의 의념을 뿌리칠 수 없는 존재였다. 여름 벌레들이 불빛의 유혹을 뿌리치지 못하듯이, 그것이 세계의 본질에 각인된 슬픈 본성이다.

마침내 퀘이사의 빛이 그들을 집어삼켰다. 수천 마리의 요괴조차 막아냈던 결계가 한순간에 그 힘에 먹혀서 사라져 간다. 그리고 그 힘이 진유현을 중심으로 모여들었다.

　'아아아아아아아악!'

　유현의 비명은 그 자신에게조차 들리지 않았다. 살아오면서 세상의 온갖 고통을 맛보았다고 생각했다. 그러나 지금 이 고통은 그런 고통을 다 합쳐도 상대가 될 것 같지 않았다.

　진유현이라는 인간이, 해.체.되.어.간.다.

　육체가 최소 입자 단위로 분해되어 퀘이사로 환원되고, 그 뒤를 따라 영혼이 갈기갈기 찢겨져 흩어진다. 그 둘을 연결해 주는 정신이라는 존재가 희미한 잔향처럼 남아서 고통을 받고 있다는 인식만을 무한히 리플레이하고 있었다.

　하지만 그 고통 속에서도, 멈추지 않은 것이 있다.

　'멈춰라.'

　유현의 염원만이 그 자리에서, 영원히 사라지지 않을 것처럼 메아리치고 있었다.


4


　유현의 염원을 사람의 목소리처럼 들은 것은 유현 자신이 아니었다. 그와 함께 퀘이사의 빛에 집어삼켜져 사라져 버린,

아니, 스스로 사라져 버렸다고 생각했던 모건이었다.

　'내가 살아 있어?'

　모건은 깜짝 놀라서 주변을 둘러보았다. 하지만 그 순간 자
신의 몸이 없다는 사실을 깨달았다. 본능적으로 고개를 들어
서 주변을 살피려고 했지만, 그에게는 눈도 없었고 쳐들 머리
도 없었고 그저 그 자리에서 정보를 받아들이고 있을 뿐이었
다.

　그는 그 순간 유현의 의식 속으로 자신의 의식이 빨려 들어
가는 것을 느꼈다.

　지옥처럼 되풀이되는 해체와 재조립의 고통 속에서 결코
사라지지 않고 울려 퍼지는 한 가지 염원.

　인간으로서는 치명적으로 고장나 버린 소년의 마음속에
새겨진 단 하나의 결의가, 지구 전체를 집어삼키려고 했던 퀘
이사의 탐욕을 가로막고 있었다.

　어느새 그는, 아니, 그들은 우주에서 지구를 굽어보고 있었
다. 지구의 한 점으로부터 일어난 빛이 그들과 이어져서 변화
해 간다. 무한히 증식해 가던 빛의 소용돌이는 대지를 파먹으
며 새카만 구덩이를 만들어내고, 그 속으로 점차 잠들어갔다.

　모건의 의식이 유현과 분리되었다. 동시에 그는 수도 없이
많은 정보들이 엄습해 오는 것을 느꼈다. 지금까지 그토록 알
고자 했지만 알 수 없었던 것들, 영혼을 팔아서라도 닿고 싶

었지만 닿을 수 없었던 영역이 그에게로 맹렬하게 빨려 들어오고 있었다.

'이건……'

엄청난 정보, 아니, 진리라 불러야 할 세계의 비밀이 이루어낸 격류 속에서 모건은 스스로를 재구성했다. 잠깐만이라도 그것에 홀려 스스로를 잊는다면 영원히 돌아올 수 없게 된다는 것을, 그는 본능적으로 알아차렸던 것이다.

'알겠군. 이제 전부… 알겠어!'

그 순간 모건은 삼라만상(森羅萬象)의 비밀을 터득했다. 지금까지 추구해 오던 모든 마법의 비의(秘意)가 어린애 장난처럼 느껴질 정도로, 아득한 곳에 있던 지고한 진리가 그의 손에 들어왔다.

"크하하하하하!"

그는 웃음을 터뜨렸다.

그리고 스스로의 웃음소리를 들으며 자신이 현세로 돌아왔다는 것을 깨달았다. 그의 육체가 온전히 재구성되어서 세상을 부유하고 있었다.

"아, 이것이 대가인가?"

모건은 문득 자신의 상태를 인지하고는 쓴웃음을 지었다. 손을 들어 바라보니 그것은 반투명해져 있었고 허깨비처럼 일렁이며 흩어졌다 다시 결집되었다가를 반복하고 있었다.

아래를 바라보니 그의 발은 불길처럼 흩어져 있고 그는 그저 공간을 부유하고 있을 뿐이다. 의식을 집중해야만 비로소 상태를 안정시켜서 온전한 육체, 제대로 된 감각을 얻을 수 있었다.

"그렇군. 올바른 수순을 밟지 않고 진리의 문을 여는 자가 세계 속에 있을 순 없다. 스스로를 버리고 거대한 현상이 되던가, 아니면 세상에서 추방당해 사멸해 가던가… 어느 쪽이든 이제 길진 않겠군."

모건은 자신이 이전과는 비교도 할 수 없는 존재가 되었다는 사실을 알았다. 대마법사라는 칭호가 보잘것없게 느껴질 정도로, 아니, 마법사라는 제약을 초월한 존재가 지금의 그였다. 세계를 구성하는 심오한 진리에 한 발 걸치게 된 이상, 지금까지 세운 모든 이론을 재정립해서 지고한 경지에 오르는 것도 가능할 것이다.

'그렇군. 당신들이 왜 집착했는지… 알겠어.'

모건은 세계 7대 세력이 왜 이러한 세계를 유지했는지 알았다. 지금의 그와 마찬가지로 지고한 진리를 엿본 자들이 왜 온갖 부조리를 끌어안고, 그렇게 조악한 방법으로밖에 세계를 지킬 수 없었는지.

그리고 왜 구세계의 인류인 에밀 크레이그가 두려운 존재인지.

"할 일이 정해졌군."

모건은 후련한 표정으로 중얼거렸다.

이 순간 그의 가슴속에도 어떤 결의가 세워졌다.

지금까지는 에밀의 계획을 의심하면서도 그 진의를 파악하지 못한 채 조심스럽게 따라갈 뿐이었다. 낡은 세계를 타파하고 새로운 세계를 만들겠다는, 더 이상 파멸의 위험이 없는 세계를 인류에게 선물하겠다는 그의 말은 모건의 이상과도 합치하는 것이었지만 동시에 한없이 의심스러운 것이었다.

그리고 지금 모건은 마침내 답을 얻었다. 에밀이 진정으로 원하는 것이 무엇인지, 그것이 불러올 결과가 어떤 것인지 알게 된 이상 지금까지와는 다르게 행동해야만 했다.

'이렇게 우리의 길이 갈리는군, 에밀 크레이그.'

모건은 그렇게 생각하면서 주변을 둘러보았다.

깨끗하다.

밤의 설악산은 적막과 고요에 잠겨 있었다. 달빛과 별빛만이 은은하게 밝히는 산속의 정경은 어둠 속에서 잠들어 있는 것만 같았다.

요괴들은 모조리 사라졌다. 퀘이사의 파편이 폭주함으로 인해서 태이난 요괴들은 그것이 안정되는 과정에서 모조리 소멸해 버린 모양이었다. 모건은 마법으로 자신이 보지 못한 과거를 돌이켜 보면서 그 사실을 확인했다.

"이런 것도 할 수 있게 되다니… 정말 더 이상 인간이 아니군."

지금의 그는 시공간에 대한 개념이 완전히 달라졌다. 아마 인류 전체를 뒤져도 그와 같은 개념을 가진 자는 없으리라. 아직 완전하지는 않지만, 지금의 그에게 있어 과거란 언제든지 되돌아볼 수 있는 기록에 불과했다. 지금 여기 있는 모건이라는 존재가 시공간의 파동이 만들어내는 허상에 불과하기에.

이 능력을 완전히 파악하고, 새로운 경지로 도약하기 위해서는 많은 연구가 필요할 것이다. 그러한 미래를 상상하는 것만으로도 가슴이 두근거린다. 하지만 지금은 그럴 때가 아니었다.

"놀랍군."

모건은 산봉우리를 깎아내며 생긴 거대한 구덩이를 보았다. 끝도 없이 깊은 무저갱의 어둠 저편에 푸르게 흐르는 별빛의 강이 있었다. 퀘이사는 그러한 형태로 안정된 것이다.

그러나 모건이 놀랍다고 하는 것은 그것이 아니었다. 그 구덩이 바로 옆에 쓰러져 있는 한 소년 때문이었다.

"설마 둘 다 살아남을 줄이야."

소년, 진유현은 의식을 잃고 있었다. 모건은 그를 가만히 내려다보다가 염동력으로 들어 올렸다. 그리고 감겨 있는 그의 왼쪽 눈동자가 눈꺼풀 안쪽으로부터 희미한 빛을 발하고 있는 것을 발견했다.

"이건… 이런 일이 있을 수가 있나?"

그는 유현의 상태를 파악하고 경악했다. 그를 중심으로 봉인된 퀘이사의 힘, 그것이 그의 몸속에 자리를 잡고 통로가 되어 있는 것이 아닌가? 희미한 빛을 발하는 유현의 왼쪽 눈동자는 바로 이 자리의, 그리고 더 나아가서는 헤아릴 수 없을 정도로 머나먼 퀘이사 은하와 연결되는 통로 같은 것이었다.

잠시 동안 유현의 상태를 분석한 모건이 신음을 흘렸다. 진리에 닿은 그로서도 완전히 파악하는 것은 불가능했지만 하나만은 분명했다.

이것은 지나치게 위험하다. 조금이라도 상태가 불안정해진다면 이 소년, 진유현은 퀘이사의 힘에 먹혀서 사라질 것이다.

"봉인이 필요하겠어."

모건은 한숨을 쉬며 중얼거렸다. 그리고 유현을 든 채로 퀘이사의 파편이 잠들어 있는 무저갱으로 내려갔다. 서서히 허공을 떠다니며 내려간 그가 푸른 별빛의 강 바로 위에 멈추어 선 채 손을 들었다.

"나의 의지에 따라 봉인의 파편이 되어라."

마법으로는 퀘이사의 힘을 제어할 수 없다. 하지만 의념을 모아 증폭시키면 조금이나마 그것을 이용하는 게 가능하다.

모건은 자신을 위해 이것을 쓰고자 하지 않았다. 스스로를 희생하여 이것의 주인이 되고 만 유현을 위해 쓰고자 하였다. 유현의 염원이 반영되어 안정화된 퀘이사의 파편은, 유현을 지키고자 하는 모건의 의지에 반응하여 힘을 빌려주었다.

잠시 후 푸른 별빛으로부터 여섯 개의 작은 조각이 분리되어 모건의 손바닥 위에 떠올랐다. 모건은 잠시 동안 홀린 듯이 그것을 바라보다가 아주 조심스럽게 손으로 집어서 유현의 눈 주변에 박아 넣었다. 조각들은 마치 실존하지 않는 허상처럼 유현의 피부를 통과해서 그 안쪽에 자리 잡았다.

여섯 개 중 다섯 개의 조각을 박아 넣어 간이 봉인을 완성한 모건이 한숨을 쉬었다.

"일단은 됐군. 하지만 이것만으로는 부족해. 나머지 하나로… 만들어야겠군."

그는 유현과 함께 무저갱에서 올라왔다. 그리고는 하늘 저편을 바라보았다.

"그럼 어디 한번 해볼까?"

곧 그 주변의 공간이 일렁거리더니, 두 사람의 모습이 그 자리에서 사라졌다. 이것이 바로 모건이 자신의 인생 최초로 기억하는, 인류 역사상 가장 긴 거리의 공간이동이었다.


　유현이 눈을 떴을 때는 알아들을 수 없는 말들이 주변을 떠다니고 있었다. 유현은 머리가 지끈거리는 것을 느끼며 몸을 일으켰다.

　순간 흠칫하며 뒤로 물러나는 기척이 느껴졌다. 유현은 반사적으로 그 기척의 주인을 바라보았다가 흠칫 놀랐다. 그가 보통 인간과는 전혀 다른 신체 비율을 가진 난쟁이였기 때문은 아니다.

　'뭐, 뭐지?'

　눈이 이상하다.

　정상적인 시각이 사라져 버렸다.

　'전부 빛으로, 아니, 이건……'

　온 세상이 빛으로 보인다. 왼쪽 눈은 오로지 빛으로 이루어져 음영으로만 모든 것을 그려내고 있었고, 오른쪽 눈은 정상적으로 현실을 본다. 이 두 개의 시계가 겹쳐졌을 때 그가 보는 것은 단순히 영상 정보만이 아닌, 보고도 정확히 이해하기 어려운 그 존재의 모든 구성 정보로 완성되고 있었다.

　"머리가… 으윽."

　그 정보를 이해하지 못한 뇌가 비명을 지른다. 유현은 눈을 감고 머리를 감싸 쥐었다.

그 옆에서 난쟁이들이 뭐라고 떠드는 소리가 들렸다. 하지만 이해할 수가 없었다. 유현도 한국어, 일본어, 영어, 중국어, 러시아어의 5개 국어를 할 수 있었지만 그들의 말은 모르는 언어였다.

'억양으로 보면 독일어 같은데.'

알아들을 수 있는 어휘가 몇 마디 있는 것으로 보아 확실한 것 같았다. 그런데 왜 자신이 독일어로 떠드는 난쟁이들 사이에 있는 것이지?

눈을 감고 그런 의문을 떠올리고 있을 때, 반갑게도 아는 목소리가 들려왔다.

"깨어났군."

"모건?"

유현은 깜짝 놀라서 눈을 떴다. 그리고 모건을 보는 순간 엄습해 오는 압도적인 섬광과 정보량에 머리가 깨지는 것 같은 고통을 느꼈다.

"으, 으으윽!"

"상태가 심각하군."

"뭐, 뭐가 어떻게 된……."

"일단 이걸 쓰게나. 그럼 상황이 좀 나을 걸세."

모건이 뭔가를 건네주었다. 더듬거리며 그것을 받아 든 유현이 중얼거렸다.

"안대예요?"

"맞네. 왼쪽 눈에 쓰게나."

유현은 떨리는 손으로 안대를 왼쪽 눈에 쓰고 잠금쇠를 씌웠다. 찰칵, 소리와 함께 변화가 일어났다.

시야가 정상으로 돌아왔다.

"이제 날 봐도 될 걸세."

"으음."

안대를 쓰고 있는데도 정상적으로 보인다는 것이 신기했다. 어쨌든 눈과 머리를 엄습하던 고통이 사라진 것을 반기면서 유현은 모건을 바라보았다. 그리고 흠칫했다.

"당신 죽었어요?"

"…아, 이런."

유현의 말에 모건이 피식 웃으며 스스로를 내려다보았다. 잠시 의식을 안 하고 있었더니 몸이 허깨비처럼 형상을 잃어가고 있었던 것이다. 하지만 정신을 집중하자 다시 온전한 육체의 형상이 돌아왔다.

"뭐 보시다시피 좀 멀쩡하진 않네만 죽은 것은 아니네."

"별로 무사하진 못했던 것 같군요."

"죽지 않은 것이 기적이지. 사실 자네와 나 둘 모두 살아남았다는 사실에 경이를 느끼고 있다네."

"확실히……."

유현은 퀘이사에 먹히던 때를 떠올리며 흠칫 몸을 떨었다. 이제 더 이상 죽음을 아쉬워하지 않는다고 생각했지만, 그래도 그런 식으로 죽기는 싫다고 생각할 정도로 끔찍한 경험이었다.

"그런데 여긴 어디죠?"

"여긴 독일일세. 어딘지는 말해주기가 좀 그렇고… 자네도 드워프들에 대해서는 대략이나마 알고 있지?"

"마법의 무구들을 만드는 난쟁이 요정들을 말하는 거예요?"

드워프란 하나의 종족이 아니라 인간의 배를 빌어서 태어나는 난쟁이 요정들이다. 옛 사람들이 추한 아기가 태어나면 장난이 심한 요정이 예쁜 아기와 요정의 아기를 뒤바꿨었다고 믿었던 것처럼, 난쟁이가 태어나면 그것은 자신들의 자식이 아니고 난쟁이 요정이 인간의 배를 빌어 태어났다고 여겼다.

물론 그것은 진실로부터 달아나고 싶은 추한 발버둥일 뿐이다. 하지만 그러한 망상이 현실을 덮어버리길 바랐던 인간의 의념이 신화를 만들어냈다. 그 결과 난쟁이 요정은 깊은 숲 속에 실존하며 전설에 나오는 무구를 만들어내는 마법의 장인들이 되었다.

모건이 고개를 끄덕였다.

"그렇네. 지금 자네가 쓴 안대를 만드느라 부득불 여기까지 날아와야 했다네."

"아, 잘도 독일까지 저를 들고 왔군요."

"공간이동으로 한 번에 날아왔으니 걱정하진 말게. 그 일 이후로 아직 14시간밖에 안 지났다네."

"14시간? 그런데 독일? 아니, 공간이동으로 날아오다니, 그건 또 무슨 소리죠?"

유현은 도저히 받아들일 수 없는 모건의 말에 당혹감을 느꼈다. 그러나 모건은 태연하게 미소를 지었다.

"말한 그대로일세. 이런 몸이 되고 나니 그런 것도 가능해지더군. 어디 가서 말하진 말게. 이로써 나는 사상 최고로 잘난 천재 마법사가 되었다네."

"……."

"그 표정은 뭔가?"

"아니, 앞으로는 절대로 대마법사라는 존재에게 환상을 품지 말아야겠구나 생각해서요."

"하여튼 요즘 애들은 어른 공경할 줄 모른다니까. 나 같은 존재를 보면 존경을 표해야 할 것 아닌가."

"그런 어른들의 말이 삐뚤어진 아이들을 만들어내는 거죠."

유현은 그렇게 투덜거리면서 몸을 일으켰다. 그리고 난쟁이들을 보며 모건에게 물었다.

"이 안대 만들어준 건 누구죠? 인사를 해야겠는데."

"일단 나한테 감사를 하지 그러나? 그거 재료 공수도 내가
해왔고 작업에도 참여했는데."

"그건 모건 아저씨가 목숨을 달래서 줘서 그 끔찍한 경험
을 했으니 그걸로 쌤쌤 하죠."

"건방진 애송이로고. 쯧."

모건은 투덜거리면서 유현을 안대를 만든 난쟁이 요정들
에게 데려다주었다. 그의 통역으로 그들에게 감사 인사를 한
다음 유현이 물었다.

"이제 경과 보고를 좀 듣고 싶은데요?"

"이제 완전 상전 노릇을 하려고 드는구만. 뭐, 일단 가장
듣고 싶은 것을 말해주자면 세계는 구원받았다."

"…어, 뭔가 끝내주게 대단한 사실을 엄청 시시하게 듣고
있는 기분인데요."

"원래 다 그런 거지. 축하한다, 세계의 구세주 양반. 오늘
부터 나는 진유헌력이라는 새로운 역법을 사용해야 할 것 같
구만."

"그쯤 해두시죠. 그럼 다음 질문. 제 눈이 도대체 어떻게
된 거죠?"

유현이 불안한 듯 안대를 만지작거렸다. 연옥에서 온갖 기

괴한 상황을 겪어본 그지만 이런 경우는 처음이었다.

모건이 대답했다.

"설악산에서 폭주했던 퀘이사의 파편이 자네 눈에 깃들었네."

"그 거대하던 게요?"

"본질을 봐야지. 에너지의 총량 같은 것은 이런 상황에서는 중요한 게 아니라네. 설악산의 그것은 얌전하게 잠들었고, 자네는 앞으로 되도록 거기 가까이 안 가는 게 좋을 거네. 왜인지는 알겠지?"

"제 눈에 들어간 게 그거하고 같은 거라면… 서로 동조해서 이번 같은 사태를 또 일으킬 수도 있다, 그런 이야기인가요?"

"이해가 빨라서 좋군. 일단 그 안대가 있으면 자네는 정상적인 시각을 가질 수 있을 거네. 벗었을 때 뭐가 어떻게 보이는지는 나도 모르겠군. 솔직히 자네 상태가 어떤지는 나도 완전하게 분석이 불가능해."

"무책임하군요."

"내 상태도 제대로 파악하지 못했는데 자네 상태를 어떻게 다 알겠나? 그래도 여러 가지 조치를 해두었네. 안대를 벗어도 눈 주변에 심어진 다섯 개의 봉인의 조각이 눈의 상태를 억누를 것이야. 자네가 봉인하고자 하는 의지에 반응하니까, 조금만 훈련하면 능숙하게 눈의 상태를 봉인하는 게 가능해질 거다. 의식이 잠들 때는 미리 세팅해 두고 자면 잘 때까지 안대를 쓸 필요는 없을 거야."

"조각?"

유현이 놀라서 중얼거렸다. 혹시나 해서 감각을 눈 주변으로 집중시켜 보았지만 이물감 같은 것은 느껴지지 않았다. 하지만 왠지 모르게 그 봉인의 조각이라는 게 심어진 위치를 알 것도 같았다.

"자네는 이제 평생 그것과 함께 살아가야 한다. 자네의 눈은 일종의 통로가 되었어. 그 통로를 통해서 언제나 설악산에서 보았던 그것과 같은, 이 세상의 모든 것을 먹어치우려고 하는 힘이 기어나오려고 할 거다. 자네는 스스로의 의지와 그 봉인들로 그것들을 억누르며 살아가야 해. 그건 자네가 앞으로 평생 안고 가야 할 짐이라네."

"목숨에 비하면 그럭저럭 싸게 끝난 셈이로군요. 그래도 아직 살날이 남아 있으니."

유현은 피식 웃었다. 언제든 자신을 파멸시킬 수 있는 시한폭탄 같은 위험을 지게 되었으면서도 개의치 않고 웃는 모습은 모건에게 유쾌한 인상을 남겼다. 결국 모건도 실소하면서 대답했다.

"그렇군."

"아, 혹시 메모지랑 펜 있어요?"

유현이 갑자기 생각났다는 듯 물었다. 모건이 고개를 갸웃
하면서 수첩과 펜을 가져다주자 유현이 거기다가 뭔가를 적
었다. 그리고 그것을 모건에게 돌려주었다.

"이건 뭔가?"

"내 계좌번호예요. 세라하 은행."

"응? 이건 왜?"

"왜라니, 계산해야죠, 계산. 하루 2천만 원."

"……"

모건은 잠시 할 말을 잃고 말았다.

                    *        *        *

그 후, 모건은 다시 공간이동으로 유현을 한국으로 데려다
주었고 2천만 원도 떼먹지 않고 유현의 계좌로 넣어주었다.
그리고 두 사람은 다시 만나는 일 없이 3년에 가까운 시간이
흘렀다. 그사이 유현은 훈련을 통해 눈의 상태를 통제할 수
있게 되었고, 거기서 더 나아가 자신의 의념이 눈을 통해 흘
러들어 오는 에너지를 쓸 수 있는 힘으로 변환시킬 수 있다는
사실까지 알아냈다.

그동안 모건은 미드가르드의 조직원들을 파견해서 설악산
의 쾌이사 포인트를 점령하고 그곳에 연구 시설을 세웠다. 그

리고 7대 세력에게 그 존재가 알려지는 때까지 연구를 거듭하여 많은 것을 알아냈다.

유현의 동료였던 소년 오지윤이 뒤늦게 미드가르드에 합류했을 때, 모건은 어떤 운명적인 예감 같은 것을 느꼈다. 스스로의 의지로 삶을 선택하겠다는 유현의 말에 충격을 받고 새로운 길을 걷기 시작한 오지윤. 그가 데려온 천재 마법사 이현종에게 비의를 전수하고, 오지윤을 자신이 생각한 계획의 핵심부에 세우게 된 것은 그러한 예감 때문이었다.

"준비는 모두 갖춰졌다."

모건은 새카만 우주 공간에서 지구를 내려다보며 중얼거렸다. 물론 그의 말은 누구에게도 닿는 일 없이 진공 속에서 흩어져 갔다.

그가 바라보는 지구의 한 부분에서는 세계수를 중심으로 이루어진 숲이 사하라 사막을 먹어치우고 있었다. 사람들을 감동시키는 기적이 모건의 눈에는 세계를 먹어치우는 괴물의 모습으로만 보였다.

"진유현, 오지윤, 너희들에게 기대하마."

모건은 미소 지으며 우주 공간에서 사라졌다.

# Chapter 20

## 격렬한 번개

1

평일 3시라는 애매한 시간대에는 카페도 한산하다. 요즘은 특히 사람들이 바깥출입을 자제하고 있는 시기라 더욱더 그랬다. 심각한 불경기가 닥치면서 문을 닫는 점포를 흔히 볼 수 있었다.

그런 안양의 한 카페에는 가게 인테리어와는 전혀 어울리지 않는 복장의 여성이 앉아 있었다. 번쩍번쩍한 명품 옷으로 전신을 감싸고, 무려 긴 곰방대를 손에 든 환몽여제 김지아는 카페라떼를 시켜놓고 한 사람과 마주하고 있었다.

"오랜만이군. 그쪽에서 만나자고 할 줄은 몰랐는데."

그녀의 앞에 있는 이는 왼쪽 눈동자 색이 약간 흐린 소년, 진유현이었다. 유현은 추운 날씨에 어울리지 않게 아이스 코코아를 시켜놓은 채 대꾸했다.

"부탁할 게 있어서."

"부탁이라. 우리 측 제안은 여전히 안 받아들이는 거고?"

"유감스럽게도 그래."

"그러면서 부탁이라니 뻔뻔하군. 뭐지?"

"그쪽에도 이득이 되는 이야기라고 생각해. 나에게 당신들 쪽에서 예지하는 저 빌어먹을 테러리스트들의 공격 계획을 알려주면 좋겠는데."

"흠, 무슨 이유지?"

유현의 부탁은 그녀로서는 의외의 것이었다. 현재 육도는 폭주하는 영맥을 다스리고, 미친 듯이 늘어나는 요괴를 감당하는 것만으로도 벅찼다. 설악산의 상태가 안정된 덕분에 그나마 여유가 있었지만 그 인원들도 전부 풀가동되고 있었다.

"내가 그놈들과 한바탕 하려고. 그리고 내가 나서면 아일라 스카우드와 멀린 역시 나선다. 충분히 녀석들을 칠 수 있는 전력이야."

"그렇긴 하군. 하지만 녀석들은 생각 이상으로 감이 좋아. 여태까지 병력을 대비시켜서 녀석들을 사전에 물러가게 할 수는 있었지만 뒤를 잡지는 못했어. 그건 어떻게 할 생각이지?"

"그건 우리가 어떻게든 하지. 어쨌든 당신들 입장에서도 절대 나쁜 이야기는 아닐 거야. 안 그런가?"

"확실히… 매력적인 동맹 제안이군."

비록 유현을 천상 계급으로 영입시킬 수 없다고 하더라도, 그를 동맹으로 만들어두는 것은 충분한 메리트가 있는 일이었다. 후에 정말로 곤란한 상황이 닥쳤을 때 대가를 약속하고 그의 힘을 빌릴 수도 있을 테니까.

게다가 지금 같은 상황에 육도에서 감당하기 어려운 적들을 요격하겠다고 나서준다면 그것만큼 좋은 일은 없었다.

"확실히 우리로서는 받아들일 수밖에 없는 제안이야. 하지만 갑자기 그런 제안을 하는 이유를 물어도 될까?"

"녀석들이 하는 짓을 용서할 수 없어서다."

자신이 지켜온 가치를 무참히 파괴하는 것 같은 행동을 유현은 용서할 수 없었다. 물론 그들의 울분은 이해한다. 연옥이라는 부조리한 세계 속에서 인생을 파괴당해 온 그들은 그런 식으로 그 광기를 표출할 수밖에 없었겠지.

그러나 그 결과가 이런 것이라면 유현은 결코 그것을 용서할 수 없었다.

"정의의 사도 같은 이유로군."

"당신들만큼이나."

날이 선 유현의 대답에 김지아는 빙긋 미소 지었다.

'재미있는 애송이야.'

마음을 읽을 수 없는 존재와 마주하고 있는 것은 언제나 그녀에게 신선함을 준다. 아주 오래되고 강력한 괴물들만이 그런 존재가 될 수 있었다. 그러나 지금 눈앞의 유현은 아직 인위적인 손길에 마모되지 않은 원석 같았다.

"그 제안, 받아들이지. 정보와… 그래. 그 이상의 것도 원조하겠어."

"그 이상의 것?"

"육도의 최신예 장비라면 조금은 도움이 되지 않을까 싶군. 자료는 신아연 요원에게 말해둘 테니 열람해 보고 마음에 드는 것을 말하면 될 거야."

"그건… 꽤나 파격적인 제안이군."

육도가 보유하고 있는 기술은 연옥의 평균적인 수준을 크게 웃돈다. 그런 만큼 자신들의 기술이 유출되는 것에 굉장히 민감하기도 해서, 한국의 연옥 시장에 나도는 기술들 중 육도의 것을 능가하는 것은 없었다. 몇 년이 지난 후에 현행 기술의 수준과 맞추어 제식 장비가 유출되는 경우는 있지만, 최신 장비를 외부인에게 유출시키는 경우는 듣도 보도 못했다.

김지아가 미소 지었다.

"그만큼 너를 특별 대우하고 있다고 생각해 줬으면 좋겠군. 물론 장비는 외부로 유출시키지 않을 것을 약속해 줬으면 해."

"그걸 어길 정도로 바보는 아니야."

유현이 코웃음을 쳤다. 장비를 유출시키는 것도, 아는 인원들에게 연구시켜서 기술을 파악하는 것도 어려운 일은 아니다. 그러나 그렇게 하는 순간 육도의 실행 부대가 움직여서 관련된 인물들을 세상에서 지워 버릴 것이다.

"대신, 그렇게까지 해준다면 좀 더 욕심을 내지. 그쪽에서 제공하는 장비, 내 제자에게도 쓰게 해도 되겠나?"

"멀린 영감과 아일라 스카우드라는 여자만 아니라면 상관없어. 너 스스로가 기술을 연구해서 장비를 만들어내는 것까지도 터치하지 않아. 그걸 유출시키지만 않는다면."

"정말 파격적이군. 고맙게 받도록 하지."

"어차피 네가 싸우려는 것은 우리의 적이기도 하니까. 그리고 우리에게 무기란 항상 남아도는 잉여 자원에 지나지 않지."

김지아는 그렇게 말하곤 몸을 일으켰다. '계산은 남자의 몫이야' 라고 말한 그녀는 유유히 카페의 문을 나섰고, 유현은 계산서를 든 채로 투덜거렸다.

"억만장자 주제에 쩨쩨한 소리를 하다니."

물론 그것은 유현 자신에게도 그대로 해당되는 이야기였다.


유현이 뒤늦게 카페에서 나오자 눈에 확 띄는 붉은 컨버터블 스포츠카 운전석에 앉아서 대기하고 있던 아일라가 다가와서 물었다.

"이야기는 잘됐나?"

"생각보다 더. 육도 측에서 정보는 물론이고 장비까지 제공해 줄 테니 열심히 해보라는군."

"장비까지? 꽤나 통이 크게 나오는군. 너를 높이 사고 있다는 반증일까, 아니면 육도 수뇌부가 원래 화통한 걸까. 상식적으로는 이해하기 힘든 파격이군."

"당신만 아니라면 다른 사람도 써도 상관없다더라고. 뭐, 성아네한테까지 주는 것은 불가능하겠지만."

유현의 아군으로 나선 사람은 난슬, 신우, 한얼, 아일라, 멀린 외에도 성아가 이끄는 망혼이 있다. 이번 요격 작전이 실현될 경우 성아도 나서기로 한 상태다. 그러나 한 조직을 이끌고 있는 그녀에게 육도의 장비를 쥐어줄 수는 없었다.

"육도의 장비에는 관심이 가는데 아쉽군."

아일라가 창 쪽에 팔을 걸치면서 투덜거렸다. 그녀가 크리스마스를 기념하여 스스로에게 주는 선물이라는 명목으로 구입한 것은 국내 판매가가 3억 원을 넘는 붉은 페라리 F430 스파이더 컨버터블 모델이었다. 지나가는 사람들이 한 번씩 눈길을 줄 수밖에 없는, 도로에서 마주치는, 가까이 가는 것조차 두려워해야 할 고가의 차량이다.

유현으로서는 참 부러운 물건이었지만 어쨌든 지금 그가 타야 할 것은 섹시한 바디 라인만으로도 넋을 잃게 하는 매력적인 스포츠카도, 머플러에서 터져 나오는 굉음이 가슴을 미칠 듯이 두근거리게 하는 오토바이도 아닌 3천만 원을 들여 만든 슈퍼 자전거였다.

'…진짜 스포츠카 하나 지를까.'

유현은 그렇게 투덜거리면서 티타늄과 카본 재질로 만들어진 자전거의 안장에 몸을 실었다. 기본적으로 오프로드 타입으로 만들어져 있었지만 종래와는 다른 아주 매끈한 바디를 갖고 있는데다가 인간의 한계를 초월한 힘도 너끈하게 받아들일 수 있는 구조를 가졌다. 타이어도 공기압 타이어 대신 타이어의 명가 미쉐린에서 개발해 낸 공기 없는 그물형 타이어를 써서 펑크 걱정을 안 해도 된다. 자전거에 그런 타이어를 달아놓으니 보기에는 좀 기괴해서 안쪽을 원판으로 가려두었고, 그것이 전체적인 디자인을 보다 돋보이게 만들었다.

유현이 직선주로에서 테스트해 본 결과 시속 170킬로미터 이상도 낼 수 있었고, 가파른 산악 지형에서 꽝꽝 튀어다녀도 멀쩡했으니 돈 값은 하는 셈이다. 그야말로 초인을 위한 자전 거라고나 할까?

'문제는 내가 뛰는 게 더 빠르다는 거지만.'

그 사실을 상기한 유현은 한숨을 푹 쉬고 말았다. 아무리 초인을 위한 자전거라도 받아들여서 소화해 낼 수 있는 힘에는 한계가 있었다. 그에 비해 유현은 전력을 다하면 장거리 이동 시 평균 400킬로미터에 가까운 속도를 낼 수 있고, 지형도 가리지 않으니 탈것에 집착하는 것 자체가 허무한 일이었다.

문득 아일라가 물었다.

"그 자전거, 얼마나 주고 만든 거지?"

"3천만 원."

"생각보다 싼데? 디자인도 근사하고. 나도 하나 살 수 있을까?"

아일라는 3억 원도 넘는 스포츠카를 지른 주제에 산악 지형에서도 운용할 수 있는 유현의 자전거가 탐나는 모양이었다. 유현이 투덜거렸다.

"그렇게 근사한 스포츠카를 가졌으면서 뭔 자전거를."

아일라의 페라리 F430 스파이더는 가격이 비싼 만큼 기본 사양도 뛰어나지만 그녀 자신이 연옥 식으로 개조한 물건이었다. 엔진 출력도 훨씬 높고 연비도 개선되었으며 마법적인 기능까지 들어가 있어서 안정성도 무척 높다. 게다가 장갑에도 마법이 걸려 있어서 중기관총으로 갈겨도 쉽사리 망가지지 않는다.

"자전거는 좋아. 친환경적이니까. 좋은 것은 사라지지 않지."

"…어디선가 들어본 것 같은 대사인데. 뭐, 좋아. 말 나온 김에 공방으로 안내해 줄게."

유현은 자전거 페달을 밟았다. 보통 자전거라면 부서질 것 같은 압력이 페달에 걸렸지만 역시 특수 자재에 최신 기술이 적용된 설계, 거기에 마법적인 기능까지 더해진 이 자전거는 거뜬하게 그것을 받아들인다. 바퀴가 아스팔트와 마찰하면서 자전거가 폭발적으로 가속했다.

"멋진걸."

아일라는 그 뒷모습을 보며 휘파람을 불었다. 그리고 액셀레이터를 밟았다. 계엄령 때문에 고요해진 안산 시내를 한 대의 자전거와 붉은 페라리 F430 스파이더가 시속 100킬로미터 이상의 속도로 질주하기 시작했다.

유현은 나란히 질주하는 스포츠카 운전석에서 금발을 휘날리는, 그 자체로 한 폭의 그림 같은 아일라의 모습을 보며 생각했다.

'아, 역시 자전거는 폼이 안 난다고!'

                    *          *          *

　어느덧 연말이 지나서 새해가 왔다. 1월 중순이 되자 사하라 사막을 잠식하는 세계수의 숲이 그 면적을 무려 40만 평방킬로미터까지 넓혔다는 소식이 들려왔다. 두 달 좀 못 되는 기간 동안 엄청난 넓이로 증식한 셈이다. 사하라 사막의 넓이가 860만 평방 킬로미터라는 것을 감안하면 앞으로 1년도 채 지나지 않아서 사하라 사막 대신 사하라 수해(樹海)라는 말을 써야 할지도 모른다.

　이미 사하라 사막의 생태계는 극적으로 바뀌어가고 있었다. 세계수의 숲은 물푸레나무뿐만 아니라 갖가지 동식물을 끌어들였고 곳곳에 샘과 냇물이 형성되어 가고 있었다. 기후마저도 조금씩 바뀌어가서 숲이 있는 곳에는 사막 지역보다 훨씬 자주 비가 내리는 것을 볼 수 있다고 한다.

　"끝내주는데. 이거 진짜 세계 전체를 집어삼켜도 이상하지 않겠는걸?"

　지윤은 미드가르드 내부 메일링 네트워크에 실시간으로 업데이트되는 사하라 사막의 자료를 보면서 말했다.

　세계수의 숲에서 단연코 눈에 띄는 존재는 역시 세계수다.

최초에 심어진 물푸레나무는 이미 높이만도 70미터에 이르는 정말 빌딩 같은 크기로 성장했다. 그리고 숲 곳곳에서 40미터 이상의 물푸레나무들이 관측되고 있는 것으로 보건대, 그 크기는 앞으로도 점점 커질 것으로 예측된다.

소파에서 닌텐도 DSi를 잡고 게임에 열을 올리던 이현종이 대꾸했다.

"아, 곧 다른 지역에도 세계수를 심을 거라더라."

"다른 지역이면 어디?"

"글쎄? 어디서부터 한다는 이야기는 아직 없었는데. 후보 지역은 일단 한국, 일본, 러시아, 스페인, 미국, 중국, 영국, 인도, 호주 등에서 랜덤으로 결정 나는 모양이야. 사하라 사막의 세계수가 충분히 성장했기 때문에, 그 힘을 바탕으로 타지역에 세계수를 탄생시키면 그 기세가 더더욱 커질 거라고만 하던데."

"흠. 슬슬 본격적으로 영맥을 제어할 생각인가?"

지윤은 눈을 가늘게 뜨고 생각에 잠겼다.

그의 뇌리에는 모건이 들려준 이야기가 메아리치고 있었다.


"세계수가 영맥을 제어했던 시대에는… 인간이 요괴였기 때문이다."

충격적인 이야기였다. 아니, 사실 요즘 듣는 '진실'이라는 꼬리표가 붙은 것들은 죄다 충격적이어서 이쯤 되면 충격적인지 어떤지도 애매하다.

그 옛날 인간은 요괴와 마찬가지로, 영맥으로부터 태어난 부정한 존재였고 자신들을 잉태한 구인류를 탐하는 괴물이었다.

그러나 시간이 지나고 세계가 파멸한 이후, 인간은 그러한 과거를 잊고 자신들을 잉태한 자들에 대해서도 까맣게 잊어버리고 세계를 차지했다. 그리고 예전의 자신들을 꼭 닮은 요괴라는 존재를 탄생시키고 말았다…….

모건은 모든 것을 이야기해 주지는 않았다. 하지만 그것만으로도 여러 가지 추측이 가능했다. 예를 들어 7대 세력의 수뇌부가 세계수의 부활을 무서워하는 것은, 영맥의 지배권을 빼앗길 경우 요정인인 에밀이 지금의 인류를 요괴와 같은 상태로 떨어뜨릴 수 있는 방법을 갖고 있을 수도 있기 때문은 아닐까.

'지나친 억측일 수도 있지만…….'

정확히는 그렇기를 바란다.

어차피 구인류는 에밀 혼자만이 남아 있을 뿐이다. 현 인류를 전부 요괴로 만들 수 있다고 하더라도 그 자리를 대신할 존재가 없는 것이다.

삐삐삐.

그때 인터폰의 벨소리가 들려와서 지윤은 퍼뜩 정신을 차렸다. 염동력으로 인터폰을 받아 들자 김혁의 흥분한 목소리가 들려왔다.

"야야! 그거 왔어 그거! 내려와 봐!"

"그거?"

"전에 자료 왔던 그거 있잖아! 빨리 와봐!"

딸칵.

"그거라니 뭐야?"

지윤은 눈살을 찌푸리며 인터폰을 바라보았다. 이현종을 돌아보자 그도 게임을 멈추고 고개를 갸웃거리고 있었다.

결국 두 사람은 하던 일을 멈추고 아래쪽으로 내려가 보았다. 그러자 그곳에는 미국 맨해튼까지 가서 어떤 물건을 운송해 온 모건이 담배를 뻑뻑 피워대고 있었고, 김혁과 기술자들이 몰려들어서 호들갑을 떨고 있었다.

"어, 다녀오셨어요?"

"그래. 꼭 이런 걸로 나를 부려먹어야 속이 시원한 건지 원."

모건이 투덜거렸다. 하지만 7대 세력이 바짝 날을 세우고 있는 지금, 정상적인 루트로 물건을 수송하는 것은 지극히 위험하다. 그래서 중요한 것들은 모건의 공간이동을 이용해서 운송하고 있었다.

"이거… 진짜로 만들었구나."

그렇게 운반되어 온 물건을 본 지윤은 감탄을 금치 못했다.

그것은, 로봇이었다.

"아, 이게 바로 사나이의 로망이지. 본사 기술 팀도 뭘 좀 안다니까!"

김혁이 신이 나서 로봇을 살펴보며 말했다. 그것은 신장이 4미터 70센티에 달하는 강철의 거인으로, 장갑 속에 인간을 태우고 움직일 수 있게 되어 있었다. 거인형 파워슈츠라고나 할까? 약간 땅딸막한 형태로, 사실은 애니메이션에 나오는 로봇보다는 이족보행을 하는 전차에 가깝다.

각진 부분이 하나도 없이 매끈하게 유선형으로 디자인된 장갑 위로 무수한 선을 그리며 각인된 마법회로가 은은한 빛을 발한다. 진정 미래적인 탈것이라고 부를 수 있는 병기였다.

모건이 김혁에게 말했다.

"그거 하나에 1억 달러 짜리다. 함부로 만지다 망가뜨리지 마라."

"1, 1억 달러?"

당황하는 김혁에게 모건이 피식 웃으며 덧붙였다.

"그것도 생산 단가가 그런 거지 개발 비용은 훨씬 많이 들었지. 판매한다면 두 배쯤은 먹여서 팔아야 본전을 찾을 수 있을걸. 원래는 디스트로이어의 골라이어스 대응용으로 만들어진 거니까."

홀린 듯이 로봇을 바라보고 있던 지윤이 그를 돌아보며 물었다.

"그쪽은 무인 골렘이잖아요?"

"그렇지. 그런 만큼 기동력과 상황 대처력 등이 처지니까, 이쪽은 유인기로 만들어서 개인의 기량을 최대한 살릴 수 있게 만든 물건인 거다. 확실히 사나이의 로망이 철철 넘쳐흐르는 SF 병기라고 할 수 있지. 스펙도 이쪽이 훨씬 위야. 골라이어스의 레일건은 마하 7의 탄속, 그리고 다섯 발 쏘면 레일이 나가 버리기 때문에 교체해 줘야 하지만 이쪽은 마하 8.4의 탄속, 그리고 여덟 발까지 쏠 수 있지."

"상세하게 아시는 걸 보니까 개발에도 관여하셨나 봅니다?"

"꽤 했지. 안 그랬으면 이거 반년 후에나 나왔을 거다. 나랑 에밀이 달라붙어서 문제점을 개선하고 양산할 수 있는 라인을 만들었지."

"헤에. 그런 게 세 대라니… 이건 언제부터 투입하는 거죠?"

"아마도 한 달 내에. 테스트도 필요하고 하니까 이번에는 쓰지 마라. 이거 때문에 앤드류와 휘하 부대 몇 명도 같이 왔다."

그 말에 지윤이 못마땅한 표정으로 한구석을 바라보았다. 에밀의 친위대 중 한 명인 거구의 외국인, 앤드류 웨버가 화강암 같은 표정으로 한쪽에 서 있었다. 원래부터 미드가르드 내부에서 키워진 인력인 그는 외부에서 들어온 인력들을 무시하는 경향이 있었기 때문에 지윤도 그를 싫어했다.

"저 양반은 왜요? 미국에서도 꽤 바쁠 텐데."

"그야 이 '티탄'의 테스트 파일럿이었으니까 이번에 지도차 방문한 거지. 온 김에 여기 팀의 상태도 감사하고 갈 모양이니까 긴장하는 게 좋을 게야."

"어이쿠, 짜증나."

사이가 나쁜 놈이 감사권을 갖고 왔다니 이것만큼 짜증나는 일이 또 있을까?

하지만 '티탄'이라고 명명된 이족보행형 병기는 정말 마음에 든다. 실성능이 어떨지는 모르겠지만 이런 것을 타고 움직인다는 것만으로도 가슴이 막 두근거리지 않는가? 아무리 인성이 망가져 버린 전투기계라고 하더라도, 아니, 그렇기에 더더욱 장비 등에서 로망을 찾게 되는 지윤으로서는 정말 근래에 이렇게 흥분해 본 적이 없는 것 같았다.

'아, 이런 걸 포스팅해야 하는 건데! 방문자수가 만 단위로 뛸 텐데!'

…이현종이 그의 생각을 들었다면 '이 블로그 폐인 새끼!' 하고 욕했을 것이다.

"그런데 세 대나 투입하다니, 누구누구 주려는 거죠? 일단 나하고."

"너 자신이 제외될 거라고는 눈곱만큼도 생각 안 하냐?"

"당연하죠. 나는 엘리트니까."

"호오, 매우 훌륭하다. 날이 갈수록 나를 닮아가는구나. 좋은 자세다."

"……."

우쭐거리던 지윤은 그 순간 꿀 먹은 벙어리가 되고 말았다. 그 표정을 본 모건이 킬킬 웃으면서 말했다.

"일단 너와 김혁이 타게 될 거다. 한 대는 앤드류의 것이고. 정도일은 이런 걸로 나서서 싸우는 타입이 아니라고 거절했고, 세르반테스는 이런 기계가 싫다고 안 타겠다더군."

"그 양반들 참 취향 별나네. 그런데 세르반테스는 본사 출신이잖아요? 계속 여기 있는 거예요?"

모건은 흑심이 있어서 한국에 오는 거고, 정도일이야 워낙 제멋대로인 인간이라 그렇다 치고, 세르반테스는 왜 한국에 와 있는 것인지 모르겠다. 테스트레자의 마이스터였다는 굉장한 경력을 가진 그는 지금 미드가르드가 보유한 전투 병력 중에서는 최강의 전력 중 하나였다. 종로강습 때야 첫 단추를 잘 끼워야 하니 신경 써서 지원 보낸 것이라고 쳐도, 지금은 전 세계를 상대로 작전을 펼치는 와중에 그런 인력을 한국에 놔둘 이유가 없다.

"앤드류와 휘하의 부대도 들어온 상태고… 뭐, 곧 한국에서 큰일이 벌어진다는 이야기겠지. 기대하고 있어라."

"종로 때 이상으로 큰 축제라도 벌이겠다는 거예요?"

그때는 진짜 멋졌다. 요괴를 풀어 일반인들을 학살하면서 전 세계를 발칵 뒤집어놓는 기분이라니! 인터넷이 들썩이고 인간들이 절규하는 것을 들으면서, 상식의 세계가 실시간으로 파괴되어 가는 것을 보면서 정말 죽어버린 감정에 오랜만에 불이 붙어 폭주하는 것을 느낄 수 있었다.

"그럴 거다. 그전에 작은 작전 몇 개가 있을 거고."

"그건 요즘 하기도 전에 좌절되는 경우가 많잖아요."

지윤이 투덜거렸다.

미드가르드의 한국 작전 부대는 지윤의 팀만 있는 게 아니다. 제법 많은 인원이 들어와 있지만 고급 인력의 질로 따지면 단연코 지윤의 팀이 톱이었고, 그 결과 종로강습이라는 중요한 임무를 맡았던 것이다.

다른 인원들은 요즘 전국적으로 활발하게 작전 활동을 개시하고 있었지만, 시간이 지날수록 육도에게 움직임을 간파당하는 일이 많아졌다. 이사진이 총력을 기울여 준 덕분에 덜미를 잡히는 일은 피하고 있었지만, 세 번이나 네 번 시도해서 한 번밖에 성공시키지 못하는 것은 꽤나 김이 새는 일이었다. 사실 이미 세계는 뒤집어질 대로 뒤집어졌으니 본격적으로 다음 단계로 이행하기 전까지는 숨을 죽이고 있자는 의견도 많이 나오고 있었다.

"그래도 하지 않는다면, 7대 세력은 금세 통제력을 회복할거다. 그런 식으로 계속 그들의 힘을 분산시키고 여력을 없애야 해. 그게 에밀이 의도하는 세계 변혁의 요체지."

"세계 변혁이라……."

근사한 이야기다. 지윤은 굳이 그에게 들은 위험한 진실을 거론하지는 않았다.

"어쨌든 이 녀석은 정말… 두근거리게 만들어주는군요."

"타보고 나면 더 두근거리게 될 거다. 티탄은 꽤나 멋진 녀석이거든."

모건이 웃었다.


2


세상일은 정말 알 수 없는 것이다. 400년 동안 뼈 빠지게 수련해서 얻은 힘을 한순간에 잃을 수도 있는가 하면, 남들이 다시 수백 년은 노력해야 회복할 수 있을 것 같은 상태를 고작 몇 달 만에 회복할 수도 있으니.

"와아, 드디어 아홉 개야, 아홉 개."

난슬은 자신의 엉덩이에 난 풍성한 꼬리들을 보면서 즐거워했다. 살랑거리는 꼬리의 숫자는 정확하게 아홉 개. 전설에 따르면 여우요괴가 가질 수 있는 한계 수치다.

"어, 난슬 누나. 그럼 이제 다시 구미호예요?"

"응. 구미호야."

신우의 감탄에 난슬이 생글생글 웃으며 대답했다.

그 앞에서 유현이 한숨을 쉬었다. 그녀의 상태가 회복되면 회복될수록 한 번에 받아들일 수 있는 힘도 늘어나서, 요즘은 정말 엄청난 에너지를 쏟아부어야 했다. 그러다 보니 그 에너지를 변환해서 공급하는 신체에 걸리는 부하가 그만큼 커져서 꽤나 피곤했다.

절대적인 수치로 보면 유현이 공급한 에너지는 현재 난슬이 보유한 에너지의 총합보다 몇백 배, 아니, 몇천 배 이상 많다. 하지만 인간이 섭취한 에너지를 전부 자신의 것으로 바꿀 수 없듯이 아무리 많은 에너지를 공급하더라도 그걸 소모해 가면서 흡수하고, 그로써 자신의 그릇을 변화시켜 가고 나면 원정(原情)이라 불리는 근원적인 에너지는 극히 적은 양만 모이게 되어 있었다.

"뭐, 그래도 이제 짐을 좀 던 기분이군."

유현은 기감을 조절해서 신체 상태를 조율하며 중얼거렸다.

난슬이 자신을 구하고 죽을 위기에 처했을 때부터, 그는 난슬에게 결코 갚을 수 없는 막대한 부채를 진 것 같은 기분을 느끼고 있었다. 그것은 물론 현실에서 이루어지는 일반적인 부채처럼 딱딱 이성적으로 맞아떨어지는 것은 아니었지만, 그래도 난슬의 상태를 하루빨리 돌려놓고 싶었던 것은 사실이다.

그리고 이제 그녀가 아홉 개의 꼬리를 되찾은 것을 보고 나니 조금이나마 마음의 짐을 덜어낸 것 같다. 저 상태를 안정시키려면 앞으로도 계속 에너지를 공급해 줘야겠지만, 적어도 예전과 거의 비슷한 수준까지는 회복시킨 것이다.

새하얀 여우귀와 아홉 개의 하얀 꼬리를 내놓은 채 덩실덩실 춤추고 있는 난슬의 모습은 깨물어주고 싶을 정도로 귀여웠다. 저 정도로 귀여우면 다 큰 처녀가 경망스럽게 군다고 타박도 못 주겠다.

'아, 저 녀석이 귀여워 보이다니 나도 연애 세포가 살아나나?'

생각해 보면 예전에는 처음 집에서 재울 때, 허벅지를 다 드러내고 가슴이 아슬아슬하게 보일락말락한 상태로 자고 있어도 아무런 감흥이 없었는데 지금은 저렇게 보고만 있어도 예쁘다, 귀엽다는 생각이 드는 것을 보니 정말 자신이 변하긴 많이 변한 모양이었다. 적어도 난슬을 보는 시각만은 예전의 기계적으로 객관화된 시각에서 탈피해서 감정이 깃든 사람의 것이 되었다는 느낌이 들었다.

"유현아, 고마워."

난슬이 활짝 웃으며 꾸벅 고개를 숙였다. 유현은 괜히 겸연쩍어져서 살짝 고개를 돌리며 말했다.

"아, 아니. 뭐 고마워할 일은 아니지. 나 때문에 그렇게 된 거였고."

"어, 사부님이 부끄러워하고 있어."

"부, 부끄러워하긴."

"부끄러워하고 있잖아요. 우와, 신기해라. 사부님한테도 이런 귀여운 일면이 있었… 크헉!"

집요하게 유현을 놀리려고 들던 신우는 결국 유현의 분노의 펀치를 맞고 날아가서 처박혔다. 그 모습을 보던 한얼은 '도련님은 왜 저렇게 매를 벌고 싶어 안달이실까' 하고 한숨을 쉬었다.

신우를 날려 버리고 냉정을 회복한 유현이 문득 물었다.

"그런데 그 머리랑 털 색은 안 돌아오나?"

"아, 이거?"

난슬이 백발이 된 자신의 머리칼을 만지작거렸다. 구미호
가 되었어도 하얗게 탈색된 전신의 털은 다시 색깔을 되찾을
기미가 보이지 않았다. 그녀가 배시시 웃으며 말했다.

"이건 어쩔 수 없는 것 같아. 둔갑술로 바꿀 수는 있겠지만
본래의 색은 이렇게 변해 버린 거고, 난 백발도 나름 마음에
드는걸. 피부도 좀 하얘졌지?"

확실히 털이 새하얘지면서 인간 모습일 때 피부도 좀 더 색
소가 빠졌다. 알비노에 걸린 사람처럼 눈이 토끼눈처럼 붉어
진다거나 피부가 투명해지는 정도는 아니었지만 전체적인 인
상이 눈으로 만들어진 조각상처럼 변한 것도 사실이었다. 힘
줄 하나 일어나지 않은 고운 발을 꼼지락거리는 그녀를 보던
유현이 툭 한마디 던졌다.

"노인네 같아."

"노인네라니, 나 400살밖에 안 먹었다 뭐. 멀린 할아버지보
다 훨씬 어린걸."

"…아니, 400살이나 먹었으면서 그런 소리를 하는 것은
좀."

유현은 아찔한 시간 감각으로 젊음을 주장하는 난슬의 말
에 입가를 실룩거렸다.

그때 누가 현관에서 벨을 누르는 소리가 들렸다. 유현은 그

것이 진선희라는 것을 알고는 신우가 나가보기도 전에 염동력으로 문을 열고 말했다.

"들어와."

"이젠 손님맞이도 안 하는 건가요?"

진선희가 투덜거렸다. 그러자 신우가 끄응 하고 미안한 표정을 지었다.

"미안해요, 누나. 내가 나가보기도 전에 사부님이……."

"그… 누, 누나라고 부르지 말라니까."

진선희는 귀여운 얼굴로 친근하게 부르는 신우의 말에 살짝 얼굴을 붉혔다. 항상 냉정하고 까칠한 것 같지만 신우에게는 꽤나 약한 모습을 많이 보여주고 있었다.

'은근히 귀엽긴 하단 말이지. 하긴 자존심 내세우는 것도 딱 그렇고.'

유현 자신은 굉장히 어른스러운 사람이라도 되는 것처럼 그렇게 생각하며 물었다.

"그렇게 신우가 맞이해 주는 게 좋으면 다음부터는 꼭 신우를 내보내도록 하지."

"아니에요! 무슨 이상한 소릴."

진선희는 정색을 하면서 노트북을 꺼내서 펼쳤다. 패스워드를 넣고 부팅이 되기를 기다리는 그녀에게 유현이 물었다.

"그런데 웬일로 혼자 왔어? 아연 씨는?"

"아, 길드 사람들이랑 레이드가 있어요."

"…그 사람마저."

유현은 온라인 게임의 폐해를 온몸으로 느끼며 머리를 짚었다. 그리고 진선희를 보며 물었다.

"너도 해?"

"아, 아뇨. 저는 별로……."

"누나 저번에 그 아연 누나랑 이야기할 때 테슬라 길드 소속이라고 하지 않았어요? 거기 공대로 꽤 유명한데."

"……."

"……."

눈치없는 신우의 한마디에 진선희는 꿀 먹은 벙어리가 되었고, 유현의 한심해하는 시선이 날카로운 비수가 되어 그녀의 가슴에 박혔다. 곧 그녀가 얼굴을 확 붉히며 말했다.

"그, 그게 어때서요! 하, 할 일도 별로 없으니까 게임 정도는……."

"아니 뭐, 네가 임무에 불성실하다거나 방구석 폐인이라거나 밥도 제대로 못한다거나 하는 소리를 하려는 게 아니고……."

"그런 소리 들을 이유 없거든요! 그러는 당신은 게임 안 해요?"

"난 요즘 안 해. 추악하고 각박한 현실에 맞서기 위해 온 힘을 다하다 보니 온라인 게임 폐인질 같은 사치를 부릴 수가 없군. 한가하고 여유있는 댁들이 내가 즐기지 못하는 몫까지 열심히 즐겨주시게나."

"큭……."

약점을 봉하고 비웃음을 흘리는 유현 앞에서 진선희는 분한 표정으로 주먹을 떨었다. 예전에는 육도 내에서 촉망받는 천재 소녀 마법사로 불렸는데 어쩌다 이렇게 스타일을 구기게 되었는지 모르겠다.

"뭐 그건 그렇고, 오늘은 무슨 일이야?"

"위에서 명령이 내려와서 왔어요. 당신 도대체 그분한테 무슨 제안을 했길래 이런 명령이……."

"아, 무기 보여주러 온 거구나? 카탈로그 파일 띄워줘."

"재촉하지 않아도 그럴 거예요."

진선희가 으르렁거리면서 노트북에 들어 있는 육도의 장비 카탈로그 파일을 열었다. 유현은 실로 오랜만에 보는 육도의 전용 프로그램에 그리움마저 느꼈다.

"이야. 이거 진짜 오랜만이다. 레이아웃이 좀 바뀌었네? 버전은… 그새 3.34까지 업데이트됐어?"

유현이 쓸 때는 프로그램 버전이 1.75였다. 그런데 그새 3.34까지 업데이트되고 레이아웃이나 인터페이스가 훨씬 더 세련되게 바뀌어 있었다. 게다가 노트북 하드웨어 자체에 탑

재된 마법적 시스템과 연동해서 관련자가 아니면 설령 프로그램이 실행되고 있는 것을 보더라도 아무것도 알 수 없게 했다. 일단 진선희는 유현을 비롯한 이 자리에 있는 사람들을 열람 허가 목록에 등록시킨 상태였다.

"1.75라니… 그때는 버그 꽤 많지 않았어요?"

"으음. 용량 많은 파일을 돌리면 툭하면 열람자 인식 문제에 버그가 생겨서 통째로 다운되곤 했지. 요즘은 그런 문제없나?"

"네. 요즘은 없어요."

"좋겠다. 프로그램 환경도 꽤 개선되었네."

유현은 투덜거리면서 카탈로그를 살펴보았다. 장비가 카테고리 별로 분리, 썸네일 이미지들이 한 화면에 9개씩 떠 있고 명칭과 간략한 설명이 붙어 있는데, 그것을 클릭하면 테스트 시의 영상을 포함한 상세한 자료를 볼 수 있게 되어 있었다.

"이게 브류나크 M201이군. 수라 급한테만 사용이 허가된 물건이었어?"

"혹은 수라 급이 특수인가를 내준 상대에 한해서, 작전 행동 중에만이죠."

"흠. 뭐야? 이거 후속 기종이 나흘 전에 정식으로 나왔네? 브류나크 DX212라, 구경은 똑같지만 간이 공간압축기술을 개선해서 탄 수가 두 발 더 늘었군. 탄은 똑같이 묘르닐을 쓰는데, 묘르닐도 버전이 나뉘었고. 에너지 볼텍스 버전하고 라이트닝 블래스터 버전이라니 개발진이 아주 활활 불타오르면서 작명한 것 같은데. 그런데 더블 버스터 모드 탑재? 이건 또 뭐야?"

"후속 기종이 나왔다고요?"

진선희가 눈살을 찌푸리며 물었다. 브류나크 시리즈는 신아연이 애용하는 장비인만큼 새로운 버전이 나오면 당연히 체크해야 할 텐데, 신아연도 진선희도 요즘 장비 쪽에는 별로 관심을 안 두고 있다 보니 모르고 있었다.

"온라인 게임 하느라 몰랐나 보군. 아연 씨도 모르고 있으면 가르쳐 주지 그래?"

"큭……."

핵심을 찌르는 유현의 말에 진선희가 치를 떨었다. 하여튼 이 남자는 좋아할 만한 구석이 없다. 어쩌면 이렇게 얄미울까?

"이 파일을 복사하는 건… 역시 안 되겠고. 여기서 적당한 것들을 선택해 둬야겠군. 시간이 좀 걸릴 것 같은데, 신우하고 게임이라도 하고 있어."

"피, 필요없거든요?"

"그럼 심심하게 뭐 하게? 신우야, 애 음료수나 한 잔 갖다

줘라."

"네."

신우가 냉장고에서 음료수를 꺼내서 따르는 동안 유현은 카탈로그를 살펴보면서 마음에 든 장비들을 바탕화면에 문서 파일을 열고 기록하기 시작했다. 자신의 장비만이 아니고 신우와 한얼이 쓸 장비까지 같이 고르다 보니 꽤 꼼꼼하게 체크를 해보고 있었다.


그리고 20분 후.

"깨, 깼어!"

게임기의 패드를 붙잡고 좀비 학살에 열을 올리던 진선희는 몇 번이고 죽어서 컨티뉴해야 했던 스테이지를 깨고는 환호성을 질렀다. 그녀와 함께 그 스테이지를 플레이했던 신우가 환하게 미소 지으며 말했다.

"우와, 이제 보스전이에요! 보스전!"

"그, 그래. 긴장해야지."

두 사람은 기세를 타고 시체를 뭉쳐 만든 기괴한 몽둥이를 휘두르는 보스 캐릭터까지 처치했다. 화면에 뜨는 스코어를 보고 희희낙락하는 두 사람에게 문득 유현의 목소리가 들려왔다.

"잘 노네."

그 말에 진선희가 흠칫했다. 그녀는 게임기 패드를 잡은 자신의 손을 내려다보며 얼굴을 붉혔다.

'…내가 뭘 하고 있는 거지?'

말은 그렇게 해놓고 단 20분 만에 모든 것을 다 잊고 게임에만 매진하고 있는 꼴이라니, 아, 스스로의 한심함에 눈물이 나올 것 같다. 유현이 귀엽다는 듯 피식피식 웃으며 바라보는 눈길이 더할 나위 없는 굴욕감을 선사했다.

"누나! 다음 판 시작했어요!"

"앗, 으, 으응!"

그러나 일단 게임이 시작되자 굴욕감이고 나발이고 다 잊어버리고 다시 좀비 학살에 열을 올리는 진선희, 여태까지 살벌한 마법 공부만 하느라 게임이라고는 거의 해본 적이 없는 불쌍한 열여덟 살 소녀였다.

그들이 노는 것을 지켜보고 있던 난슬이 슬그머니 유현에게로 다가와서 물었다.

"같이 봐도 돼?"

"응. 너도 열람 허가자로 등록시켜 놓은 것을 보면 문제없을 것 같은데. 네가 쓸만한 장비도 몇 개 골라놨어."

"내가 쓸 거?"

난슬이 눈을 동그랗게 떴다.

유현의 계획상 난슬은 전투에 참여하지 않는다. 요괴를 상대로 하는 전투라면 모를까, 이번에는 연옥의 인간들과 싸우는 전투다. 거기에 난슬을 끼워 넣는 것은 옳지 못하다고 생각한 것이다.

'뭐, 이런 배부른 소리도 앞으론 할 수 없게 될지도 모르지만······.'

그러니까 더더욱 지금이라도 난슬을 피비린내 나는 일에서 떨어뜨려 놓고 싶었다. 그녀는 요괴의 본성조차 극복하고 수백 년간 순수함을 지켜왔다. 자신이 아는 그 누구보다도 '인간답다'는 말이 어울리는 그녀를 유현은 소중히 지켜주고 싶었다.

'우스운 감정이군.'

유현은 쓴웃음을 지으면서 카탈로그에서 몇몇 장비들을 띄워 보여주었다. 선술의 힘과도 어울릴 수 있는 장비들로, 간단하게는 그 힘을 증폭시키는 것부터 시작해서 힘을 충전해서 변환시켜 방출하는 것까지 여러 가지 특별한 기능을 갖고 있었다.

"육도에서는 이런 장비들을 쓰는구나. 굉장한 기능들이 딸려 있네. 옛날 같았으면 이런 것 하나를 놓고 서로 가지겠다고 전쟁도 불사했을 텐데 지금은 공산품 취급이라니."

"기술의 발전이라는 것은 놀라운 거지."

유현은 한쪽 화면에 브류나크 DX212와 궁니르 GTX77을 띄워놓고 보고 있었다. 브류나크는 공간압축기술을 통해 일발의 파괴력을 최대한 키운, 휴대용 레일건에 가까운 물건이고 궁니르는 유효 사거리와 정밀도에 초점을 맞춘 장거리 저격용 라이플이다. 물론 북유럽신화에서 오딘이 사용하던 신창(神槍)의 이름을 붙인만큼 이쪽도 파괴력은 끔찍할 정도다.

'실제로 보조 시스템을 전부 가동시키면 명중률 70% 이상으로 2.2킬로미터 저격이 가능, 현실적으론 불가능해도 위성 시스템의 지원까지 받으면 이론상으로는 10킬로미터 이상에서도 저격이 가능하다니 이건 진짜 반칙이로군.'

원래 스나이퍼 기질이 있는 유현은 궁니르 GTX77의 사양을 보면서 가슴이 두근거리는 것을 느끼고 있었다. 사람 죽이는 무기에 이렇게 두근거리다니, 정말 전투기계의 성질은 어디 가질 않는가 보다.

유현은 신우와 한얼도 불러서 필요한 장비 몇 개를 보여주고 고르게 했다. 유현이 작성한 리스트를 본 진선희가 혀를 내둘렀다.

"아니, 도대체 얼마나 뜯어내려는 거예요? 이건 트레일러네 개 분은 되겠네."

유현이 작성한 리스트의 양은 어마어마했다. 장비의 숫자 자체도 많지만 소모품은 정말 끔찍할 정도로 많이 신청했다.

하지만 유현은 태연했다.

"이제부터는 전쟁을 해야 하니까 그 정도는 필요해."

"뭐, 상부에서 알아서 하겠죠. 전부 재고가 있는 물건들일 테니까 금방 도착할 거예요."

"즐겁게 기다리지. 게임기 빌려줄까?"

"피, 필요없어요."

방금 전까지 정신없이 게임에 빠져 있던 진선희는 유현의 말에 얼굴을 붉혔다. 하지만 집으로 돌아간 그녀는 곧 온라인 쇼핑몰에 들어가서 게임기와 건슈팅 게임용 액세서리, 그리고 인기 게임 타이틀을 대거 질러 버려서 신아연을 어이없게 했다.

3

지혜는 끝도 없이 글자를 적어나가고 있었다. 새하얀 방의 바닥에, 벽에, 천장에 수만 자도 넘는 글자를 계속해서 적어서 복잡한 패턴을 그려낸다. 그 패턴은 지금까지 난슬과 함께 연구하면서 수십 번도 더 수정된 결과물이었다.

"다 됐어, 언니!"

마침내 마지막 글자를 적어 내려간 그녀가 환호성을 질렀다. 한쪽 벽에 기댄 채 그녀의 작업을 지켜보던 성아가 신나서 깡충깡충 뛰어서 달려드는 그녀를 받아주었다.

"정말 수고했어."

"응. 너무 힘들었어……."

지혜가 방을 죽 둘러보면서 중얼거렸다. 정말 지긋지긋한 작업이라 중간에 몇 번이나 포기하고 싶었다. 하지만 그러지 않을 수 있었던 것은 이 작업이 성공하면 사방에서 위협받는 조직을 지켜낼 수 있다는 점과 신선인 가람이 성공 가능성을 인정해 주었다는 것이었다. 그리고 존경하는 요괴선인 난슬이 끈기있게 도와주었기에 여기까지 올 수 있었다.

"그럼 이제… 시도할 수 있는 거야?"

성아가 방 한가운데 눕혀져 있는 신령의 유해를 보며 물었다. 뱀이 탈피하고 남겨진 껍질 같은 저것은 몇 개월이 지났는데도 조금도 썩어 들어갈 기미가 없었다.

"응. 지금이라도 곧."

지혜는 문득 생각났다는 듯 구석으로 달려가더니 그곳에 놓여 있던 두루마리를 집어 들었다. 가람이 마지막 단계에 필요한 것이라며 건네준 두루마리다. 작업을 위한 주술진 자체는 성공적으로 완성되었지만, 시도하기 전에 이 두루마리를 펼쳐 봐야만 할 것 같았다.

지혜가 그것을 풀자 안에서 청명한 기운이 흘러나왔다. 난슬이 하얀 여우귀를 쫑긋 세우더니 다가왔다.

"가람이 기운이야."

"이건… 못 읽겠어요."

"어라, 이건 범어(梵語:산스크리트 어)잖아?"

주술진에 대한 어드바이스를 범어로 써서 주다니, 연지혜
가 못 읽는 것도 당연했다. 주술을 공부하면서 수천 자의 한
자와 현대에는 사어가 된 고대어들을 공부한 그녀지만 범어
는 공부 범위 밖이었다.

"천축에 가서 공부하더니 그거 티 내고 싶었나 봐. 내가 읽
게 하고 싶었는지도."

난슬은 그렇게 말하면서 범어로 된 두루마리를 읽어 내려
갔다. 유현이 물었다.

"너는 그거 읽을 수 있어?"

"응. 나는 봉인되기 전에도 선술과 조금이라도 관계가 있
는 고대어나 사어(死語)들은 다 읽고 쓸 수 있었어. 가끔 가람
이한테 번역해 주거나 가르쳐 주곤 했는데 그래서 굳이 범어
로 써서 남겨놓은 것 같아."

"호오, 그럼 고대어나 사어 말고 다른 나라 말도 할 수 있
나?"

"조금은."

"몇 개나 할 수 있는데? 한 서너 개쯤은 할 수 있어?"

난슬이 봉인됐던 100년 전에는 세계화가 뭔지도 모르던 시

절이니 언어는 그리 많이 익히지 못했을 것이다. 유현은 그렇게 생각하고 물었다. 고작 해야 일본어나 중국어를 비롯한 동남아시아권의 언어 정도겠지. 그러나 돌아오는 대답은 상상을 초월한 것이었다.

"응. 17개 국어는 요즘 말로 하면 네이티브? 그렇게 할 수 있고 더듬더듬 말을 나누는 것 정도까지 합치면 33개 국어, 인사와 아주 중요한 말만이라면 47개 국어 할 수 있어."

"……."

순간 유현은 현기증이 날 것 같았다. 세상에, 저렇게 많은 언어를 다 구사한다는 게 말이 되는 거야? 사람 머리로 그런 게 가능해?

'아, 이 녀석 사람 아니지 참.'

생각해 보니 난슬은 사람이 아닌 영특하고 교활하기로는 타의 추종을 불허한다는 구미호다. 그렇다면 그런 언어 능력도…….

"아니, 아무리 구미호고 400년을 살았다고 해도 이건 말이 안 돼. 어떻게 그런 게 가능하지?"

"그냥 열심히 하다 보니 되던걸?"

"……."

이래서 천재 따윈! 유현은 자신이 5개 국어를 터득하기까지의 과정을 떠올리며 치를 떨었다. 전투원으로서 필요하기 때문에, 학습 효율을 극한까지 끌어올린다는 명목으로 마법의 힘까지 빌리고, 성적이 떨어지면 전기 충격 같은 인권을 유린하는 벌까지 받아가면서 겨우겨우 터득했는데 이 녀석은 뭐? 17개 국어를 네이티브하게 구사하는 것도 그냥 열심히 하다 보니까 돼?

'역시 세상은 불공평해. 빌어먹을 세상!'

생각해 보면 난슬은 신이 불공평한 이유를 온몸으로 보여주는 녀석이었다. 처음 요괴가 될 때 막대한 에너지를 받아서 곧바로 대요괴인 구미호가 되질 않나, 사람 먹는 괴물로 타락하기 전에 우연히 지나가던 선인과 선연이 닿아서 요괴선인이 되질 않나. 이무기에게 농락당해서 죽었던 팔미가 그녀에게 열등감을 폭발시킨 것도 이해가 간다. 아니, 아주 당연한 일이었다!

유현이 마음속으로부터 시커먼 오라를 피워 올리는 동안 둔감한 난슬은 가람이 남긴 두루마리에만 정신을 집중했다. 그것은 단순히 문장을 써놓은 것이 아니라 읽기 어렵도록 어떤 패턴을 이루도록 배치되어 있었다. 마치 이 방에 지혜가 꼬박 몇 개월 동안 적어놓은 것처럼 말이다.

지혜가 존경의 눈빛을 보내며 물었다.

"다 읽으신 거예요?"

"웅. 이건 가람이가 보내는 선물이야. 이것 자체가 굉장히 심오한 술법이네. '이것을 통해서 주술진을 발동시킬 것'이라고 적혀 있어."

"이걸 발동키로 삼으라는 건가요?"

"그렇게 하면 될 거야. 네가 주술진을 어떤 식으로 구축할지 예측하고 거기에 따라오는 문제들을 해결해 주는 술법서를 만든 거야."

"굉장하네요. 역시 신선."

한창 이것저것 수정이 가해지던 초기 상태만 보고 완성 단계를 완벽하게 추측하고, 거기서 생길 문제까지 대비해 주다니 상상을 초월하는 경지다. 난슬이 배시시 웃었다.

"역시 가람이는 대단해. 천축으로 공부하러 가더니 이제는 완전히 내가 추월당했네."

그렇게 말하는 난슬의 얼굴에는 한 점의 구김도 없었다. 그런 그녀를 보면서 유현은 참 대단한 녀석이라고 생각했다. 엉뚱하게 100년 동안 봉인되어 있느라 항상 가르쳐 주는 입장이었던 동생에게 추월당했으면 씁쓸해하고 질투해도 이상하지 않을 것 같은데, 난슬에게서는 그런 기색을 찾아볼 수 없으니.

"그럼 이제 시작하자. 둘 다 준비됐어?"

난슬이 성아와 지혜를 보면서 물었다.

신령의 유해는 두 사람이 흡수할 예정이었다. 이 의식의 목적은 단순히 힘을 받아들이는 것만이 아니라 이 아지트를 중심으로 하는 거대한 영력 순환 시스템을 구축하는 것이다. 신령이 있을 때처럼 각 조직원들의 힘을 향상시키고, 그 중심에 성아와 지혜는 막강한 능력을 갖게 된다.

"준비됐어."

성아가 결연한 표정으로 말했다.

몇 개월에 걸쳐 연구하고 검토했다고 해도, 그리고 거기에 신선이 도움을 주었다고 해도 위험성이 큰 작업이다. 자칫하면 영적 반동으로 모든 것을 잃고 폐인이 될 수도 있었다.

하지만 쇠락해 가는 조직을 다시 일으켜 세우고 조직원들을 지켜주기 위해서, 그리고 앞으로 격변하는 세계 속에서 살아남기 위해서는 반드시 필요한 일이라고 생각했다.

성아가 지혜에게 말했다.

"지혜야, 너까지 위험을 감수할 필요는 없어."

"무슨 말이야? 처음부터 내가 제안하고 진행한 일인걸. 이제 와서 어린애 취급하려고 하지 마, 언니."

성아의 마지막 배려를 지혜는 당차게 물리쳤다. 성아는 쓴웃음을 지으며 주술진 안으로 걸어 들어갔다.

두 사람이 모두 준비를 미치지 난술은 마지막으로 주술진의 상황을 점검했다. 유현이 산더미처럼 갖다 준 정령석들이 이 진의 기동을 위해 쓰이고 있었다.

"힘이 충분할까 조금 걱정되는데……."

인간은 쉽게 자신의 그릇을 변화시킬 수 있는 존재가 아니다. 자신의 그릇 이상의 것을 받아들이려고 했다가 파멸한 사례는 헤아릴 수 없을 정도로 많다. 신령을 받아들여 수십 년에 걸쳐 노력해도 가능할지 어떨지 모를 변화를 한순간에 일으키려는 것은 그만큼 위험부담이 큰 일이다.

"그 부분은 내가 서포트할 테니까 다른 문제만 점검해."

유현이 말했다. 이미 의식에 필요한 에너지의 성질은 파악했다. 만약 힘이 부족하다면 자신이 퀘이사 에너지를 이용해서 보충하면 된다.

난슬이 고개를 끄덕이고는 두루마리를 펼쳐서 허공에 던져 두었다. 펼쳐진 두루마리가 허공을 떠다니며 희미한 빛을 발하기 시작했다.

"그럼 시작할게."

"응."

"네."

성아와 지혜가 긴장된 기색으로 고개를 끄덕였다.


난슬이 투명한 선기를 흘려내며 주술진과 가람이 남긴 두루마리의 술법을 발동시켰다. 동시에 방 전체가 변화하기 시작했다. 무수한 글자들이 빛을 발하며 춤을 춘다. 마치 뜨개

질을 하듯, 복잡한 패턴으로 얽어서 일정한 형상을 그려낸 글자들이 일그러지면서 움직인다. 그것만으로도 방 전체가 꿈틀거리는 것 같은 느낌이 모두에게 전해지며 현기증이 날 것 같았다.

그 속에서 어마어마한 에너지가 꿈틀거리기 시작했다. 지금 이 의식을 위해 비축해 둔 에너지의 양은, 신령의 유해가 가진 에너지 총량보다 압도적으로 많다. 그러나 그것을 두 사람이 받아들여 소화시키려면 이 정도로도 부족할 것 같았다.

'아악……!'

성아는 소리없는 비명을 질렀다.

주술진 한가운데서, 신령의 유해가 소리없이 분해되어 빛으로 화하고 있었다. 그렇게 생성된 무수한 빛의 입자들이 정확히 반으로 나뉘어져서 주술진을 타고 흐르다가 성아와 지혜에게로 들어온다.

처음 그것이 들어올 때는 정신이 명료해지면서 시원한 청량감 같은 것이 느껴졌다. 하지만 곧 기존에 자신이 갖고 있던 힘과 충돌하면서 엄청난 고통이 뒤따랐다.

상황은 지혜도 마찬가지였다. 두 사람 다 고통으로 몸을 뒤틀고 있었시만 비명조차 지를 수 없다. 주술진 안에 갇힌 채 마음속으로만 절규할 뿐이다.

"저거 괜찮은 거야?"

유현이 눈살을 찌푸리며 물었다. 난슬이 대답했다.

"괜찮아. 몸을 급격하게 변화시키는 일이니까 고통이 따르는 것은 당연한 거야. 그건 스스로 감내해야 해. 너도 마법 술식을 몸에 심을 때 그랬잖아?"

"그랬기는 했지만……."

유현은 마법 술식을 수술로 이식할 때보다는 퀘이사의 힘을 받아들일 때를 생각했다. 자기 자신의 존재가 낱낱이 해체되었다가 재조립되는 고통은 지금 떠올려도 오싹하다. 두 번 다시 겪고 싶지 않았다.

난슬은 주술진의 상태에서 한순간도 눈을 떼지 않았다. 이 의식을 조율하는 위치에서 조금이라도 에너지의 흐름이 불안정해지면 조정하고, 한쪽의 힘이 모자란 것 같으면 과한 곳의 힘을 더해서 균형을 맞춰간다. 항시 요력이란 불안정한 힘을 선기로 변환시켜 가며 존재를 유지해 온 그녀였기에 가능한 신기에 가까운 솜씨였다.

의식의 중심에 있는 그녀에게는 성아와 지혜가 겪고 있는 변화가 아주 잘 보였다. 주술진은 신령의 유해를 그녀들이 받아들일 수 있는 힘으로, 그리고 그녀들의 몸을 올바르게 변화시키기 위한 설계도와 공정의 역할을 동시에 수행한다. 그녀들은 격통 속에서 영적으로도, 육체적으로도 큰 변화가 일어나는 것을 느끼고 있었다.

"유현아."

문득 난슬이 유현을 불렀다. 유현이 그녀를 돌아보자 그녀가 주술진 한구석을 가리키며 말했다.

"제2지점의 정령석이 고갈되어 가고 있어. 에너지를 공급해 줘."

"설마 정말 모자랄 줄이야."

유현이 투덜거리면서 그 지점으로 향했다. 꿈틀거리며 빛을 발하는 글자들 때문에 별로 넓지도 않은 공간인데도 방향 감각과 균형 감각이 마구 헝클어지고 있었다. 하지만 유현은 굳건히 스스로의 감각을 지켜낸 채 그 지점에 가서 손을 대고 에너지를 공급하기 시작했다.

'조금만 더 힘을 내라.'

유현은 괴로워하고 있는 두 사람을 보며 마음속으로 응원을 보냈다. 두 사람의 몸에는 눈에 띄는 변화가 일어나고 있었다. 빛에 휘감긴 피부가 녹아들어 가나 싶더니 쩍쩍 갈라져서 떨어지고 있는 게 아닌가? 보고 있던 유현이 오싹한 느낌에 흠칫했을 정도였다.

"환골탈태야. 뱀이 허물을 벗는 것과 같은 거야."

그런 유현의 표정을 본 난슬이 안심하라는 듯 설명해 주었다.

열기 속에서 두 사람의 몸은 급격하게 변화되어 갔다. 영적인 그릇이 확장되어 가고, 몸 역시 그에 맞추어 구조가 바뀐다. 그 과정에서 일어나는 강한 열기가 두 사람의 옷을 태워서 바스러뜨렸다.

의식은 그 후로도 3시간에 걸쳐 계속되었다. 생각보다 급격하게 에너지가 소모되는 바람에 유현은 거의 한계까지 힘을 쥐어 짜내야만 했다.

"…피곤하군."

주술진의 파동이 잦아드는 것을 느끼며 유현이 중얼거렸다. 현기증이 날 정도로 정신력이 소모된 것이 느껴진다.

주술진 한가운데는 더 이상 인간이라고 볼 수 없는 두 사람이 쓰러져 있었다. 몸에서 벗겨져 나온 허물들이 옷의 파편들과 뒤섞여서 열기에 부풀어 오르고, 변형되어서 끔찍한 괴물 같은 형상이 되었다.

"우웩, 지금 저런 걸 보니 토할 것 같군. 게다가 이 방 너무 짜증나."

유현이 꿈틀거림을 멈춘 글자들을 보며 투덜거렸다. 난슬이 웃으면서 주술진 안으로 걸어 들어갔다.

"괜찮아. 무사히 끝났어."

그녀는 두 사람을 감싼 허물의 표면에 손을 대었다. 치이익, 하고 열기가 끓어올랐지만 그새 술법으로 손을 보호해서 아무런 상처도 입지 않았다. 그리고 다음 순간 그녀가 있는 힘을 다해서 주먹을 내려쳤다.

콰작!

"어, 어이. 너무 과격한 것 아냐?"

바위도 부술 것 같은 일격에 유현이 당황해서 물었다. 하지만 그 안쪽으로 손을 집어넣은 난슬은 태연하게 대답했다.

"이렇게 안 하면 안 부서지는걸? 지혜 양 것은 유현이 네가 부숴."

콰자작, 콰각!

난슬은 그렇게 말하면서 성아의 허물을 뜯어냈는데, 소리만 들어봐도 강도가 어느 정도로 강한지 짐작할 만했다. 유현은 지혜의 허물을 향해 가볍게 주먹을 내려쳐 보고는 눈살을 찌푸렸다.

"거의 강철이구만."

하지만 그는 난슬과는 다른 방법을 택했다. 마력을 모아 빛의 칼날을 구현시켜서 허물을 갈라 버린 것이다.

"그러다 지혜 양 다쳐."

"그게 네가 할 소리냐?"

난슬의 말에 유현은 기가 막혀서 투덜거리며 허물을 벗겨내고 안쪽을 들여다보았다. 그 안쪽에는 지혜가 알몸으로 웅크리고 있었다. 유현은 나머지 허물을 다 부수고는 염동력으로 그녀를 바깥으로 옮겼다.

"으, 으응……."

잠시 후 성아가 먼저 정신을 차렸다. 그녀는 눈살을 찌푸리면서 몸을 뒤척이더니 곧 헉 하고 눈을 떴다.

"어, 어떻게 된 거지?"

"성공했어."

난슬이 배시시 웃으며 대답했다. 그런 그녀의 옆에서 지혜도 몸을 뒤척이더니 눈을 떴다. 그리고 비명을 질렀다.

"꺄악!"

그녀는 전광석화처럼 몸을 일으키더니 난슬의 뒤로 달려가서 숨었다. 성아가 눈을 동그랗게 뜨고 물었다.

"지혜야, 왜 그래?"

"우리, 우리 알몸이란 말예요, 언니!"

지혜가 얼굴이 새빨개져서는 손가락으로 한쪽을 마구 가리켰다. 그 손가락을 따라가 본 성아는 그녀가 왜 그러는지 대번에 깨달았다.

"꺄악!"

그곳에는 유현이 눈을 멀뚱멀뚱 뜨고 있었던 것이다.

성아는 손에 잡히는 것을 유현에게 마구 집어던진 다음 자신도 난슬 뒤로 가서 숨었다. 물론 두 소녀가 숨을 만큼 난슬이 큰 것이 아니다 보니 몸만 가리는 것이 고작이었다.

"이크크, 살벌하게스리."

유현은 날아오는 허물의 파편들을 쳐내면서 혀를 찼다. 성아는 전투 훈련을 받은 아가씨답게 일반인이라면 맞아 죽었을 기세로 파편들을 집어던졌던 것이다.

난슬이 무신경한 유현을 보며 말했다.

"유현아, 나가 있어."

"그러지. 아가씨들이 부끄러움을 많이 타네."

"변태! 변태야!"

"변태라니… 언제부터 그렇게 델리케이트했다고."

유현은 코웃음을 치고는 밖으로 나갔다. 유현의 발소리가 멀어지자 성아와 지혜는 새빨개진 얼굴로 난슬의 뒤에서 나왔다.

"아우, 난슬 씨, 유현이는 미리 좀 내보내 줬어야죠!"

"미안. 내가 생각을 못했어."

난슬은 두 사람이 알몸일 거라는 것까지는 예상했지만, 그걸 유현에게 보이면 안 되겠다는 생각은 못했다. 하긴 그녀 자신도 예전에 거리낌없이 알몸을 보여줬을 정도니 정상적인 여자(?)의 반응을 예상하지 못한 것도 당연하다면 당연하다.

"아, 유현이한테 옷 좀 가져다 달라고 할걸."

"그, 그러게요."

지혜가 화끈거리는 얼굴을 감싸 쥐면서 말했다.

문득 성아가 그녀를 바라보며 눈을 동그랗게 떴다. 그러더니 갑자기 손을 뻗어서 그녀의 양 볼을 움켜쥐고는 자기 쪽으로 끌어당겼다.

"지, 지혜야 너……."

"어, 언니? 왜 이래?"

당황하는 지혜에게 성아가 충격적인 진실을 고했다.

"피부 무지 좋아졌어."

"…어?"

그 말에 지혜는 놀라서 자신의 피부를 만져 보았다. 하지만 촉감만으로는 얼마나 나아졌는지 잘 모르겠다. 살짝 당겨보니 옛날보다 쫀득쫀득(?)해진 것 같기도 하고?

그러던 지혜는 문득 성아의 얼굴을 보며 눈을 동그랗게 떴다.

"어, 언니야말로 피부 무지 좋아졌어."

"정말?"

두 사람은 서로의 피부를 보며 감탄을 금치 못했다. 원래부터 피부가 좋긴 했지만, 지금은 잡티 하나 없고 윤기가 좌르르 흐르는 게 피부미인이 뭔지 잘 알려주는 것 같다.

난슬이 물었다.

"거울 볼래?"

"웅! 볼래요! 볼래!"

두 사람이 주먹을 불끈 쥐며 의욕을 불태웠다. 난슬은 술법으로 허공에 커다란 거울을 만들어서 두 사람에게 보여주었다. 두 사람은 거울을 보면서 감탄을 금치 못했다.

"어쩜. 진짜 좋아졌어."

지혜는 그렇다 쳐도 성아는 요새 격무에 시달리면서 피로가 쌓인 탓에 피부가 나빠지는 것을 걱정하고 있었다. 그런데 그런 기색이 말끔히 사라졌다!

한편 난슬이 말하지 않아도 알아서 홍승영에게 가서 두 사람이 입을 옷을 받아온 유현은 꺄꺄거리는 소리를 듣다가 문밖에서 투덜거렸다.

"아니, 그런 의식을 치르고 나서 보는 게 피부냐?"

*　　　*　　　*

망혼 쪽의 의식도 무사히 치렀겠다, 전력 면에서는 더 이상 걱정을 할 필요가 없어졌다. 한참 동안이나 피부가 좋아진 것만 좋아하던 성아와 지혜가 머릿결도 좋아졌다는 사실을 깨닫고 또 호들갑을 떠는 바람에 유현을 현기증 나게 만들었지만 어쨌거나 그다음에는 영력이 큰 폭으로 상승했고 몇 가지 전에 없던 능력도 생긴 것을 확인, 준비해 둔 시스템을 돌려서 조직의 힘을 강화하기 시작했다.

유현으로서는 이제 육도 쪽에서 연락이 오는 것만 기다리면 된다. 현실적으로 이쪽에서 정보를 구할 수 없는 상황이니 만큼 그들의 눈을 빌리는 수밖에 없으니까.

그리고 육도 측에서 연락이 온 것은 김지아와 만나고 나서 열흘이 지난 뒤였다.

"정보가 도착했어요."

오늘은 신아연도 함께 와서 육도에서 진유현에게 주는 정보가 인쇄된 프린트물을 전달했다. 유현은 그 프린트물을 보고는 눈살을 찌푸렸다.

"홍대, 부천, 삼성, 인천이라… 역시 사람 많은 곳을 노리는 건가."

"언제나 노리는 곳은 사람 많은 곳이에요. 당신이 넷 중에 하나를 선택하면 그곳에는 우리 쪽에서 인원을 배치하지 않을 거예요. 참고로 정보부에서는 부천 쪽을 비워두는 것이 제일 끌어들이기 좋을 거라고 판단했습니다."

"흠."

유현은 수십 명의 예지능력자들이 예지한 사실들을 짜 맞춰서 만들어낸 정보를 샅샅이 훑어보고 기억했다. 하필이면 주말, 계엄령이 내린 후에도 사람이 득시글거리는 오후 시간에 일이 터질 예정이라니 이건 막기 어려울지도 모르겠다.

'일을 벌이기 전에 쳐야겠군.'

대책은 마련해 두었다. 유현이 제어하는 퀘이사의 힘, 그리고 난슬과 멀린의 능력이 합쳐지면 그들의 예지를 교란시키고 이쪽이 움직일 타이밍을 확보하는 게 가능하다. 그들이 이쪽의 개입을 예측하지 못하고 한순간의 틈만 보여준다면 그것으로 충분했다.

"당신들은 어쩔 거지?"

유현의 말에 진선희가 한숨을 푹 쉬었다. 뭐 말할 것도 없이 결론이 나 있는 문제였나 보다. 신아연이 쓴웃음을 지으며 대답했다.

"너희들을 도와주라는군. 어떻게 수라 급 인력을 이런 때 놀릴 수 있냐는 투던데."

"솔직히 여태까지 많이 놀았잖아? 아연 씨, 당신 벌써 만렙 캐가 셋이라며? 공대 다닐 정도면 말 다 했지."

"흠흠. 아니, 뭐… 온라인 게임이 좀 재미있더라고. 요즘은 별로 안 했어."

"대신 제가 산 게임기를 자기 것인 것처럼… 꺅!"

못마땅한 눈으로 한마디 하던 진선희는 신아연이 옆구리를 팔꿈치로 푹 치자 비명을 지르고 말았다. 이건 가볍게 친다고 친 것 같은데 진짜 뼛속까지 아프다.

"누나, 괜찮아요?"

신우가 평소 자신의 모습이 겹쳐지는 것을 느끼며 얼른 그녀를 부축했다. 진선희는 눈물을 찔끔 흘리며 고개를 끄덕였다.

"으, 으응. 괜찮아."

"흠흠. 하여튼 뭐, 너도 브류나크를 쓴다고?"

신아연은 겸연쩍은 듯 헛기침을 하며 화제를 돌렸다. 쯧쯧
하고 혀를 차던 유현이 대답했다.

"당신 쓰는 거 보니까 꽤 마음에 드는 무기더군. 이번 신형
은 받고서 테스트해 보니까 장난이 아니던데?"

"아, 더블 버스터 모드 써봤어? 끝내주지 않나?"

"그거 진짜 멋지더군. 지이잉, 하고 변형하더니 개머리판
이 분화되어서 지지대가 되는 거 보곤 감탄했어."

"화력도 끝내주잖아. 마력을 좀 많이 먹긴 하지만."

"안정성이 좀 떨어지긴 하지만 중거리에서는 결정타로도
쓸만하겠어. 전차도 일격에 완파시킬 수 있다고 하니 대요괴
도 잘만 맞히면 일격필살로 보내 버릴 수 있겠던데."

두 사람은 신이 나서 총기 마니아의 대화를 나누고 있었다.
그 모습을 보던 아일라가 문득 물었다.

"그런데… 그 온라인 게임이라는 거, 나도 해볼 수 있나?"

"……."

순간 침묵이 흘렀다. 그녀에게 적대적인 신아연이 얼굴을
붉히고 진선희도 꿀 먹은 벙어리가 되는 가운데, 유현이 말했
다.

"…아니, 제발 부탁인데 당신까지 온라인 게임 폐인이 되는 일은 없었으면 좋겠어."

유현의 목소리에서는 진심이 절절하게 묻어나고 있었다. 전투의 스페셜리스트들이 차례차례 골방에 처박혀서 게임 폐인으로 전락해 가는 것을 보니 너무나도 서글프다. 부디 데스트레자의 마이스터인 아일라까지 그렇게 되는 일은 없었으면 좋겠다.

그때 소파에 앉아서 주스를 마시고 있던 멀린이 말했다.

"흥. 온라인 게임이 어디가 어때서 그러나? 재밌기만 하더만."

"…멀린, 당신마저."

이제는 대마법사까지 온라인 게임 삼매경이란 말인가! 무섭다, 온라인 게임! 현대 문화의 무서움이 마법마저 초월한다!

"아, 됐어. 온라인 게임 폐인질을 하든 말든 다들 맘대로 해. 이 긴장감없는 인간들."

유현은 신경질을 내면서 육도 측의 자료를 집어 들었다. 그리고 부천 페이지를 펴들고 말했다.

"그럼 부천으로 간다. 결행은 사흘 후라고 하니 그때까지 준비하면 되겠지?"

"네. 오후 2시로 예지되어 있지만 오차가 있을 수 있으니까 새벽에 다 같이 모여서 출발하죠. 당신이 어떤 대책을 갖고 있는지 기대하겠어요."

진선희가 도발적으로 말했다. 물론 그녀의 진짜 성격을 알게 된 지금 아무리 날카롭게 굴어봐야 유현에게는 귀엽게 보일 뿐이었다.

"그 점은 염려 안 해도 좋아. 어차피 저쪽은 육도 말고 우리 쪽은 전혀 염두에 두고 있지 않으니만큼 허점을 찌르기는 쉬워."

유현은 아일라, 멀린과 논의한 끝에 그런 결론을 내려놓고 있었다. 물론 이쪽에서도 만반의 준비를 갖추고 적의 예지와 탐지에 대응하겠지만, 애당초 그들은 육도의 눈을 피하는 것에 거의 모든 전력을 다 퍼붓고 있었다. 육도 외의 다른 존재에게 덜미를 잡힐 것이라고는 예상하지 못할 것이다. 고작해야 토착 조직들의 움직임을 예측하는 데 전념을 다할 텐데, 유현 일행은 어디에도 속해 있지 않으니 문제는 없다.

"문제는 육도에 속해 있는 당신들이야. 당신들이 포착당할 가능성이 있으니 진입에 시간차를 두었으면 좋겠어."

"거리를 꽤 두어야 할 텐데 괜찮겠어요?"

진선희가 물었다. 적의 예지에서 완전히 벗어날 정도면 그만큼 거리를 두고 움직여야 할 텐데, 전투가 두 사람이 올 때까지 길게 지속될 것인가? 게다가 이쪽은 숫자가 적은 만큼

두 사람이 끼는 것과 빠지는 것은 전력의 차이가 크다.

"괜찮아. 그 점에 대해서도 대책을 마련해 두지."

"알겠습니다. 그럼… 대마법사님의 수완을 기대하죠."

마법사인 진선희는 적대 세력이긴 하지만 대마법사인 멀린에게 경의를 표하고는 신아연과 함께 물러갔다. 유현은 망혼에전화를 해서 성아에게도 일정을 알려준 다음 멀린에게 말했다.

"저 두 사람 쪽도 미리 준비를 해둘 필요가 있겠어. 최대한저쪽에게 움직임을 잡히지 않도록."

"그게 낫겠군."

적들의 포착 대상인 육도의 두 사람도 사흘 전부터 예지의인식으로부터 벗어나게 만든다면 작전은 완벽해진다. 일단뒷덜미를 잡고 전투에 돌입하면 그 후부터는 존재가 드러나든 말든 상관없다. 적들을 완파하고 포로를 잡아서 정보를 쥐어 짜내는 것이 이번 일의 목적이니까.

문득 멀린이 물었다.

"그런데 엑스칼리버는 좀 쓸 수 있게 됐나?"

"그럭저럭. 꽤 까탈스러운 무기더군."

유현이 눈살을 찌푸렸다.

멀린은 이서왕이 썼던 신화적인 무기 엑스칼리버를 유현에게 빌려주었다. 그것은 단순한 검이 아니었고, 엄청난 위력을 가진 마법 장치에 가까운 것으로 다루기가 굉장히 힘들었다. 유현의 경우 퀘이사 에너지를 제외하고 순수한 기량으로 그것을 다루라고 했으면 불가능했을 것이다. 실험을 좀 해본 다음에는 그 사실을 인정할 수밖에 없었다.

"뭐, 짜증낼 것은 없네. 용의 피를 이은 아서도 제대로 못 썼었으니 제대로 못 쓰는 것은 당연하지. 칼집이 제어 장치였는데 잊어먹는 바람에 나중에는 점점 더 그랬고."

"칼집이 제어 장치? 그거 불사의 힘을 주는 장치라고 되어 있지 않던가?"

아서왕 신화에 보면 엑스칼리버는 칼집이 검보다 오히려 더 큰 마력을 갖고 있었다고 한다. 칼집의 주인은 어떤 공격을 받아도 상처가 금세 치유되어 불사신이나 다름없었다는 것이다. 하지만 아서왕은 칼집을 잃어버리게 되고 후에 인간으로서 죽음을 맞이하게 된다.

"신화를 다 믿진 말게나. 그거 원래 있었던 일하고 완전히 다르다고 전에도 말했을 텐데."

"그럼 실제로는?"

"엑스칼리버는 한창 지구가 불안정해서 신비가 하루가 멀다 하고 미칠 듯이 태어나던 신화시대라고 불리던 시기, 달에서 만들어진 강력한 마법 장치였고 칼집은 그것의 제어 장치였네. 아서는 용의 피를 타고나 원래부터 인간이라고 볼 수 없는 존재였기 때문에 불사신에 가까웠지. 그 덕분에 엑스칼리버의 힘을 어느 정도 다룰 수 있었는데, 제어 장치를 잃어버리고 나자 그 힘에 휘둘려서 파멸해 간 것뿐일세. 말년에는 뽑을 필요가 없어졌다는 것을 다행스럽게 여길 정도로 그 힘을 두려워했지."

"칼집은 완전히 잃어버린 거고?"

"정확하게는 파괴되었지. 나도 그건 복원 못하겠더군. 지금은 없는, 환상향(幻想鄕) 아발론에서 생성된 물질로 만들어진 것인데, 그 아발론이 사라졌으니 지구에서는 재료 자체를 구할 수가 없고 아직까지는 그 효과를 복원하는 것도 불가능해."

"아발론이 사라지다니… 그거 뭐 영원한 이상향 같은 거 아니었나?"

"그럴 리가. 그냥 구세계에 요정인들이 만든 아공간 비슷한 것이었다네. 여러 가지 의도를 갖고 만들어진 구세계의 마법적 시설이었는데, 이후에 대형 마법 사고가 몇 번 일어나면서 파괴되었지. 마법사 입장에서 보면 정말 쓸만한 실험장 같은 곳이었기 때문에 아쉽기 그지없어."

멀린이 투덜거렸다. 유현도 혀를 찼다.

"확실히 아쉽군. 퀘이사 에너지 덕분에 어떻게 제어는 가능하지만… 여러모로 위험한 물건이라."

"운명의 특이점에 있는 자네가 그 정도도 제어 못하면 곤란하지. 어떻게든 해내도록 하게."

"하여튼 당신 너무 멋대로야."

유현은 못마땅한 기색으로 투덜거렸다.

4

비행기 한 대가 200미터의 낮은 고도로 날고 있었다. 매우
기이한 비행기로 지상에서 목격했다면 다들 자기 눈을 의심
했을 것이다. 마치 SF영화에서나 나올 법한 그런 디자인으로,
프로펠러가 달려 있는 것도 아니었고 그렇다고 제트엔진을
이용하는 것도 아닌, 푸른빛의 입자를 흩뿌리며 날고 있었기
때문이다. 마법사들이 하늘을 나는 원리를 그대로 적용시켜
서 날고 있는, 현대 과학으로는 파악이 불가능한 메커니즘으
로 날고 있는 물건이었다.

인식장애주문과 은신주문을 이용, 사람의 눈이나 마법, 관
측 장비까지 피하는 그 속에는 일군의 사람들이 타고 있었다.
그중 붉게 염색한 머리칼에 선글라스를 낀 청년, 오지윤이 투
덜거렸다.

"쳇. 고작 사흘 차이로 다음에 타게 되다니."

그의 시선은 인공적으로 탄생시킨 요괴들이 봉인되어 있
는 알 같은 구조물 옆에 있는 거인형 병기, '티탄'에 향해 있

었다.

미드가르드 본사에서 운송되어 온 티탄은 세 대. 하지만 그 중에서 실제 기동이 가능한 것은 앤드류 웨버가 타는 한 대뿐이었다. 나머지는 아직 최종 조정을 마쳐야 한다고 해서 곧 있을 대형 이벤트 때부터 투입하기로 하고 일단은 작전을 수행하기로 했다.

"뭐 어쩔 수 없잖아. 위쪽에서 지금이 적기라고 하니."

김혁이 어깨를 으쓱했다.

미드가르드 이사진은 7대 세력과 팽팽한 줄다리기를 하고 있었다. 에밀의 시스템이 발생시키는 예지와 텔레파시의 힘을 이용해서, 7대 세력의 예지와 탐지를 교란시키고 틈을 만들어낸다. 그것이 언제, 어디가 될지는 그들도 명확히 알 수 없었다. 끊임없는 싸움 속에서 어느 순간 답이 나올 뿐이다.

그렇게 나온 답조차도 실행 직전에 발목이 붙잡히는 경우도 허다했다. 지금까지 아직 실체가 잡히지 않고 빠져나올 수 있었던 것이 기적이라고 여겨질 정도로, 7대 세력의 힘은 막강했다.

"그나저나 부천은 완전 무방비 상태라는 거야?"

"그렇다는군. 육도는 완전히 이쪽을 신경 쓰지 않고 있다는데. 다른 세 곳은 실행 30분 전에나 확실한 것을 알 수 있다고 하고."

"흠. 역시 아무리 거대한 조직이라도… 기동력이 뛰어난 놈들의 소규모 테러를 다 막는 건 역시 무리로군."

"뭘 새삼스럽게. 원래 공격하는 쪽보다 지키는 쪽이 어려운 법이지."

그나마 7대 세력쯤이나 되니 이만큼이나 방어를 해낼 수 있는 것이다. 그 외의 다른 연옥 조직이나, 일반 국가를 상대로 싸웠다면 순식간에 시스템을 전복시킬 수 있었으리라.

"뭐 이 나라도 퇴마 부서를 신설한 모양이던데. 게다가 육도가 손을 쓴 건지 국군들 상대로도 신장비를 빠르게 보급하는 것 같고. 슬슬 연옥의 인간들에게 후한 보수를 약속하고 섭외하는 모양이야."

"이 나라는 군에 예산을 엄청 짜게 할당하지 않던가?"

"예산이야 뭐 어떻게든 돌리면 나오나 보지. 뒷돈이 한둘이겠어?"

"하긴.. 미국 쪽은 어때?"

"그쪽은 이미 나이트 워커라는 특수 부대까지 신설했어. 디스트로이어에서 슬쩍 기술을 흘려서 연옥의 공기총과 암염에 특수 소재를 더해서 마법식을 각인시킨 특수탄을 쓴다는군. 아마 이 나라에 보급되는 것도 비슷한 사양인 것 같던데, 어쨌든 덕분에 피해가 꽤 줄어드는 모양이야."

"역시 미군, 그런 거에는 빠르구만."

지윤이 웃었다. 세계 최강이라 불리는 미군답게 군사적 조치는 발빠르게 이루어지고 있는 모양이다.

어쨌든 현재 나온 스케줄에 따르면 지윤이 이 작전에 나서는 것도 슬슬 막바지에 이른 듯했다. 곧 있을 초대형 강습 작전 이전에는 이번 부천 강습이 마지막이 될 것이다.

"이번에는 좀 재미있는 일 없을라나?"

"작전 수행하면서 뭔 재미를 찾아?"

장비를 점검하고 있던 김혁이 실소를 흘리며 핀잔을 주었다. 지윤이 씩 웃으며 대답했다.

"뭐 종로강습 때는 역사상 최초라는 것도 있고 해서 엄청 재밌었으니까. 그것도 몇 번이나 반복되고, 우리 조직원들은 개나 소나 다 하는 일이 되고 나니 좀 질리는군."

익숙한 놀이에 질려 버린 아이 같은 소리였다. 문제는 그 '놀이' 라는 것이 사람이 무수히 죽어나가는 테러라는 점이었지만.

지윤은 앤드류 웨버의 티탄을 보면서 빨리 자신도 저것을 탈 수 있는 날을 고대했다. 그러면 또 조금은 이 가슴을 두근거리게 하는 자극이 찾아올 테니까.

*　　　*　　　*

그러나 이때 부천 인근, 정확히는 부천역 앞 대형 쇼핑센터 빌딩 위에서 그들을 기다리며 하늘을 올려다보고 있는 존재가 있었다.

"왔군."

먼 곳을 바라보며 중얼거린 것은 진유현이었다. 그는 군중들 틈에 섞인 채 하늘을 관측하고 있었다. 그가 사용하는 마안 술식은 효율이 떨어지기에 먼 곳에서 잔뜩 은신술을 걸고 날아드는 표적을 식별하기에는 좋지 않지만, 멀린이 지원을 해준 덕분에 최신형 위성에서 관측하는 것 같은 효과로 10킬로미터 거리에서 적들을 잡아낼 수 있었다.

─적기 출현.

유현은 텔레파시 링크로 일행에게 자신이 본 것을 알렸다. 각기 다른 포인트에서 주변을 관측하고 있던 이들이 모두 유현이 있는 포인트 부근으로 이동하기 시작했다.

그동안 유현은 미리 옥상 위에 설치해 둔 초장거리 저격용 대형 라이플, 궁니르 GTX77을 잡았다. 초장거리 저격 모드로 설정하면 총신이 변화하며 길이가 2미터 30센티에 달하게 되는 이 라이플은 원래 사람이 들고 다니면서 쏘라고 만든 것이 아니다. 이런 식으로 한곳에 설치해 놓고 저격하는 게 올바른 쓰임새다.

'아무리 지금의 나라도… 7킬로미터까지는 끌어들여야

겠지.'

유현은 스코프를 들여다보며 적들의 모습을 잡았다. 궁니르 GTX77은 이론상으로는 10킬로미터 이상의 거리까지도 유효 사거리가 확보되는데, 유현은 7킬로미터 이상의 거리에서 적들을 쏴 떨어뜨리려 하고 있었다. 누가 들으면 무슨 미친 소리냐고 하겠지만 끔찍할 정도의 마력을 사용할 수 있고, 거기에 멀린의 지원이 더해진 지금이라면 절대 불가능할 것 같은 일도 해낼 수 있다.

퀘이사 에너지가 흘러들면서 막대한 마력으로 변환되어 간다. 그 마력이 유현의 몸을 타고 흘러서 강렬한 푸른 스파크를 일으키고, 그대로 궁니르 GTX77의 마력 증폭기 안으로 흘러들어 갔다.

마하 7 이상의 속도에도 마찰되어 타버리지 않고 버텨내는 초장거리 저격용 특수탄 '발뭉', 거기에 멀린의 연산 지원을 받는 유현의 마탄술이 최대 효율로 탄두의 궤도를 보정하고 마하 5 이상의 속도로 적을 노릴 것이다. 궁니르 GTX77의 한계를 뛰어넘는 그 일격은 불가능을 가능으로 바꿔줄 것이다.

스코프를 최대 배율로 맞춰뒀음에도 불구하고 그것을 통해 보이는 적들은 점으로만 보인다. 도저히 저격해서 맞힐 수 있을 것 같은 상태가 아니다. 연옥의 특등 저격수라고 하더라도 2킬로미터 이상의 거리는 저격의 우주라고 부른다. 연옥의 장비에 마법이 더해지더라도, 그리고 저격수 그 자신의 실력이 더해지더라도 도저히 도달할 수 없을 정도로 아득한 거리이기 때문이다.

그렇다면 7킬로미터의 거리는 뭐라고 불러야 할까? 저격수에게는 태양계 바깥 정도는 되는 게 아닐까?

그러나 유현은 자신이 할 수 있다는 사실을 알았다. 이 궁니르 GTX77의 초장거리 저격 모드라면, 그리고 이 끔찍할 정도의 마력과 멀린의 마법이 있다면, 빛으로 그려지는 시계 속에서 모든 정보를 파악할 수 있는 이 눈이 있다면…….

'우주 저편의 적이라도 쏴 맞혀주지!'

콰콰콰콰!

충격파가 터졌을 때는 이미 마탄(魔彈)이 마하 5.3의 속도로 허공을 꿰뚫은 후였다. 유현은 몸에 전달되는 반동을 흘려내면서 다시 스코프의 초점을 맞혔다. 그리고 그 순간,

쾅!

저격의 우주, 그 저편에 있던 표적이 유현의 일격을 맞고 흔들렸다.


\*          \*          \*


쾅!

폭음과 함께 기체가 뒤흔들렸다. 그 안에서 곧 시작될 학살의 시간을 기다리고 있던 미드가르드의 전투원들은 예상치 못한 사태에 당황했다.

"뭐야?"

지윤이 균형을 잡으며 물어보았다. 조종석 측에서 황당해하는 목소리가 들려왔다.

"적의 공격이다!"

"뭐?"

다들 깜짝 놀랐다. 아니, 적의 공격인 거야 당연하겠지만 아직 목표 지점까지는 7킬로미터나 남겨둔 상태다. 완벽하게 은신하고 다가가는 이들을 포착하는 것은 물론, 공격까지 할 수 있는 상대라니?

"육도인가?"

부천도 인구 밀도가 높은 만큼 토착 조직은 상당히 강력하다. 서울의 조직들과 비교해도 떨어지지 않을 것이다. 하지만 그렇다고 하더라도 먼저 떠오르는 것은 그들이 아니고 육도였다.

"모르겠어! 젠장! 상부에서는 아무런 말도 없었는데!"

조종시가 신경질을 냈다.

여태까지 그들이 사전에 공격받은 적은 한 번도 없었다. 이 사진의 정보가 완벽해서, 결행 전에 발각당했을 경우 육도의 손길이 뻗쳐 오기 전에 철수하라는 지령이 내려왔으니까.

쾅!

하지만 지금은 상황이 달랐다. 당황하는 동안 제2격이 우측 엔진을 파괴해서 연기가 나고 균형이 뒤흔들리기 시작했다.

"어디서 쏘는 거야!"

조종사가 신경질을 냈다. 그 옆에서 탐지 장치로 적의 공격 위치를 파악하고 있던 부조종사가 욕설을 내뱉었다.

"이런 제기랄! 이건 말도 안 돼!"

"뭐야?"

"초탄 7.8킬로미터 밖, 2탄 7.4킬로미터……."

쾅!

그의 말이 끝나기도 전에 세 번째 일격이 명중했다.

하지만 그의 말뜻은 모두가 알아들었다. 김혁이 비명을 질렀다.

"지저스! 7킬로미터 밖에서 때리다니, 육도 이 자식들, 레일건이라도 가져온 거야?"

"그랬으면 벌써 추락하고 있겠지. 이 공격은 그거보다는 위력이 훨씬 작아. 대전차 라이플 급 화기로 쏘고 있을걸."

지윤이 냉정하게 상황을 파악하고 말하자 김혁이 뭔 개소리를 지껄이냐는 표정으로 그를 바라보았다.

"무슨 소리야? 개인 화기로 어떻게 7킬로미터 밖에서 쏴?"

"그런데 그것이 실제로 일어났습니다. 실제로 일어난 일이니까 믿어라, 좀."

"믿을 게 따로 있지. 아니, 그전에 그게 맞는다는 게 말이나……."

쾅!

또 한 발 맞았다. 참고로 지윤은 이미 아카샤 시스템을 발동해서 주변을 살피고 있었는데, 그동안 한 발은 격중되지 않고 빗나갔다. 그 속도가 무려 마하 3.7! 여기에 도달해서도 그 정도라면 쏠 때는 마하 5를 넘었다는 소리다.

'젠장! 나도 아크메이지가 지원하지 않으면 절대 못할, 아냐. 솔직히 지원해 줘도 할 자신이 없는 일인데, 어떤 괴물이 온 거야?

설계부터 미드가르드의 개발부와 모건이 합작해서 만들어 낸 특수한 가우스 라이플에, 미완성 단계의 아카샤 시스템이 더해지고, 거기에 모건의 지원까지 받고서야 4킬로미터 저격이 가능했다. 그때도 적들의 낙하 속도가 빨라서 한 놈만 해치웠을 뿐 나머지는 놓쳤는데, 아무리 표적이 인간보다 크다고 하지만 거의 그 두 배에 달하는 거리에서 이렇게 정확한 저격을 할 수 있다고? 만약 그런 놈이 있다면 그야말로 저격의 신이다!

쾅!

적의 공격이 계속된다. 마침내 두 번째 엔진이 터져 나가면서 조종사가 비명을 질렀다.

"떨어진다! 모두 탈출해!"

"빌어먹을! 떨어지다 뒈지지 않으면 다행이겠군!"

김혁이 욕설을 내뱉으며 문을 열고 뛰어내렸다. 낙하산 따위가 필요한 인간은 여기 있는 인간들 중에 아무도 없었기 때문에 탈출은 신속했다. 오로지 앤드류 웨버만이 티탄에 올라타느라 맨 마지막으로 탈출해야 했다.

"해치를 열어라."

"엽니다. 그럼 우리도 탈출하겠습니다!"

조종사들은 앤드류 웨버가 탑승한 티탄, 그리고 요괴가 든 봉인체를 사출하고는 자신들도 조종석의 탈출구로 뛰어내렸다. 그리고 그 직후 날아든 초장거리 저격용 특수탄이 보조종사를 맞춰서 갈가리 찢어버렸다.

앤드류 웨버는 육중한 거체를 타고 아래쪽으로 낙하해 가며 내뱉었다.

"흥. 첫 실전이 이런 상대라면 부족함이 없군. 쉐도우 머더러 그놈의 잘난 척이 틀렸다는 것을 알려주지. 육도 따위, 우리 앞에 적수가 아니야!"

*　　　*　　　*

오지윤에 의해 '저격의 신'으로 평가받은 청년, 유현은 저격을 마치고 스코프에서 눈을 떼며 텔레파시 링크로 전달했다.

―떨궜군. 적들 전원 탈출한 것으로 보이며 그중 한 명은 사살. 6.4킬로미터 지점. 이동한다.

유현이 그렇게 말할 때 다른 이들은 이미 예상 지점으로 이동하고 있었다. 유현은 열기가 끓어오르는 궁니르 GTX77을 마법으로 급속 냉각시키고, 정리해서 마법 포켓에 집어넣으며 눈살을 찌푸렸다.

'그런데 마지막에 뛰어내린 그건 뭐지? 무슨 SF 블록버스터용 소품도 아닐 텐데.'

분명히 로봇처럼 보였다. 일본 애니메이션에 나오는 슈퍼로봇이 아닌, 요즘 SF게임 등에서 자주 볼 수 있는 전차를 대신하는 개념의 둔중하고 밀리터리 느낌이 물씬 나는 그런 디자인.

일단 유현은 관측 결과를 모두에게 전송하며 골렘일 거라는 추측을 덧붙였다. 적들이 7대 세력과 필적하는 조직이라면 디스트로이어가 즐겨 쓰는 첨단 기계식 골렘을 써도 이상하지 않을 테니까.

"그럼 갈까."

유현은 기감을 조작해서 몸 상태를 한 번 체크한 다음 빌딩을 박차고 몸을 날렸다. 그가 밟은 빌딩 부분이 깨져 나가면서 무시무시한 속도로 몸이 날아간다. 한 번에 빌딩과 빌딩 사이를 건너뛰어서 다시 모서리를 밟고 도약, 아찔할 정도로 빠르게 가까워져 오는 부천역사의 벽면을 밟고 몇 발 뛰어서 타넘는다. 그리고 플랫폼으로 천천히 들어오는 열차를 내려다보면서 허공을 밟고 가속하여 그 너머로 달려간다.

지형을 가리지 않는 그 이동 속도는 시속 300킬로미터를 넘고 있었다. 초당 거의 100미터 가까이 이동하는 그에게 있어서 6킬로미터의 거리 따위는 바로 집 골목 뒤에 있는 편의점이나 마찬가지다.

쾅!

1킬로미터 거리까지 도달했을 때 폭음이 울려 퍼졌다. 그 소리와 퍼져 가는 마력 파장의 패턴을 보고 유현은 공격자를 추측했다.

'브류나크 DX212 더블 버스터 모드, 두 사람이 왔군.'

육도의 두 사람은 멀린과 난슬에 의해서 미리 마법적 조치를 받아서 이틀 전부터 적들의 예지에서 벗어나 있었다. 그리고도 최대한 만전을 기하기 위해 부천으로부터 10킬로미터 떨어진 지점에 대기시켜 뒀다가, 저격이 시작되는 순간 불러들인 것이다.

도로 사이를 달려서 인적이 드문 산 쪽으로 이동하던 유현은 순간적으로 섬뜩한 느낌을 받았다. 위협적인 마력 파장이 퍼져 나가는 것이 느껴지는 것과 동시에 누군가 자신을 노리고 있다는 확신이 엄습했다.

'아직 2.8킬로미터 밖인데?'

이런 거리에서 저격을 할 수 있는 존재가 자신 외에 또 있단 말인가?

그런 의문을 떠올리면서도 유현은 스스로의 위기 감지 능력을 믿었다. 퀘이사의 눈이 공간을 타고 흐르는 에너지의 파동을 감지하고, 그로부터 추산해 낸 결과를 던져 주는 감각은 예지에 가까울 정도로 뚜렷해서 무시할 수가 없었다.

유현이 곧바로 회피해서 이동 궤도를 크게 트는 것과 동시에, 그 바로 옆 지점을 섬광이 관통했다.

콰콰콰콰콰콰!

한 박자 늦게 폭음과 충격파가 뒤따라온다. 유현은 그것을 막아내면서 경악했다.

"레일건?!"

5미터나 여유를 두고 피했는데도 충격파가 장난이 아니다. 유현은 흔들리는 신형을 바로잡으면서 마안을 전개, 먼 곳을 바라보았다. 흔들리는 대기의 궤적을 따라서 적의 공격 지점을 파악해서 보니 아까 보았던 강철의 거인이 한쪽 팔을 내민 채 연기를 피워 올리고 있었다.

"화, 황당한데. 레일건을 단 녀석이란 말이지?"

그러고 보니 전에 디스트로이어의 신형 골렘은 레일건을 장착하고 있다는 이야기를 들었던 적이 있었다. 그렇다면 저 게 그것과 동등한 성능을 가진 것이란 말인가?

"재미있군."

유현은 씩 웃으며 움직임을 바꾸었다. 직선으로 달려들었 다가는 레일건의 밥이 될 뿐이다. 조금 도착 시간이 늦어지더 라도 지그재그로 움직이면서 적을 교란시켜야겠다. 아무리 성능이 좋은 녀석이라도 300킬로미터 이상의 속도로 자유자 재로 움직이는, 거기에 미끼가 될 환영마법까지 뿌려내는 표 적을 잡아내기란 쉬운 것이 아닐 것이다.


그 예상대로 앤드류 웨버는 신경질을 내고 있었다.

"젠장! 생쥐 같은 놈!"

티탄의 적식별능력, 자동조준기능은 미군의 최신예 병기 따윈 어설프다고 말할 수 있을 정도로 훌륭하다. 하지만 레일 건은 연사가 불가능한 일격필살형 병기였다. 재장전, 재조준 에 시간이 걸리는데 그동안 저렇게 까불거리면서 돌아가니 조준 데이터가 자꾸 어긋난다.

게다가 지금은 주변에서 계속 공격이 날아들고 있었다. 압도적인 기동성을 가진 티탄을 굳이 한자리에 고정시키고 있는 것도 주변에서 계속 날아드는 마법공격에 대응하기 위해서였다. 레일건 외의 다른 화기, 그리고 방어 술식은 모두 다른 병력을 지키는 데 쓰이고 있었다.

쾅!

"크악!"

그런 그에게 강렬한 일격이 가해졌다. 수십 겹의 충격 방지장치를 꿰뚫고 조종석이 뒤흔들리는 충격을 선사한 일격이 티탄의 몸체를 주르륵 옆으로 밀어놓는다.

그로부터 300미터 떨어진 지점에서 신아연이 투덜거렸다.

"더블 버스터 모드로 때려도 장갑에 기스 좀 나고 마나? 뭐 저런 괴물이 다 있어?"

그의 손에는 브류나크 DX212가 더블 버스터 모드로 변형한 채 들려 있었다. 궁니르 GTX77처럼 그 자리에 고정되는 것을 기본으로 한 더블 버스터 모드는, 총신의 길이를 1.5배로 늘리고 공간압축비율을 한순간에 높여서 압도적인 출력을 얻어내는 모드다. 그만큼 반동이 커지고 총신에 가해지는 충격과 발열량도 커져서 연사가 불가능해지는 단점이 있었지만 위력만큼은 확실했다.

"이런. 이쪽도 표적이 된 모양이군."

브류나크 DX212를 일반 모드로 바꾸면서 신아연이 웃었다. 태세를 정비한 적들 중에 한 명이 맹렬하게 접근해 오고 있었다. 진선희가 투덜거렸다.

"좀 더 멀리서 저격했어도 됐을 텐데요."

"그러게. 뭐 내 실수지만 어차피 금방 접근전으로 갈 테니까."

그녀는 접근 전용 장비를 꺼내두고 다시 브류나크 DX212를 잡았다. 스코프에 여덟 개의 강철 팔을 펼치고 달려오는 금발의 전투원이 잡혔다.

'디스트로이어? 뭐 좋군.'

그녀는 씩 웃으면서 방아쇠를 당겼다. 새로이 장전된 특수탄 묘르닐, 방금 전까지 티탄을 때릴 때 썼던 관통력이 큰 에너지 볼텍스 버전 대신 충격파가 넓게 퍼지는 라이트닝 볼텍스 버전이 마하 3.7의 속도로 공간을 꿰뚫고 적을 노렸다.

파바바바바밧!

"큭! 나무가 시야를 가리는데도 그냥 쏴대나?"

아슬아슬하게 그것을 피해낸 김혁은 섬뜩함을 느꼈다.

이번 일에 참여한 일급 전투 요원은 지윤과 김혁, 앤드류 웨버 셋뿐이다. 정도일과 세르반테스는 참여하지 않았다. 그 외의 열 명 정도 되는 인원들도 상당한 전투 능력을 보유하기는 했지만 지금 습격하는 인원들의 능력을 보니 상당히 힘든 싸움을 하게 생겼다.

쾅!

다시 한 발이 아슬아슬하게 스쳐 지나간다. 따라오는 충격파에 몸이 흔들린다. 저런 것을 개인 화기랍시고 써대는 상대라니, 그것도 여자라니 참 황당했다.

이미 거리는 100미터 이하까지 좁혀졌다. 김혁은 일단 신아연의 시야에서 벗어나며 붉은 앰플을 꺼내서 팔에다 주사했다.

"흐으으으읍!"

물보다 흡수가 빨라야 한다. 갑자기 무슨 이온음료 광고 카피 같은 문구가 머릿속을 스쳐 지나갔다. 디스트로이어의 비전을 흉내 내어 만들어낸 부스트 팩은 일정 시간 동안 그의 능력을 극한까지 끌어올려 준다. 약물의 효과가 퍼져 가면서 시야가 먼지 하나하나의 움직임마저 잡아낼 것처럼 명료해지고 다른 감각 역시 월등히 향상되었다.

"좋아, 간닷!"

김혁도 시야를 확보하자마자 팔각을 이용, 총격을 퍼붓기 시작했다.

두두두두두!

신아연이 거기에 대응해 움직이면서 숲을 질주하는 두 사람의 격렬한 공방이 시작되었다. 그녀와 갈라져서 다른 방향으로 향하던 진선희가 투덜거렸다.

"하여튼 고집불통."

신아연은 김혁이 디스트로이어 출신이고, 혼자라는 것을 알자마자 진선희에게 일대일로 처리하겠다고 다른 일행과 합류하라고 말한 것이다. 물론 만약을 대신해 정신제어코드를 진선희에게 전송해 둔 그녀는, 위급한 순간에는 마인혈 모드로 들어가서 적을 해치울 수 있을 것이다. 그렇게 생각한 진선희는 걱정을 접어두고 신우와 한얼, 성아가 있는 곳으로 향했다.

5

"이거 진짜… 위험하군."

지윤은 아카샤 시스템으로 주변을 살피면서 식은땀을 흘리고 있었다. 일단 결계를 장치하고, 시야를 가려서 저격은 막아두었긴 한데—티탄은 표적이 너무 커서 어쩔 수 없었지만—상황이 너무 불리하다. 본부에 SOS를 때려서 모건의 지원을 받으려고 시도도 해봤는데, 적들은 사전에 주변에 완벽한 연락차단용 마력장을 펼쳐 두고 있었다. 적어도 그 범위 밖으로 빠져나가지 못하면 전멸을 피할 수 없으리라.

'현종이를 안 데려오길 잘했군.'

자신이나 김혁이라면 또 모를까, 전투 능력이 떨어지는 이현종을 데려왔다면 이런 상황에서는 정말 위험했을 것이다.

일단 김혁이 눈에 띄는 저격수를 처리하러 갔지만 어째 저쪽도 실력이 만만치 않은 것 같다. 계속 김혁의 위치가 바뀌면서 격렬한 공방이 계속되고 있는 것을 알 수 있었다.

그리고 이쪽도 위험하다.

쾅!

폭음과 함께 티탄이 뒤흔들렸다. 앤드류 웨버의 욕설이 울려 퍼졌다.

"Shit!"

저격수를 처리했지만 맹렬한 속도로 가까워지고 있는 또하나의 저격수, 지윤이 저격의 신일 거라고 평가했던 이가 이동하면서 계속 티탄을 두들겨대고 있는 것이다. 분명 티탄의 자동방어 시스템이 날아드는 마법공격을 다 막아내고 있는데, 저 저격수는 신기하게도 그 틈을 파고들어서 유효타를 날리고 있었다.

쿠르르르릉…….

게다가 문득 정수리가 따끔따끔해지는 게 영 불길해서 위를 올려다보았더니 하늘의 상황이 왠지 수상하다. 꿈틀거리면서 번쩍이는 게 아무래도…….

꽈르르릉!

'내가 이럴 줄 알았어.'

지윤은 사전에 방어 결계를 펼쳐 두길 다행이었다고, 진심으로 생각했다. 전술 급 공격 주술이 발동하면서 뇌격이 이 자리를 때린 것이다. 아주 좋은 표적인 티탄을 중심으로!

콰콰콰콰콰!

뇌격이 사방팔방으로 퍼져 나가면서 폭발을 일으켰다. 공간을 타고 푸른 뇌전이 날뛰고, 충격파가 쉬지 않고 터져 대면서 모래먼지가 자욱하게 일어 오른다.

"아아아아악!"

그 속에서 비명이 울려 퍼졌다.

티탄의 압도적인 방어력 덕분에 뇌격의 대부분은 상쇄되었다. 그러나 그것이 오히려 화근이었다. 뇌격이 흩어지면서 주변에 모여 있던 아군을 덮쳤던 것이다.

간발의 차로 방어 결계를 구축하고 물러난 지윤은 멀쩡했지만 한 명은 즉사, 세 명은 중상을 입었고 다섯 명도 경상을 피하지 못했다.

"젠장. 도대체 얼마나 몰려온 거지?"

"확실하게 파악된 것은 세 명뿐이다. 하지만 더 많은 것으로 추측된다."

앤드류 웨버의 짜증스러운 대답이 들려왔다. 지금 이곳에 있는 전투원은 그의 부하들이다. 지윤이야 사실 그들이 죽든 말든 상황이 나빠진다는 생각만 할 뿐이지만, 그는 울화가 끓어오르는 게 당연했다.

그때였다.

"이거 빙고인데."

걷혀가는 모래먼지 너머, 바람을 타고 지윤이 아는 목소리가 들려왔다.

'설마……'

지윤은 경악해서 그 너머를 바라보았다. 목소리가 바로 옆에서 들려온 것처럼 또렷했던 것은 아카샤 시스템으로 감지해서 해석했기 때문이다. 실제 거리는 70미터가량. 나무들 사이에서 당당하게 모습을 드러낸 채 이쪽을 바라본다.

지윤은 가슴이 두근거리는 것을 느끼며 그의 이름을 내뱉었다.

"진유현."

왠지 모를 기시감이 느껴진다. 생각해 보니 전에 만났을 때도 인적이 없는 숲 속이었지.

지윤은 어느새 자신이 짙은 미소를 짓고 있다는 사실을 깨달았다. 심장이 미칠 듯이 쿵쾅거린다. 궁지에 몰렸기 때문에, 불리한 상황에서 압도적인 적을 맞이했다는 상황 때문에 느껴지는 두려움 때문이 아니다.

분명 자신은 이 순간을 기다리고 있었던 것이다. 자신의 삶을 요동치게 했던 저 소년을, 다시 만나는 것을 고대하며 지금까지 세계를 뒤흔드는 광기의 축제에 참여해 왔던 것이다.

"오지윤. 만나고 싶었다, 개자식아."

진유현이 티탄의 총격을 가볍게 피하며 말했다. 동시에 그의 손에 들려 있던 라이플, 브류나크 DX212의 총구가 불을 뿜는다. 초음속으로 날아든 대구경 탄이 티탄의 몸체를 후려갈겨 흔들었다. 그동안 진유현은 여섯 개의 검을 주변에 염동력으로 띄우더니 그 모두에 마력을 부여해 빛의 칼날로 만들고 돌격해 왔다.

"그건 내가 할 소리야."

지윤은 희열을 느끼며 쌍검을 뽑아 들었다. 아카샤 시스템의 연산에 의해 초정밀 구현되는 마검술이 검신에 각인되었다. 지윤은 가슴이 터질 것 같은 흥분 속에서 살아남은 자들에게 명령했다.

"요괴를 전부 풀어. 적들을 파악하고 탈출로를 확보한다."

"다, 당신은?"

경상으로 그친 조직원이 물었다.

지윤은 뭘 그런 것을 묻냐는 듯 대답해 주었다.

"당연히 저놈을 죽이러 가야지."

동시에 그의 몸이 엄청난 속도로 앞으로 뛰쳐나갔다. 달려오던 유현의 주변에서 여섯 개의 검이 복잡한 궤적을 그리며 흩어진다. 그 속도는 거의 음속에 달하고, 궤도는 중력을 무시하는 듯 허공에서 직각으로 꺾여대기에 도저히 눈으로 따라갈 수 없을 정도였다.

'하지만 내게는 어림없지!'

지윤은 그 모두의 궤적을 읽어내고 타흘룸을 발동시켰다. 그의 오른쪽 눈이 푸른빛을 발하면서 고대에 만들어진 신들의 병기를 복제한 병기가 용트림한다. 진유현이 쏘아낸 것과 똑같이 여섯 개로 나뉘어진 빛의 파편들이 정확히 그에 맞서서 충돌했다.

파파파파파!

'아니!?'

이기어검술로 날린 여섯 개의 검이 모조리 튕겨 나가는 것을 본 유현이 경악했다. 그리고 그 허점을 찌르듯이 지윤이 폭발하듯 가속, 15미터의 거리를 한순간에 가로지르면서 마검을 뻗어왔다.

슈화학!

그러나 분명히 타이밍을 빼앗아서 공격했음에도 불구하고 유현은 여유있게 그것을 피해냈다. 동시에 지윤과 서로 호흡이 느껴질 정도의 거리로 접근한 유현이 발차기를 날린다. 지윤은 몸을 흔들어 그것을 흘려내면서 다시 검을 휘두른다. 하지만 그 순간 유현의 모습이 시야에서 사라졌다.

'빨라!'

눈은 놓쳤지만 감각은 놓치지 않았다. 지윤은 방어 태세를 취하며 유현의 모습을 눈으로 좇았다.

엄청난 속도다. 지윤은 아카샤 시스템의 힘으로 육체를 최고 효율로 제어하고 있고, 한순간에 무한 연산을 이루어내고 있는데도 불구하고 두 사람 사이에는 압도적인 신체 능력의 차이가 있었다.

'전보다 훨씬 빨라졌어. 이런 말도 안 되는 일이.'

지윤은 이전에 격돌했을 때, 유현의 괴물 같은 모습을 떠올리며 눈살을 찌푸렸다. 그때의 데이터를 추산해서, 유현이 최고조의 모습을 보여줬을 때의 실력을 안정적으로 발휘할 수 있다고 가정하더라도 필승을 자신했었다. 하지만 지금 다시 만난 유현은 그때보다도 훨씬 빨라져 있었다.

"오지윤, 강해졌군."

유현도 지윤의 공격에 놀라고 있었다. 압도적인 육체 능력의 차이가 있는데도 불구하고 틈을 보이지 않는 실력이라니, 짧은 공방이었지만 분명 격투 실력 그 자체는 지윤이 우위에 있다는 것을 알 수 있었다.

우우우우웅…….

지윤이 뭐라고 대답하기 전에, 두 사람의 표정이 똑같이 일그러졌다. 유현의 왼쪽 눈, 그리고 지윤의 오른쪽 눈이 서로 공명하며 빛을 발한다. 두 사람 외에는 결코 알 수 없는 정보가 교류되면서 두통이 엄습했다.

"큭……."

두 사람은 신음을 흘리면서 한 걸음씩 물러났다. 그리고 서로를 바라보았다.

유현이 먼저 입을 열었다.

"미쳤군. 그런 걸 눈에다 쑤셔 박다니."

방금 전의 공명으로 두 사람은 서로의 눈에 퀘이사의 파편을 박고 있다는 것을 알게 되었다. 그것이 구체적으로 어떤 기능을 갖고 있는지까지는 알 수 없었지만, 적어도 일반적으로는 가질 수 없는 능력을 갖게 된 것만큼은 분명하다.

"네가 할 소리가 아니야."

지윤이 뭔 소리를 하냐는 듯 받아쳤다.

그의 입장에서 보면 유현이야말로 퀘이사의 파편을 눈에 박아 넣은 선배다. 물론 유현 입장에서는 항변할 말이 넘치도록 많았지만, 전후 사정을 명확히 모르는 지윤으로서는 자신보다 훨씬 더 위험한 것을 눈에 품고 있는 유현이 자신을 비난한다는 것은 그야말로 적반하장이었다.

"이건……."

눈살을 찌푸리며 뭐라고 말하려던 유현은 그냥 입을 다물었다. 생각해 보니 이 자식에게 일일이 변명을 해야 할 이유가 없지 않은가? 심플하게 죽여 버리면 그만인 것을!

파밧!

유현의 손에 권총이 나타나면서 총탄이 지윤을 노렸다. 하지만 다음 순간 유현은 황당한 광경을 보게 되었다.

파창!

'총알을 쳐내!?'

지윤의 앞쪽에서 섬광이 번쩍하더니 총탄을 갈라 버리는 게 아닌가? 그 뒤를 이어 세 발 정도 연사해 봤지만 그것도 죄다 빛이 번쩍이면서 분해되어 버렸다. 자동 방어 술식으로 일정 영역을 감싸는 것도 아니고, 날아오는 총알을 정확히 핀포인트로 쳐내 버리다니 저런 일이 가능하단 말인가?

그리고 다음 순간 유현은 섬뜩함을 느꼈다. 반사적으로 회피 동작에 들어가면서 염동역장을 최대 출력으로 펼쳤다.

콰창!

염력장이 뒤흔들리면서 유현의 몸이 주르륵 밀려났다.

"큭. 이건 뭐야?"

유현의 눈이 공간을 엄청난 스피드로 날아다니고 있는 에너지체를 포착했다. 초음속으로 날아다니고 있으면서도 질량이 거의 전무해서 대기에 미치는 영향이 극미하다. 게다가 그 형태가 자유자재로 변하면서 한곳에서 합쳐지는 게 아닌가?

지윤이 휘파람을 불었다.

"굉장하군. 하긴 네 염동역장은 대전차 라이플도 근거리에서 잡았지? 타흘룸을 튕겨낼 수 있을지 몰랐는데."

"타흘룸?"

유현은 신화에서 본 그 이름에 눈살을 찌푸렸다.

뭐, 연옥에서 그런 이름 듣는 것은 어려운 일도 아니다. 뛰어난 병기에 전설적인 무기나 신의 이름을 붙이는 것은 흔한 일이고, 당장 유현도 쓰는 라이플 브류나크도 타흘룸과 같은 켈트신화의 빛의 신 루의 3종 신기 중 하나의 이름이 아니던가?

우우우우우웅!

공기가 요동치면서 지윤의 앞쪽에서 강력한 에너지체가 꿈틀거렸다. 자유자재로 형태가 변하는 그 에너지체를 퀘이사의 눈으로 보는 순간, 유현은 그 요체를 파악했다.

"잘도 그런 걸 쓰고 있군. 다차원 감응술식을 중심으로 운용되는 에너지체라니."

"뭐야? 한 번 보고 아는 거야?"

"대충은."

퀘이사의 파편이 유현에게 전달해 주는 정보는 대상의 현재 상태에 대한 모든 것이다. 하지만 유현의 정신은 그것을 전부 받아들여서 이해할 수가 없었다. 그렇다고 하더라도 대략적인 윤곽을 파악하고 핵심적인 정보를 뽑아내는 것 정도는 가능한 일이다.

"한 번 보고 알았다면 위력도 잘 알겠지? 괴물 같은 너를 상대하려고 특별히 준비한 비밀 병기야. 잘 가라고."

"말이 많다."

유현이 이를 악무는 순간, 타흘룸이 열두 개체로 분화되어 유현을 노렸다. 극한까지 가속된 감각과 그것을 따라가는 신체 능력을 가진 유현이라도 마하 3에서 6까지의 속도를 내면서 자유자재로 궤적을 변화시키는 타흘룸의 공격에서 벗어날 수는 없었다.

파창! 파차차차찻!

타흘룸이 유현의 염동역장을 두들겨댔다. 일격일격마다 주변에 펼쳐진 염력의 힘이 깎여 나가는 것이 느껴진다. 이대로라면 얼마 버티지 못하고 뚫려 버리리라.

하지만 유현의 표정은 무심했다. 그는 절체절명의 위기 속에서 지윤을 바라보며 말했다.

"유감스럽지만 이런 게 너한테만 있는 건 아니야."

파지직······.

유현의 주변에 희미한 전광이 흘렀다. 그것을 본 지윤이 눈을 크게 뜨는 순간, 공간이 파열하며 강대한 뇌전이 폭발했다.

쫘르르르릉!

*　　　*　　　*

"이크크! 결국 썼군!"

안드로이드 히어로, 멀린은 수백 미터 떨어진 곳에서 폭발하는 에너지를 보며 웃었다. 공간을 타고 폭발하는 뇌전은 유현이 엑스칼리버를 발동시켰다는 증거다. 조금 전에 흘끔 보니 적은 자유자재로 변화하는 에너지체를 제어하는 가공할 병기를 쓰고 있었는데, 그런 무기를 상대로 유현도 본신의 힘만으로 싸울 수는 없었나 보다.

'하지만 이놈들 엄청나군. 그런 무기를 쓰다니.'

대마법사인 멀린은 한눈에 타흘룸의 위력을 알아볼 수 있었다. 그것은 근접 전투에서는 거의 무적이라고 할 수 있는 무기다. 근거리에서 날아오는 총알도 쳐낼 수 있는 무기를, 그것을 정밀하게 제어할 수 있는 능력을 가진 자가 쓴다면 누가 그에 맞설 수 있겠는가?

투두두두두두!

그런 그의 앞에서 20밀리 머신건이 불을 뿜었다. 한참 전투 중에 여유를 부렸던 멀린은 다중결계로 그것을 막아내고는 땅을 박찼다. 180킬로그램의 강철 육체가 대지를 강렬하게 박차자 지반이 터져 나가면서 그 몸이 위쪽으로 치솟았다. 짐낀 다중결계에 붙잡혀 허공에 멈춰 있던 총탄들이 그것을 돌파하고 그가 있던 자리를 꿰뚫었다.

멀린이 상대하고 있는 것은 바로 앤드류 웨버가 조종하는 티탄이었다. 멀린이 허공으로 치솟자 티탄도 곧바로 땅을 박차고 치솟았다. 엄청난 각력에 땅이 폭발하듯 터져 나가고, 공기분사와 염력분사로 가속한 티탄의 거체가 멀린을 따라잡는다.

"대단한데!"

멀린은 바로 앞에서 날아드는 티탄의 주먹을 보면서 감탄하고 말았다. 누가 설계했는지 모르지만 대단한 괴물이다. 기술적 퀄리티로 보면 이 기계 몸체와 비교해도 오히려 더 우위였다.

투학!

다음 순간 울려 퍼진 격타음은 멀린에게서 난 것이 아니었다. 멀린은 티탄의 주먹을 밟고 뒤로 뛰면서 로켓펀치를 날려서 티탄을 갈겨 버린 것이다. 두 개의 로켓펀치가 장갑에 별 데미지를 못 주고 튕겨 나가자 그 순간 팔의 단면으로부터 섬광이 번뜩였다.

쾅!

빛이 폭발하며 티탄의 거체가 뒤로 날아갔다. 멀린은 로켓펀치를 불러들여 다시 팔과 합체시키고는 그 뒤를 추격하며 공격 주문을 발동시켰다.

"어디 한번 받아보시게."

무수한 룬 문자들이 떠오르며 각기 합쳐져 고도의 공격 주문을 이루었다. 한순간 폭염이 휘몰아치면서 2만도 이상의 고열이 폭발했다.

화아아아아아악!

범위에 휘말린 것들을 일격에 탄화시키고, 끓어오른 열기의 여파로 주변에 열풍이 휘몰아쳤다. 그것만으로도 막 봉인에서 풀려 나온 요괴들이 휘말려 소멸했을 정도였다.

그러나 티탄은 장갑에 새겨진 방어 술식으로 빛을 발하면서 그것을 버텨내었다. 멀린이 혀를 찼다.

"정말 잘 만들었군. 포획해 가면 여왕 폐하께서 좋아하시겠어."

쾅!

그 순간 티탄의 왼팔에 장치된 레일건이 불을 뿜었다. 뭔가 에너지가 결집된다고 느낀 순간, 여유있게 방어결계를 쳐두고 있던 멀린은 경악했다. 마하 8.4로 발사된 레일건의 탄두가 그의 방어결계를 가볍게 꿰뚫었기 때문이다. 직접 맞은 것은 아니지만 근거리에서 터진 충격파만으로도 몸 일부가 날아가 버렸다.

"이런."

기계 몸이라 통증으로 정신을 못 차리는 일은 없었지만 잠깐 정신 제어에 혼선이 왔다. 육중한 소리와 함께 지상에 떨어진 그는 즉시 몸 상태를 체크하고 복원에 들어갔다.

그리고 앤드류 웨버는 티탄 안에서 신경질을 내고 있었다.

"젠장!"

방금 전의 일격으로 그는 멀린을 완벽하게 파괴할 생각이었다. 하지만 발사 직전, 갑자기 팔을 연속적으로 두들긴 총격이 궤도를 미미하게 뒤틀어 탄두를 빗나가게 했던 것이다.

그 총격을 날린 것은 멀린과 함께 티탄과 싸우고 있던 아일라였다. 그녀는 가우스 라이플을 든 채 투덜거렸다.

"한심한 노인네 같으니. 대마법사씩이나 돼서 방심이나 하고. 그러니까 암살이나 당하지. 아니, 이건 상관없나?"

아일라는 가우스 라이플을 집어넣고 다시 두 자루의 검을 들었다. 그 앞에서 티탄이 다시 오른팔을 들어 20밀리 머신건을 난사한다. 아일라는 달려서 그 궤적에서 벗어나면서 조금씩 접근했다.

"생쥐처럼 잘도 빠져나가는군!"

앤드류 웨버가 신경질을 내며 몸을 날렸다. 열기를 피워 올리는 티탄의 거체가 성난 들소 같은 기세로 돌진해 온다. 다가가기만 해도 화상으로 죽어버릴 것 같은 상대였지만 아일라는 냉정하게 대응했다. 거리가 가까워져 오는 순간, 그녀의 몸이 티탄의 움직임과 똑같이 맞추어서 흐르듯이 뒤로 스르르 밀려난다. 그리고 팔랑거리는 낙엽처럼 그 표면을 타고 흘러서 뒤로 돌아가는 게 아닌가?

츠캉!

아일라의 검격이 티탄의 장갑을 긁고 지나갔다. 마법의 도움 없이 검술만으로도 요괴를 참살할 수 있다고 알려진 존재, 지구상에서 가장 뛰어난 검예를 터득한 데스트레자의 마이스터. 그중에서도 천재로 불렸던 아일라의 검술은 2만 도의 폭염도 버텨낸 티탄의 장갑에 미세한 상흔을 남기는 데 성공했다.

촤촤촤촤촤촤앙!

보이는 검과 보이지 않는 검, 두 개의 검이 춤추면서 티탄의 장갑에 무수한 선을 그려낸다. 제대로 된 타격이 아니고 그저 표면을 긁어놓을 뿐이었지만 아일라는 조금도 좌절하지 않았다.

앤드류 웨버가 외쳤다.

"작작 하고 꺼져 버려!"

티탄의 장갑을 타고 흐르던 방어 술식 그 일부가 구현되더니 아일라의 눈앞에서 광점을 이루었다. 그리고 작렬하는 섬광이 아일라를 덮쳤다. 아일라는 섬광이 발사되기 직전 그것을 피해서 뒤로 물러났다.

'내열 마법이 한계에 달했군.'

더 이상 접근전을 벌이는 것은 무리일지도 모르겠다. 아일라는 티탄과 접근전을 펼치기 위해 마력의 7할 이상을 열기로부터 몸을 보호하는 데 써야 했던 것이다.

이게 다 멀린이 쓸데없는 주문을 썼기 때문이다. 아일라와 손발을 맞출 거면 폭염공격보다는 방어 술식을 해체하는 공격이나 염동역장 같은 것으로 찍어눌렀어야 할 것 아닌가.

'그래도 간다.'

그녀는 달려드는 티탄을 피해 물러나면서 결단을 내렸다.

방금 전의 공격은 아무 소용도 없는 것을 무작정 반복한 것이 아니다. 연속 공격을 통해 완성되는 데스트레자 검술의 오의가 진행 중이었다.

"…Oiga a la cuchichear del demonio(악마의 속삭임을 들어라)."

그때 앤드류 웨버는 이상한 이명을 듣고 있었다. 티탄의 기동음 외의 소리, 미세한 진동음이 주변에서 들려온다.

그가 그것을 의아하게 여길 때 아일라의 왼손에 들린 검이 바뀌었다. 보이지 않는 것은 똑같았지만, 베기 위주의 날이 선 검에서 완전히 찌르기 위주의 송곳 같은 검으로 교체되었다.

투두두두두!

머신건의 총격을 피하고, 근거리에서 터지는 전방위 방어 술식의 공격을 흘려낸 그녀는 다시 티탄의 뒤로 돌아갔다. 그리고 아까의 공격을 통해 새겨둔 흔적, 소용돌이 형태로 겹쳐지는 수십 개의 선 그 중심에 혼신의 힘을 다해 암검(暗劍)을 찔러 넣었다.

'El demonio gemiendo(통곡하는 악마)!'

쾅!

폭음과 함께 그녀의 몸이 튕겨 나갔다. 동시에 찌르는 힘을 버티지 못한 검이 부서져서 흩어진다. 반동으로 30미터가량 뒤로 튕겨 나간 그녀는 공중에서 몸을 회전시켜 균형을 잡고 착지했다.

그리고 티탄이 움직임을 멈췄다. 그 속에서 앤드류 웨버가 믿을 수 없다는 표정을 짓고 있었다.

"커, 커헉… 이, 이럴 수가."

그의 입가가 붉게 물들어 있었다. 방금 전의 일격이 티탄의 장갑과 수십 겹의 충격 방지 장치를 뚫고 그 안쪽에 있는 그의 몸까지 꿰뚫어 버렸던 것이다. 그 결과 내장 일부가 파열될 정도로 극심한 타격을 받았다.

"…저건 거의 마법이군."

그동안 파손된 몸을 복원한 멀린이 혀를 내둘렀다. 티탄은 전차도 일격에 완파시키는 브류나크 DX212의 더블 버스터 모드로 때려도 장갑에 기스 좀 나고 마는 괴물이다. 그런데 아일라는 검격만으로 그 장갑을 넘어 안에 있는 조종자에게 타격을 입힌 것이다.

이것이 바로 데스트레자 검술의 오의, El demonio gemiendo(통곡하는 악마).

단단한 장갑으로 보호받는 요괴를 상대하기 위해 개발된 기술로, 완벽한 공식에 따라 가해진 타격을 일정한 패턴으로 모아 장갑을 타고 흐르게 한 다음, 그 잔향이 사라지기 전에 가해지는 마지막 일격으로 모든 힘을 한데 모아 수십 배로 증폭해서 모든 것을 꿰뚫는다.

기기기기깅…….

하지만 그렇다고 해서 티탄이 무력화된 것은 아니었다. 앤드류 웨버가 부상을 입긴 했어도 티탄의 기능은 그대로였다.

"그거 한 번 더 할 수 있나?"

"무리야."

멀린의 물음에 아일라가 고개를 저었다. 그녀의 왼팔은 방금 전의 일격을 날린 대가로 마비되었다. 뼈에 금이 좀 갔고 근육도 일부가 파열된 상태다. 티탄의 장갑이 어떤 구조고, 또 어떤 방어 술식이 포진해 있는지 명확히 파악하지 못한 상태에서 무작정 비기를 시전한 결과였다. 멀쩡해진 후에 다시한 번 하라면 이번에는 완벽하게 해낼 수 있겠지만 지금 당장은 무리였다.

콰아아아아!

앤드류 웨버가 죽기 살기로 날린 레일건을 피하면서 두 사람이 텔레파시로 대화를 나누었다.

—그럼 내가 어떻게든 해야겠군. 방어 술식을 해체해 주면

타격을 줄 수 있나?

─조종사는 죽일 수 있을 것 같은데.

─그건⋯ 음. 아니. 그렇게 해서라도 저걸 손에 넣을 수 있다면 이득이겠군. 운이 좋으면 시체에서 정보를 뽑아낼 수 있겠지.

멀린은 결단을 내리고 주문을 발동시켰다. 압도적인 염동력이 티탄의 발밑 지반을 붙잡고 뒤엎었다. 티탄의 반응성이라면 그전에 하늘로 치솟아서 빠져나갈 수 있었겠지만, 지금은 앤드류 웨버의 부상 때문에 반응이 둔해진 상태였다. 그대로 토사에 묻혀 땅으로 쓰러지고 말았다.

파아아아앙!

그 틈을 타서 멀린이 내지른 염력장이 티탄을 쳐 날렸다. 수십 톤의 충격이 그 몸체를 때려서 뒤로 날려 버린다. 그 뒤를 쫓아가면서 멀린이 새로운 마법을 전개했다. 마법의 파동이 집중되어서 티탄의 장갑과 접속한다. 방어 술식과 그것을 해체하려는 멀린의 술식이 충돌하면서 하얀 스파크가 튀었다.

그리고 움직이지 않는 왼팔을 염력으로 조종하는 아일라가 뛰어들었다. 악마의 일격은 사용할 수 없지만 일순간이나마 방어 술식이 해체된다면, 저 장갑을 관통해서 안에 있는 사용자에게 일격을 가할 수 있다.

—지금이다!

잠시 후 멀린의 외침이 들려왔다. 아일라의 무심한 눈동자에도 장갑을 지키고 있던 마력 일부가 흩어지는 것이 보였다. 그 포인트를 정확하게 잡아낸 아일라의 표정에 힘이 들어가면서 일순 칼날 같은 기세가 발해진다. 오른손에 들린 검이 한줄기 섬광으로 화해서 티탄의 장갑을 베어냈다.

슈확!

아일라는 잠시 검을 내려친 자세로 굳어 있었다. 시간이 정지된 것처럼, 티탄도 그 앞에서 정지한 채 그녀와 마주한다. 그러나 잠시 후 바람이 불어오면서 티탄의 거체가 비틀거렸다. 그리고 아일라가 검을 내려친 궤적을 따라 푸른 불길이 일어나면서 티탄의 장갑에 깊숙한 상흔을 남겼다.

그그그그그……

티탄이 조종사의 상황을 대변하듯 힘겹게 움직였다. 그 안쪽에서 앤드류 웨버는 피투성이가 된 채 웃고 있었다.

"이런… 쉐도우 머더러, 그놈의 말이… 맞았군."

내장은 돌이킬 수 없을 정도로 망가졌고, 그것을 회복하기 전에 새로운 타격을 받아서 완전히 회복이 불가능한 상태가 되어버렸다. 자신의 육체 상태를 점검하던 앤드류가 어느 순간 결연한 표정을 지었다.

"티탄을… 네놈들 손에 들어가게 하진 않는다."

티탄은 미드가르드의 최대 기밀 중의 하나다. 앞으로 수백 대 이상이 양산될 예정이긴 하지만, 지금 단계에서 적들에게 넘어가 그 기술이 해체되어서는 안 될 물건이다.

앤드류 웨버는 희미해져 가는 의식 속에서 티탄에게 마지막 명령을 입력했다. 그리고 부하들에게도 마지막 지령을 내리고 축 늘어졌다.

"하하하. 허무하군……."

그것이 그의 유언이 되었다.

6

"우와아아아아!"

신우는 비명을 지르며 뛰어다니고 있었다. 무슨 꼴사나운 모습인가 싶지만 그 뒤를 10미터도 넘는 어마어마한 크기의 호랑이 요괴가 쫓아오고 있다 보면 이해해 줘야만 할 것 같았다. 호랑이 요괴는 중전차처럼 앞을 가리는 나무들을 꺾어버리며 돌진, 신우와 가까워질 때마다 앞발을 뻗어오고 있었다.

나무들 사이로 도망치던 신우가 어느 순간 반전, 호랑이 요괴가 반사적으로 내지른 앞발을 피해 콧등을 밟고 뛰어오르면서 권총으로 총격을 가했다.

투두두!

총알이 호랑이 요괴의 두터운 가죽에 박혔다. 하지만 결정적 타격은 주지 못하고 긁힌 정도의 상처를 냈을 뿐이다. 그리고 그 뒤를 따라서 옆쪽으로 이동해 온 한얼이 가우스 라이플을 갈겼다.

쾅!

그도 사격 훈련을 받은 지 얼마 안 되어서 쏘는 게 어색했지만, 10미터의 근거리에서 10미터짜리 초대형 표적을 못 맞힐 리는 없다. 권총과는 차원이 다른 타격에 호랑이 요괴가 옆으로 뒤집어지는 순간, 그 뒤를 쫓아온 성아가 공격 주문을 갈겼다.

쫘르르릉!

뇌격이 작렬하면서 호랑이 요괴가 비명을 지른다. 내장이 타들어가고 쇼크로 인해 근육이 파열되었다. 한얼이 검으로 발광하다 축 늘어지는 호랑이 요괴의 숨통을 끊어놓자 마치 먼지로 이루어진 것처럼 부스스 흩어져서 사라져 간다.

그동안 신우는 허공에 있는 그를 덮친 적의 전투원과 검격을 교환하고 있었다.

채채채채챙!

적의 검투 능력은 신우보다 수준이 높았다. 신체 능력면에서도, 마력면에서도 신우가 상대보다 나은 것은 단 하나도 없다. 그러나 유현이나 아일라 같은 괴물 같은 스승들에게 매일

지옥 같은 훈련을 받은 신우는 적의 공격을 받아내며 시간을 확보했다.

콰학!

진선희가 마법을 날려 적을 관통해 버릴 만한 시간 말이다.

염력장에 가슴이 꿰뚫린 적이 비명조차 지르지 못하고 피를 뿌리면서 쓰러졌다. 하지만 쓰러지기 직전, 헬멧 안쪽에서 뭔가 움찔거리나 싶더니 갑자기 전신이 폭염에 휩싸였다.

"우왁! 이 자식도 자폭이야?"

그야말로 인간 폭탄이다. 가까이 있던 신우는 아슬아슬하게 뒤로 물러날 수 있었다. 간발의 차로 진선희가 방어결계를 쳐둔 덕분에 화상을 입지 않고 끝났다.

"이놈들, 틀렸다 싶으면 바로 자폭해 버리네. 지독하다."

신우가 완전히 타버린 적의 시체를 보며 몸을 부르르 떨었다. 그 앞으로 성아가 다가오며 짜증을 냈다.

"그냥 시체만 태우는 게 아니고 의념까지 산산이 흩어버리는 게, 완전히 정보가 흘러나갈 것을 막는 방법인 것 같아."

현재 상황은 유현이 지윤과 대치, 신아언이 김혁과 공방을 계속하고 있으며, 아일라와 멀린이 막 앤드류 웨버가 조종하는 티탄을 쓰러뜨린 상태다. 나머지 전투원들과 요괴들의 상대는 이들 네 명이 맡고 있었고 멀리서 난슬이 이 일대에 인식장애결계와 통신에 장애를 일으키는 파장을 뿌려내고 있었는데, 일단 적 전투원들과 요괴들도 슬슬 정리가 된 상태였다.

그런데 적들은 아주 지독해서 동료의 시체는 물론이고, 치명상을 입어 움직일 수 없게 되면 곧바로 자폭해서 흔적을 말소했다. 아마도 본인의 의지를 넘어선 보안 조치가 각인되어 있는 것 같았다. 이래서야 승리하고 나서도 얻을 수 있는 게 없지 않은가?

"이쪽은 정리가 됐으니 다른 쪽으로 가자."

성아는 그렇게 정하고 멀리 있는 쪽으로 몸을 날렸다. 그쪽에서 왠지 불길한 예감이 들었기 때문이다.

한얼이 그 뒤를 따르고, 진선희가 잠시 신우를 바라보며 말했다.

"너……."

"왜 그래요, 누나?"

"좀 쓸만해졌더라."

"어?"

"그냥 그렇다고."

진선희는 새침하게 한마디 남기고는 달려가 버렸다. 신우는 지금 무슨 말을 들었나 싶어서 멍청하니 서 있다가 바보처럼 헤실헤실 웃었다.

"헤헤헷. 아, 쓸만해지다니. 육도의 마법사 누나한테 인정

받다니 나도 꽤나 강해졌긴 했나 보네."

신우는 싱글벙글하며 몸을 날렸다. 그리고 그 순간 폭음과 함께 신우에게서 정확히 15미터 떨어진 지점을 레일건의 탄두가 관통하며 그 충격파가 신우를 멀리멀리 날려 버렸다.

"우와아아아아아악!"

신우가 비명을 지르며 수풀 사이에 처박혔다.

*　　　*　　　*

'앤드류가 죽었어?'

지윤은 깜짝 놀라서 그 자리에서 멈춰 섰다. 물론 격렬한 공방 중에 그렇게 흐트러진 모습을 보이는 것은 자살 행위다.

우르르르릉!

거창한 소리와 함께 초속 10만 킬로미터의 뇌격이 작렬했다. 지윤은 가까스로 타흘룸을 모아서 그것을 방어해 내어 목숨을 건졌다. 압도적인 파괴력 앞에 전신의 빈약한 마법회로가 비명을 지르는 것만 같다.

"큭……."

비틀거리는 그의 앞쪽에서 뇌격의 주인, 진유현이 천천히 걸어오고 있었다. 그의 주변에 청백색 뇌전이 들끓으며 타흘룸의 공격을 완벽하게 차단하는 것이 보였다. 저 뇌격이 등장한 이후 수천 번도 넘는 공격을 가했지만 진유현에게 닿은 것은 단 하나도 없었다.

'젠장. 엑스칼리버라니.'

고대 켈트어로 '격렬한 번개'를 의미하는 이름. 아서왕이 쓰던 호수의 성검으로 알고 있던 무기의 실체가 저런 것일 줄이야! 유현은 처음에는 뇌격과 함께 한 자루 검을 소환해 내나 싶더니, 그것을 거대한 뇌격의 역장으로 변환시켜서 스스로를 완벽하게 보호하는 동시에 지윤을 향해 맹공을 퍼부었던 것이다.

위력이 엄청난 만큼 사용자인 유현에게도 상당한 부담이 가는 것 같지만, 그는 거의 무한한 마력으로 그것을 커버해 내고 있었다. 마력량이 절대적으로 부족한 지윤이 엑스칼리버를 썼다면 순식간에 마력이 고갈되고 말았을 것이다.

'슬슬 시간이 다 되어가는데……'

지윤은 자신의 상태를 파악하고 식은땀을 흘렸다. 요즘 신경 써서 신체를 개조했기는 해도 여전히 절대적으로 마력이 부족했다. 지혜의 파편을 축으로 이루어지는 아카샤 시스템 덕분에 효율을 극한까지 끌어올리긴 했지만 타흘룸을 계속해서 써대다 보니 거의 고갈되어 가는 것이 느껴졌다.

상황이 불리하다고 판단한 지윤은 어느 지점을 향해 이동하기 시작했다. 앤드류가 죽었어도 티탄이 적들에게 넘어갈 염려는 안 해도 된다. 앤드류는 그에 대해서는 이미 조치를 취해두었고, 이제는 티탄이 자폭해서 기밀을 말소하던지 아니면 그전에 지윤이 기대하는 단 하나의 구원이 오던지 둘 중 하나만이 남았다.

'여기서 죽을 걸 각오해야겠군.'

압도적인 유현의 힘 앞에서 지윤은 이를 갈았다. 이제 겨우 쓰러뜨릴 수 있겠다 싶었더니 그새 또 이런 힘을 손에 넣었을 줄이야. 스스로를 제어할 수 있게 된 괴물은 상상을 초월할 정도로 무서웠다. 그나마 아카샤 시스템 덕분에 압도적인 힘의 차이를 극복하고 버티고 있는 거지, 아니면 벌써 쓰러져서 고혼이 되었을 것이다.

꽈르르릉!

작렬하는 뇌격을 피해 지윤의 몸이 이동한다. 유현의 신체 능력이라면 한순간에 그 차이를 줄일 수 있었지만, 지금 유현은 그러지 못하고 있었다.

왜냐하면 엑스칼리버에 대한 제어력이 완전하지 못하기 때문이다. 엑스칼리버를 전개하고 있는 한 일정 이상으로 가속해서 이동할 수가 없었다. 그랬다가는 유현 자신이 뇌격의 역장 밖으로 빠져나가게 된다. 그렇다고 엑스칼리버를 접고 달려들었다가는 지윤의 타흘룸에 격살당하게 될 게 뻔하다.

결국 유현이 선택한 것은 천천히 지윤을 압박해 들어가는 것이었다. 압도적인 화력 앞에서 분투하는 지윤의 능력은 분명 놀랍지만 힘의 차이는 역력하다. 유현의 눈에는 지윤의 마력이 고갈되어 가는 것이 확실하게 보였다.

하지만 어느 순간 유현은 자신이 다른 사람의 전장에 들어섰다는 것을 알게 되었다. 날아들던 라이플 총탄이 엑스칼리버의 뇌격에 닿아 기화되는 것이 아닌가?

'저 녀석은…….'

여덟 개의 강철 팔을 등 뒤에서 전개한 채 뛰어다니는 금발의 소년, 김혁은 전에 싸운 적이 있는 상대였다. 김혁은 유현을 보고는 잠시 멈칫했다. 그리고 그 순간 앞쪽에서 신아연이 브류나크 DX212를 겨눈 채 뛰쳐나왔다.

콰작!

다음 순간 섬광이 번뜩이며 신아연의 왼팔이 박살 났다. 김혁의 위기를 본 지윤이 타흘룸을 전개해서 그녀를 공격한 것이다.

하지만 운 나쁘게도 그가 박살 낸 것은 신아연의 의수였다. 신아연은 의수가 박살 나 흩어지는 상황에서도 악귀 같은 미소를 지으면서 방아쇠를 당겼다.

쾅!

자세를 무너뜨리면서 쐈는데도 총격의 궤도는 정확했다. 섬광의 궤적이 그려지며 한 사람의 몸이 관통되었다.

"컥……."

김혁은 믿을 수 없다는 표정으로 자신의 몸을 내려다보았다.

몸통의 절반이 날아가 있었다.

"하, 하하하하……."

몸 상태를 따로 살펴볼 필요도 없었다. 이건 절대 살아날 수 없다.

갈가리 찢겨진 피와 살이 주변에 흩어져 있었다. 김혁은 급속도로 꺼져 가는 의식을 붙잡았다. 전신의 기감이 산산조각 났지만 뇌가 멀쩡한 이상 마력은 살아 있다. 흩어지려던 마력을 붙잡고 그것으로 이미 죽어버린 몸을 움직이며 외쳤다.

"오지윤, 이 개자식! 얼른 튀어!"

아직 기능이 살아 있는 팔각이 꿈틀거리며 거기에 매달린 총기들이 불을 뿜었다.

두두두두두!

김혁은 총기를 난사하며 마법포켓 속에 남아 있던 폭탄들을 모조리 작동시켜서 방출했다. 그리고 스스로에게 각인된 자폭 술식을 발동시키며 투덜거렸다.

"아, 젠장. 오늘 밤에 헌종이랑 인던 뛰기로 했는데."

폭염이 그의 몸을 불태우고, 마법과 화학물질이 결합되어 작동하는 폭탄들이 압도적인 폭발력으로 줄줄이 폭발해서 주변을 휘감았다. 이 상황에서는 유현조차도 지윤의 뒤를 쫓을 수 없었다. 쓰러진 신아연의 뒷덜미를 붙잡고 주변을 엑스칼리버로 둘러친 다음 버티는 것이 전부였다.

콰과과광!

폭발 속에서 지윤은 달렸다. 그의 표정이 참혹하게 구겨져 있었다.

'혁아, 빌어먹을.'

미안하다고 말하진 못하겠다. 그런 말을 떠올리기에는 그에게 인간적인 정서가 많이 부족했다.

하지만 자책감은 있었다. 김혁의 죽음은 분명 지윤의 판단 미스로 인한 것이었다. 굳이 김혁과 합류해서 탈출해야겠다는 생각만 하지 않았어도 그가 저렇게 허무하게 죽을 일은 없었다.

"으아아아아!"

지윤은 고함을 치면서 달렸다. 폭음에 묻혀 들리지도 않았지만 조금 기분이 진정되는 것 같았다.

'티탄!'

티탄이 보였다. 그 주변에 엄청난 마력이 요동치며 티탄의 움직임을 막아내고 있었다. 지윤은 생각할 것도 없이 그 마력의 주체를 향해 타흘룸을 날렸다.

파창!

스파크가 튀면서 멀린의 몸이 튕겨 나갔다. 동시에 티탄을 붙잡고 있던 염력장이 약해진다.

'안 풀리나!'

상대방이 대단한 마법사라는 것은 이미 예상했다. 하지만 여기서는 어떻게든 티탄을 풀어줘야 한다. 그래야 지윤도 살 길이 열린다.

"젠장, 아크메이지가 올 때까지 살아 있을 수 있을까?"

지윤이 안고 있는 유일한 희망은 모건이 구조하러 오는 것이다.

통신이 마비되어서 상황을 전달할 수는 없지만, 반대로 말하자면 통신이 두절된 상황 그 자체가 미드가르드에는 긴급 신호로 인식될 것이다. 장시간 통신이 두절되어 있는데 그냥 넋 놓고 있을 리가 없다. 냉혹무비하게 이들을 버릴 수도 있겠지만 그러기에는 안고 있는 기밀이 너무 크다. 반드시 구원의 손길을 뻗어올 것이고, 지윤의 예상으로는 바로 모건이 올 것이다.

문제는 그때까지 버틸 수 있냐 하는 것이었다. 원래 앤드류 웨버가 죽으면서 티탄을 폭주, 마지막에는 자폭하게 해서 활로를 열도록 세팅해 두었는데 적들의 능력이 상상을 초월했다. 무인 모드로 폭주하려는 티탄을 염력장으로 붙잡고 있을 줄이야.

'자폭도 못하면 곤란한데.'

자폭 장치는 이미 기동되어 있을 테니 시간이 지나면 반드시 터진다. 문제는 적들이 폭발을 최소한도로 억누를 경우, 부서진 티탄의 부품을 건질 수 있을 것이고 그것만으로도 많은 정보를 넘겨주게 된다는 것이다.

그러니 지윤은 최소한 티탄이 자폭할 수 있는 여유라도 벌어줘야 한다.

'이건 미친 짓이야! 젠장! 자폭을 도와주기 위해 목숨을 걸어야 한다니!'

그렇다고 그냥 빠져나갈 수도 없다는 게 문제지. 어차피 모건이 구하러 오지 않으면 그는 탈출할 수 없다. 그의 머리는 그럭저럭 탈출의 가능성을 보고 있었지만 지혜의 파편이 욱신거리는 통증으로 가능성이 제로라고 말해주고 있었다.

지윤은 신경질을 내면서 타흘룸을 구동, 동시에 마법포켓에 들어 있던 총기를 모조리 꺼내서 염동력으로 난사하기 시작했다.

두두두두두!

티탄 부근에 집결해 있던 적들이 움직이는 것이 감지되었다. 다들 한가락하는지 은밀하면서도 빠르게 움직이고 있었지만 아카샤 시스템의 눈길을 벗어날 수는 없었다.

'마력의 잔량은… 17%.'

타흘룸을 풀가동할 수 있는 시간이 얼마 안 남았다. 지윤은 일단 물러나서 마력을 충전할 필요성을 느꼈지만, 적들의 움직임이 생각 이상이었다.

카강!

특히 엄청난 속도로 달려들어서 검을 찔러오는 이 여자의 경우는! 그녀는 한순간이지만 지윤이 타흘룸을 발동시킬 타이밍을 뺏으며 바로 코앞까지 달려들었다.

"큭!"

금발을 찰랑거리며 아일라 스카우드가 살벌한 기세로 검격을 날려온다. 지윤의 감각이 그녀를 잡았다고 생각하는 순간, 이상한 움직임으로 인식을 흐트러뜨리며 빠져나가는 바람에 타흘룸이 허공을 갈랐다.

'이런 말도 안 되는 일이!'

쉬쉬쉬쉬쉭!

지윤이 경악하는 순간, 기적처럼 타흘룸을 피해낸 아일라의 검격이 먹이를 맹습하는 뱀처럼 날아든다. 여기다 싶으면 저기고, 저기다 싶으면 여기다. 아카샤 시스템으로 한순간에 주변의 모든 물리적 움직임을 연산하고, 공격 지점을 도출해 내는 지윤으로서도 따라가기가 벅찰 정도였다.

'그나마 한 팔만 쓰고 있어서 다행이군!'

지윤은 아일라가 오른팔을 제대로 쓸 수 없는 상태라는 것을 읽었다. 쌍검이 날아들고 있었다면 벌써 생채기 두세 개는 났을 것이다. 하지만 한 팔을 늘어뜨리고 공격해 오고 있어서 그럭저럭 피하면서 맞설 수 있었다.

채채채채채챙!

최초의 격돌 때 타이밍을 빼앗기는 바람에 정신없이 밀렸지만, 일단 태세를 정비하고 나자 대등하게 맞설 수 있었다. 지윤의 손에 들린 쌍검이 춤을 추며 월등히 빠르게 날아드는 아일라의 검을 받아냈다.

'마검(魔劍) 나찰(羅刹)!'

동시에 마검 술식이 작동했다. 날카로운 검풍이 몰아치면서 지윤의 검격은 하나가 둘로, 둘이 다섯으로, 다섯이 스물로 불어나는 효과를 얻었다.

파파파파파!

그러나 아일라는 조금도 동요하지 않고 자신도 마검 술식을 발동, 검풍으로 검풍을 상쇄시켰다. 동시에 그녀의 움직임, 그 리듬이 바뀌더니 한순간 느릿해진다. 거의 반사적으로 그 틈을 찌르는 지윤의 눈앞에 갑자기 검은 어둠이 펼쳐졌다.

'뭐야!?'

촤앙!

파찰음과 함께 충격이 몸을 뒤흔들었다. 지윤의 몸이 균형을 잃고 뒤로 날아가 버렸다.

시야가 회복되었을 때, 그 앞으로 검끝이 찔러 들어오고 있었다. 아카샤 시스템 덕에 가까스로 피해내고는 카운터를 날린다. 아니, 날리려고 하는 순간 시야 왼팔의 바깥쪽에서 독특하게 휘어지는 궤도로 킥이 날아들고 있었다. 어깨로 그것을 받아내고 반대편으로 뛰어서 충격을 완화시키는 순간, 갑자기 반대쪽 공간으로부터 검광이 쏟아졌다.

'이건 도대체 뭐야!?'

지윤은 당황하면서도 아카샤 시스템과 지혜의 파편이 알려주는 결과를 따라 정신없이 방어했다. 검광과 충격파가 흩어지는 가운데, 지윤을 몰아붙였던 아일라가 마침내 길게 흐르고 있던 호흡을 끝내며 말했다.

"…놀랍군."

아일라는 방금 전, 데스트레자의 비술로 지윤의 시야를 빼앗았을 때 승리를 확신했다. 하지만 지윤은 한순간 감각을 빼앗겼으면서도 거의 반사적으로 아일라의 검격을 막아냈다. 지혜의 파편이 가져다주는 번뜩임 덕분이었지만 그것을 알리 없는 아일라의 입장에서 보면 그 자체로 기적이다.

"검술은 어설픈데, 방어는 철통같아."

"큭, 그런 소리를 듣는 것은 처음인데."

"이름을 들어둘 수 있을까? 나는 아일라 스카우드."

"아일라 스카우드? 데스트레자의 검의 귀신?"

지윤이 놀라는 순간이었다. 지혜의 파편이 강렬한 경고의 외침을 던졌다. 지윤은 반사적으로 타흘룸을 전개했다.

파창! 파차차창!

타흘룸이 초음속으로 날아다니면서 맹습하는 총격을 막아 내었다. 하지만 한순간에 열두 번의 총격을 막아냈음에도 그 너머에서 가해지는 열세 번째 총격은 그럴 수 없었다.

꽉!

"큭……."

지윤은 또다시 기시감을 느꼈다. 등 뒤를 관통한 라이플 총탄, 그리고 상처로부터 세모꼴을 그리며 확 퍼져 나가 땅을 적시는 피.

"하하하, 진유현, 이 개자식이……."

"개자식이라 미안하군."

허탈하게 웃는 그의 뒤쪽에서 유현이 나타났다. 그의 주변에는 열두 정의 라이플이 둥둥 떠 있었다. 유현 본인의 손에 들려 있는 가우스 라이플이 지윤의 몸을 관통했던 것이다.

7

유현 일행은 지윤을 중심에 둔 채 한자리에 모였다. 혹시나 적들에게 난슬을 노출시키고 싶지 않았던 유현의 의향에 따라 그녀만을 제외하고. 그리고 의수가 망가진 신아연과 그녀를 돌보는 진선희는 뒤쪽에 물러나 있었다.

그들에게 둘러싸인 지윤은 절망을 느꼈다.

'젠장. 이렇게 끝나게 될 줄은…….'

당장 유현만 해도 이길 수 없는 상대인데 다른 이들 역시 장난이 아니다. 다들 스스로의 정보를 차단하고 있었지만, 아카샤 시스템에 걸리는 정보만으로도 개개인과 겨뤄도 쉽지 않다는 것을 알 수 있었다.

'저 둘만 빼고.'

지윤의 눈길이 향한 곳은 신우와 한얼이었다. 왠지는 모르겠는데 저 둘만 다른 이들에 비해 너무 격이 떨어졌다. 지윤은 저 둘과 맞붙는다면 어렵지 않게 참살할 수 있을 것이다.

하지만 그들은 얌전히 이상한 기계 몸을 가진 멀린의 뒤에 붙어 있었기 때문에 그쪽을 뚫을 엄두도 낼 수 없었다.

"일부러 목숨은 붙여뒀다. 마음 같아서는 바로 죽이고 싶지만."

유현이 차갑게 내려다보며 말했다.

총격에 관통되고도 지윤이 살아 있는 것은 그가 금강불괴의 소유자이기 때문은 아니었다. 유현이 일부러 브류나크 DX212 대신 일반 라이플을 써서, 위력을 적절하게 조절해서 쏘았기 때문이다. 동시에 총알에 실린 마법이 지윤의 몸을 마비시켰다.

'뭐 그건 어떻게든 되겠지만······.'

유현의 술식은 지윤의 입장에서 보면 조악하기 그지없다. 아카샤 시스템을 이용하면 한순간에 해체할 수 있었다.

"허튼수작은 하지 마시지."

유현이 그렇게 말하는 바람에 지윤의 눈살이 꿈틀거렸다.

유현의 눈은 지윤의 체내 상태를 모조리 꿰뚫어 보고 있었다. 저 불길한 퀘이사의 눈앞에서 마음을 속일 수는 있어도 몸의 상태를 속이는 것은 불가능하다.

지윤은 일단 의기강체술로 상처를 지혈하면서 말했다.

"쳇. 알았어. 알겠다고. 그런데 혹시 정보를 넘겨주면 살려줄 생각은 있나?"

"······."

그 말에 유현은 금방 대답하지는 않았다.

육도라는 족쇄를 벗은 입장에서, 지윤은 목숨까지 버려가며 미드가르드의 '숭고한 이상'에 동참해 줄 생각은 없었다. 설령 앞으로 미드가르드의 적이 된다고 하더라도 일단 이 자리에서 살아나면 또 다른 기회를 얻을 수 있을 것이다.

문제는 이들이 자신의 목숨을 살려줄 생각이 있나 하는 점이다. 처음부터 고문하고 죽일 생각이었다면 선택의 여지가 없다.

그때 멀린이 입을 열었다.

"애송이, 너 설마 협력 안 하면 이쪽에서 정보를 뽑아내지 못하리라 생각하나?"

"그렇게 생각하는데?"

지윤이 태연하게 반문했다. 그 말에 멀린의 표정이 불쾌함에 물들었다.

"내가 누구인지 알고 하는 소린가?"

"몰라."

"그럼 귀를 씻고 잘 들어라. 내가 바로 대마법사 멀린이니라."

"어라? 당신이 그 퀸 오더의 열렬한 구애자 멀린이야?"

"……."

멀린의 표정이 팍 찌푸려졌다. 지윤이 실실 웃으며 말했다.

"내가 아는 사람이 그러더라고. 어쨌든 세계적인 유명인사를 이렇게 보다니 반갑군. 근데 왜 기계 인간이지? 원래 그런가?"

"그런 걸 말해줘야 할 이유는 없지."

"하긴 그렇네. 뭐 어쨌든 당신이 대단하다는 것은 알겠는데, 그렇다고 하더라도 나도 정보를 넘기지 않을 방법 정도는 갖고 있거든. 내 말을 의심한다면 어디 한번 시험해 보시지."

"흐음."

멀린이 흥미로워하는 기색으로 턱을 쓰다듬었다. 이 애송이가 도대체 뭘 믿고 이렇게 자신만만한 것일까? 그렇다고 무작정 허튼소리로 여길 수도 없는 것이, 그가 조금 전까지 보여준 전투 능력은 경이로운 것이었다. 특히 저 타흘룸이라는 것은 완전히 예상을 초월했다. 게다가 이놈들이 전원 다 폭사해서 시체로부터 정보를 얻는 것조차 차단했다는 것을 감안하면, 저 말은 사실일 가능성이 높았다.

"진실의 맹세."

멀린이 고대로부터 전해져 온 마법을 사용했다. 마법에 걸린 자에게 진실만을 강요하는 마법이다. 침묵하는 것은 가능하지만 거짓을 고하는 것은 불가능하다.

지윤은 그 마법을 순순히 받아들였다. 그리고 같은 내용의 말을 반복했다.

"젠장. 진짜잖아."

멀린이 혀를 찼다. 지윤이 의기양양한 미소를 지었다.

"내가 여기서 살아나갈 수는 없어도 정보를 주지 않을 수는 있다니까. 그러니까 거래하자. 당신들이 원하는 정보를 줄테니까 내 목숨은 살려서 보내줘."

"너도 배짱부리는 것 아닌가?"

아일라가 재미있어하는 기색으로 말했다. 그 말에 지윤이 그녀를 돌아보며 대답했다.

"뭐, 나한테 그 정도의 가치가 없다면 여기서 죽는 수밖에 없겠지."

목숨을 갖고 도박을 하는 취미는 없지만, 이런 상황에서는 다른 방법이 떠오르지 않는다. 잠시 불편한 침묵이 흘러갔다.

"몇 가지 구속을 받아들인다면, 살려주지."

생각에 잠겼던 유현이 말했다. 그 말에 지윤의 표정이 일그러졌다.

"구속?"

"그래. 그 정도도 받아들일 수 없다면 그냥 여기서 너를 죽인다. 솔직히 그 편이 깨끗할 것 같으니까."

유현의 눈을 들여다본 지윤은 그가 진심이라는 것을 알았다. 지윤이 가진 정보를 포기하더라도 그렇게 할 셈이다.

'완고한 놈 같으니.'

지윤은 혀를 차며 고개를 끄덕였다.

"좋아. 그렇게 하지."

"그럼 일단 묻지. 저거 어떻게 멈추게 하지?"

유현이 티탄을 가리켰다. 티탄은 멀린과 성아가 펼쳐 둔 염력장에 갇힌 채 아직도 버둥거리고 있었다.

"몰라. 아마 부수기 전엔 안 멈출걸? 덤으로 저거 곧 자폭할 거야."

그 말이 신호탄이 되었다. 계속 버둥거리던 티탄이 내부로부터 폭발했다.

콰아아아앙!

섬광이 모두의 눈을 멀게 했다. 이 순간 지윤은 허를 찔러 탈출해 볼까 했지만, 다들 침착하게 눈을 감고 서 있는 것을 보고는 그 계획을 깔끔하게 단념할 수밖에 없었다.

폭염은 염력장에 갇혀서 좁은 범위에 그쳤다. 열기가 끓어오르며 하늘로 불길이 빠져나가는 것을 보며 멀린이 투덜거렸다.

"젠장. 부품을 건지는 게 고작인가?"

되도록 온전하게 손에 넣고 싶었는데 이렇게 되다니 유감스러웠다. 하지만 염력장으로 억눌러둔 덕분에 완전 파괴는 되지 않은 것 같으니 부품만 들고 가도 꽤 많은 것을 얻을 수 있으리라.

유헌은 티탄에는 별 관심을 두지 않고 물었다.

"너희들의 목적은 대체 뭐지?"

"대충 알고 있지 않나?"

"사하라에 나타난 세계수라는 것으로 영맥에 대한 제어권을 7대 세력으로부터 빼앗는다. 그리고 요괴가 당연시되는 세계를 만들어 전 인류가 그에 맞서게 함으로써 연옥을 실질적으로 소멸시킨다. 거기까지는 알겠어. 그럼 그다음에는 뭘 하려는 거지?"

"일단은 세계정복이지. 일련의 흐름이 뻔하잖아?"

"······."

태연한 지윤의 대답에 다들 할 말을 잃었다.

여태까지의 사건들을 생각하면 쉽게 도달할 수 있는 결론이기는 하다. 그런데 직접 적의 입을 통해 들으니까, 이거 너무 황당하다. 너무 우스꽝스럽고 현실감없는 대답이라서 막 웃음이 나올 것 같다.

"일단은, 이라는 것은 그다음이 있다는 거겠지?"

"뭐, 거기까지 말하는 걸 보니 진유현 너도 알 것은 다 아는 것 같은데. 알고 있는 거 아냐? 세계수 때문에 어쩌면··· 인류가 요괴의 자리로 굴러 떨어질 수도 있다는 걸."

"···역시."

"아니, 잠깐. 단정 짓지 마. 이건 나도 추측이라서 확언은 못해. 다만 7대 세력이 그런 걱정을 하고 있으리란 거지. 나도 말단이라서 윗대가리가 무슨 생각을 하는지 정확히는 몰라."

지윤의 말에 성아와 아일라의 표정이 굳었다. 성아가 물었다.

"저게 무슨 소리야? 인류가 요괴가 될 수도 있다니?"

"그건··· 음."

유현은 좀 난처해하며 멀린을 바라보았다. 이걸 말해도 되냐고 묻는 시선이었다. 멀린이 유현과 난슬에게 알려준 사실은 특급기밀이다. 하지만 멀린은 뭔 상관이냐는 듯 자기 입으로 말해 버렸다.

"말 그대로지. 세계수라는 것은… 아, 이 아가씨는 아무것도 모르나?"

"모르지."

"그럼 일단 그냥 듣게나. 세부적인 설명은 나중에 진유현이 친구한테 듣던지 하고. 어쨌든 세계수라는 것은 이 세계가 파멸하기 전의 구세계를 지배했던 구인류, 요정인들의 상징 같은 것이고 그 시대에 인류는 요괴였다."


요정인의 시대에도 현생 인류는 존재했다.

다만 온전한 생명체가 아니었을 뿐이다.

그때는 요괴라는 존재가 없었다. 인간들이 신화 시대라고 부르는, 인류의 시대 그 초기와 비교해도 압도적으로 비상식적인 신비가 넘치던 구세계. 그곳에서 세계수와의 일체화로 영생을 얻은 요정인들은 그 대가로 잃어버린 것이 있었다.

"더 이상 개체가 늘어나지 않는다는 것."

즉, 생식 능력을 잃어버렸던 것이다.

그들은 압도적인 힘으로 살해당하지 않는 한, 결코 죽지 않는다.

대신에 그들에게서는 새로운 세대가 태어나지 않았다.

기나긴 시간의 흐름 속에서 그들의 개체는 조금씩 줄어들어 갈 뿐이었다. 그들은 그 사실을 견딜 수 없어서 어떤 실험을 했다. 그것은 그들 자신의 영생을 유지해 주는 원천인 지구의 영맥에 기대어 자신들과 같은 존재를 만들어내는 것이었다.

"사실 그전에도 많은 시도가 있었던 것으로 추정된다. 유전자 조작, 마법적으로 스스로를 개조해서 생식 능력을 되찾는 것, 클로닝으로 복제 요정인 만들기 등등."

하지만 성공한 것은 하나도 없었다.

그들 자신의 영생을 파괴할 수는 있어도, 자손을 얻을 수는 없었다.

그래서 그들은 극단적인 선택을 하게 된다. 세계수의 영맥 제어 능력을 이용해서 자신들의 의념을 투영, 자손을 만들어내기로 했던 것이다.

그것이 성공했다면 그들은 완벽하게 관리되는 시스템에 의해 자손을 얻을 수 있었을 것이다. 사회적으로 자격 요건이 되는 자들이 그 시스템에 의해 자손을 얻었고, 그 자손은 부모의 존재를 투영하여 진짜 자식처럼 닮은 구석이 많은 존재로 태어날 수 있을 터였다.

"하지만 당연하게도 실패했지."

지금 와서 실패의 원인을 알 수는 없다. 어쨌든 그 장대한 시도는 실패했고, 그 여파로 세계수의 기능에는 이상이 발생했다.

"완벽하게 그 흐름이 안정적으로 관리되던 영맥에는 지금 세계만큼은 아니지만 흐트러짐이 발생했고, 그 흔들림으로부터… 후에 '인간'이라고 불릴 존재가 태어났다."

요정인을 닮았지만 결코 요정인들은 아닌 존재들. 요정인보다 열등하며, 그들의 특성을 열화시켜 불안정하게 만들어진 것 같은 존재들이 나타나기 시작했다.

"그리고 그들은 부모인 요정인들을 살해해 먹어야만 하는 숙명을 타고났다. 지금의 요괴와 닮은꼴이지."

자신이 불완전한 존재라는, 자신들을 의념으로 만들어낸 존재의 근원인 요정인들을 먹지 않으면 존재를 유지할 수 없다는 사실 앞에서 괴로워하던 인류. 그들은 온전한 생명체가 된 지금의 인류와는 달리 압도적인 능력을 갖고 있었고 그 힘으로 요정인들을 덮쳐서 잡아먹었다.

하지만 요정인들의 힘은 그 이상으로 막강했다. 일반 요정인의 힘이 '인간'보다 못하다 할지라도, 세계수를 이용하는 그들의 병력은 감히 인간이 범접할 수 있는 것이 아니었다.

"당시에는 미미르를 비롯한 거인들, 자신들의 노예로 살아

갈 종족으로 기계 생명체를 만들어내어 우주 시대를 개척했을 정도니까. 달을 전초기지로 삼아서 태양계 전역을 지배하려고 하지 않았을까 예측하고 있다네. 아마 그 흔적은 수성과 화성까지는 미쳤을 거야. 확실한 것은 아니네만."

인간들은 나타나는 족족 포획되어 연구 대상이 되거나 살해되었다. 요정인들의 개체가 다소 줄어들었지만 고작해야 몇백 개체 정도, 그들은 여전히 지구를 지배하고 사회를 유지하는 데 어려움이 없었다.

"하지만 '인간'이라는 존재에게는 그들이 예측하지 못한 치명적인 특성이 있었다네."

그것은 바로 종족을 번식하는 능력.

요정인들의 자신들이 잃어버린 것을 다시 되찾기를 바라는 의념이 모여 인간을 만들어냈다. 그 결과 그들은 비정상적인 번식 능력을 얻게 되었는데, 그 능력을 현생 인류의 정상적인 번식과 비교하면 안 된다.

"거의 쥐와 비슷한 정도라고 생각하면 되네. 암수가 같이 있으면 끊임없이 불어날 정도라고 고대의 기록에는 남아 있더군."

인류는 순식간에 늘어났다.

그리고 그들 모두가 요정인들의 일반인을 쉽게 학살할 수 있는 능력을 갖고 있었다.

또한 그들에게는 교활함이 있었다. 지금의 요괴들 중에 인간보다 똑똑한 개체들이 있듯이, 그들 중에도 힘과 현명함을 같이 갖춘 개체들이 계속해서 나타났다.

영생을 얻었지만 더 이상 자손을 얻을 수 없는 자들과 그들의 욕심으로부터 태어난 하루살이 같은, 하지만 지나치게 강한 하루살이들인 인간의 싸움이 시작되었다.

그 싸움은 아주 길게 계속되었던 것 같다. 그 싸움은 요정인들의 사회를 파괴하고, 온통 녹지였던 지구를 피폐하게 만들었다. 그 속에서 인간들은 계속해서 발전했고 요정인들의 기술을 이해해 갔다.

그리고 마침내 하나의 답에 도달했다.

"세계수를 파괴하고, 요정인들의 존재가 폭주할 때… 요정인들이 만들어낸 기술을 이용, 그들이 갖고 있는 안정된 존재로서의 권한을 빼앗고 그 자리에 등극한다. 그것이 당시 인간의 지도자들이 도달한 결론이지."

결론적으로 그 시도는 성공했다.

지구상에 존재했던 세계수들, 그중에서도 가장 중심이 되던 일곱 개의 거대한 세계수는 파괴되었고 그 힘에 의해 존재를 유지하던 달의 거인족들을 비롯한 우주의 존재들은 모조리 사멸했다.

황폐해진 지구 위에서 요정인들은 기나긴 종족으로서의

역사를 끝냈다.

그리고… 지구는 인간의 것이 되었다.

"하지만 문제는 요정인의 파멸과 동시에 세계가 멸망했다는 것이지."

조화롭게 유지되던 세계는 세계수의 파괴와 요정인들의 소멸에 의해 파멸했다. 그대로 자연스럽게 놔두었다면 지구는 어떤 생명체도 살아갈 수 없는 환경으로 변하고 종국에는 별 그 자체가 파괴되었을 것이다.

살아남은 인간들은 온전한 생명체가 되면서 많은 것을 잃었다. 그중 가장 큰 것은 대부분의 개체가 현생 인류와 마찬가지로 극단적으로 연약한 생명체가 되고 말았다는 것이다.

결과적으로 폭주하는 세계 속에서 수많은 인간들이 죽었다.

"참고로 당시의 인구수는 지금보다 두 배쯤 더 많았다고 하더군. 그런데 그게 10만 명 이하까지 줄어버렸다면 어떤 상황이었는지 알 만하지?"

폭증하던 인류는 구세계의 멸망과 함께 싹 청소되어 버리고, 황폐해진 세계가 안정될 날을 기다리며 버텨가는 나날이 시작되었다.

그 세월은 아주 길었다. 자그마치 1,000년 이상의 시간 동안 하늘도, 지상도, 지하도, 바다도… 어디에도 안식처가 없었다.

"최초의 생존자들 중에 힘있는 자들은 그 와중에 거의 다 죽었지. 그들이 한 일은 파괴된 세계수를 대신하여 지맥을 안정시키는 것. 대를 이어가면서 그 일을 할 수 있는 존재를 탄생시키고 시스템을 확립해 갔지. 그동안 일곱 개의 세계수가 있던 자리, 일곱 개의 성흔을 중심으로 영맥의 뒤틀림이 발생한다는 것을 알아냈고 그것을 막기 위해 막대한 힘이 필요하다는 것을 알게 됐고, 그런 일을 할 존재가 많아야 한다는 것을 알게 되었지."

그래서 그들은 비술을 만들었다.

예전 인간들 중에 특이 능력을 가진 개체는 말 그대로 초능력자일 뿐이었다. 그것은 누구에게 가르쳐 줄 수도 없는 그런 타고난 힘이었다.

"결국 그래서 마법이라든지 선술이라든지 하는 게 태어난 거지. 뭐 신선이 되겠다거나 초월의지가 되겠다거나 하는 헛소리는 그 후에 그거 연구하고 발전시키다 보니까 그냥 나온 목적들이고."

마법도, 선술도, 주술도, 그 외 헤아릴 수 없을 정도로 많은 비술들이 모두 필요에 의해 탄생했다. 어떤 고상하고 그럴싸한 이유 대신, 그저 세계를 유지하고 인류를 생존시키기 위해서!

"그리고 신선이라거나 하는 초월의지들 역시, 그런 존재가 늘어나면 늘어날수록 인류의 영맥에 대한 장악력이 강해지기에 그러한 경지를 권장하는 것에 지나지 않아. 그들은 인류를 위한 기둥이 되는 거지. 현 세계를 유지하기 위한 초월의지, 존재를 넘은 현상. 물론 그렇게 해서 도달하게 되는 천계라는 이상향이 어떤 모습일지는 모르겠고 아마 무척 고상하고 대단하며, 자신을 속박하던 인세의 괴로움에서는 모두 벗어난 그런 존재가 되어 있겠지만 그 실질적인 목적을 따지자면 그렇다 이거지."

동양의 신화를 보면 무수한 신들이 있다. 강 하나하나, 바위 하나하나에도 신들이 존재하는데 그 이유는 무엇일까?

정답은 그렇게 신적인 존재들이 관리해 주지 않으면 그런 작은 요소들조차 제대로 돌아가지 않을 정도로 세계가 엉망진창이었던 것이다. 파멸한 세계는 생명체가 살아가는 것을 용납하지 않는 지옥이었다. 시간이 흐르고 영맥에 대한 장악력이 커지고 그것을 제어하는 시스템이 확립되고 나서야 세계는 생명체를 용인하는 자비로운 모습을 지니게 되었다.

"그리고 그 중심에서 성혼의 폭주를 막는 자들은… 한 가지 신택을 할 수밖에 없었지."

그래서 그들은 연옥을 만들었다.

인간의 숫자가 늘어나고, 그 의념이 영맥을 춤추게 한다.

알면 알수록, 비술을 접하면 접할수록 그러한 존재가 늘어날수록 영맥의 요동침이 커진다.

거기서 모순이 태어난다.

비술없이 세계를 유지할 수는 없다.

그러나 비술을 터득한 자들이 세계를 위험에 빠뜨린다.

결국 관리에 필요한 최소한의 인원들에게만 비술의 존재를 알리면서, 그 외의 존재들은 무지하게 만들 수밖에 없었다. 그렇게 연옥이 탄생하고, 일반인들의 세계와 분리되며 그들의 성스러운 무지를 지키기 위해 무수한 희생을 쌓기 시작했다.

그렇게 수만 년이 지나서, 마침내 인류는 현재에 도달했다.

멀린은 쓴웃음을 지으며 말했다.

"그것이 진실이다."


멀린의 이야기가 끝나자 모두는 충격에 빠져 있었다. 먼저 이야기를 들은 유현을 제외하고 성아와 신우, 한얼은 물론이고 조직으로부터 진실의 일부를 들었던 아일라조차 충격을 금치 못했다.

지윤이 피식 웃었다.

"내가 아는 것과 다르지 않은 것을 보니, 모건 이 영감님이 말한 게 전부 사실이긴 한가 보네."

"뭐? 모건?"

그 말에 멀린의 눈이 꿈틀거렸다. 그리고 그 순간 갑자기 공간이 요동쳤다.

"영감님이라니, 차라리 아저씨라고 불러라. 이 얼간이 녀석!"

그렇게 투덜거리며 지윤의 뒤에 신기루처럼 나타난 것은 은발에 푸른 눈동자를 가진 중년인이었다. 그를 보는 순간 유현과 멀린이 경악했다.

"모건?!"

"오랜만이군요, 멀린 경. 오랜만이다, 애송이. 아, 사실은 아까 올 수 있었는데 당신 이야기가 끝날 때까지 기다렸소. 그게 예의일 것 같아서 말이지."

그는 여유만만하게 장내를 굽어보며 말했다. 유현의 표정이 일그러졌다.

"당신, 도대체 무슨 생각으로……!"

"흠!"

유현이 뭐라고 말하는 순간, 아일라는 행동에 들어가고 있었다. 그녀는 주저없이 모건을 향해 검을 찔러 들어갔다. 그야말로 선팡식화, 절대 피할 수 없을 것 같은 일검!

차앙!

그러나 불꽃이 튀며 그녀의 검이 튕겨 나갔다. 모건의 앞쪽에 또 한 사람이 나타나며 그녀의 검을 받아냈던 것이다. 검은 헬멧, 검은 전투복, 거기에 칠흑의 검날까지 전신을 완전히 새카맣게 두른 남자였다.

그를 본 아일라의 눈이 경악으로 흔들렸다.

"세르반테스?"

얼굴을 가렸어도, 아무런 말을 하지 않아도 그저 일합을 겨루는 것만으로도 알 수 있었다. 눈앞에 나타난 남자가 아일라 자신과 동급의 천재로 불리던 흑검사 세르반테스라는 것을!

"예지는 여기까지 닿아 있었던 건가? 릴리, 역시 너는 최고야."

"…릴리의 예지가 있어 여기까지 온 건가?"

차갑게 되묻는 목소리는 아일라가 기억하고 있는 세르반테스의 목소리였다. 그가 검을 쥐지 않은 손으로 헬멧을 잡고 벗었다. 짙은 갈색 머리칼이 흩어지면서 깊고 음울한 눈동자와 살짝 그을린 듯한 어두운 색의 피부, 그리고 고집스러워 보이는 청년의 얼굴이 드러났다.

"이 순간을 기다렸다."

아일라가 차갑게 내뱉고는 돌진했다. 세르반테스가 그에 맞서며 질풍 같은 검격이 수십 번이나 작렬했다. 검풍과 검광이 폭풍처럼 휘몰아치는 가운데 유현이 나섰다.

"미안하지만 가세한다!"

"그렇게는 안 되지!"

그러나 그 순간 그 앞을 가로막는 또 다른 존재가 있었다. 유현은 그 목소리가 들려오기 전에 이미 섬뜩함을 느끼며 방어 태세로 들어갔다. 목소리가 들려왔을 때는 이미 한 자루의 칼날이 유현의 등 뒤를 비스듬하게 찔러오다가, 유현의 방어에 튕겨 나간 후였다.

"큭!"

"제법이구나, 꼬마야."

씩 웃으며 대답한 것은 거칠게 자라난 머리칼을 휘날리는 남자였다. 유현은 그를 보며 경악을 금치 못했다.

"정도일! 당신이 정말로……."

"뭐, 설마 내가 여기에 있다는 말을 안 믿었다거나 그런 개소리를 지껄이려는 것은 아니지? 난 너를 그렇게 가르친 적이 없다만."

"당신이 나를 가르친 적도 없잖아."

유현은 그렇게 쏘아붙이면서 권총을 꺼내서 난사했다. 그러나 모건에게 마법을 지원받고 있는 정도일은 가볍게 권총탄을 받아내며 접근해 와서 검격을 날렸다.

차자자차칭!

한 번 타이밍을 뺏긴 유현이 정신없이 밀렸다. 파워나 스피드에서는 분명 유현이 압도하고 있는데 정도일의 검격은 너무나도 교묘한 흐름을 타고 날아들어서 상대하기가 까다로웠다.

'젠장. 사각에서 날아오면 잡히질 않아!'

유현은 일단 시야 안에만 있으면 절대적으로 움직임을 잡아낼 수 있는데, 정도일은 인간의 시야 바깥쪽에서 날아드는 공격을 즐겨 사용했다. 게다가 그 은밀함은 웬만한 고수도 맞은 다음에나 그 존재를 알아차릴 지경이었다.

물론 유현의 눈은 그런 공격조차도 공기의 움직임이나 에너지 파동이 어떻게 움직이는지를 이용, 움직임을 간파할 수 있었지만 대응이 늦어지는 것만은 어쩔 수 없었다. 익숙해질 때까지 몇 호흡 동안 방어하는 것만으로도 식은땀이 날 정도였다.

"후후! 그때의 꼬맹이가 내 검을 받아낼 정도로 성장하다니, 시간의 흐름이라는 게 놀랍긴 놀랍군!"

"닥쳐! 당신네 부대가 일만 제대로 처리했어도 내가 이렇게 살고 있진 않았어!"

츠팡!

공기가 파열하는 소리와 함께 두 사람이 서로 반대 방향으로 밀려났다. 정도일이 내장이 진탕하는 것을 느끼며 입가를 닦았다.

"크흐, 끝내주는군. 내가 연옥으로 끌어들인 꼬맹이가 나한테 검을 겨누고 있다는 게 각별한 기분이야."

"내 검에 죽는다면 더더욱 각별하겠지."

유현이 살기에 찬 시선으로 그를 노려보았다.

문득 그의 모습이 흐릿해진 과거와 겹쳐진다. 두 번 다시 돌이킬 수 없는 선택을 했던 그날, 바로 이 남자가 유현을 그저 아귀처럼 요괴의 피를 탐할 수밖에 없는 연옥으로 끌어들였다. 그야말로 유현의 삶을 파괴한 자였고 동시에 운명을 인도한 자였다.

몇 번이고 그를 원망했는지 모른다. 상상 속에서 그를 수천 번이나 죽이고 모든 것을 원래대로 돌려놓고 싶었다. 하지만 어차피 운명이 뒤틀릴 예정이었다면 그의 변덕이 있었기에 가족이 무사하고, 자신이 살아 있을 수 있었다고 그렇게 스스로를 납득시키며 살아왔다.

하지만 이제 그러한 감정마저도 마모되어 사라지고, 갈 곳을 잃은 분노는 방향을 잃은 채 차가운 연옥의 황야 밑에 묻혀 잠들었다. 지금 이 순간에는 그저 정도일과 적으로 만난 운명에 감사할 뿐이다.

"살면서 처음으로 운명에 감사한다. 이렇게 시시한 화풀이나마 할 수 있게 해줬으니까!"

"이런, 나를 시시한 화풀이 대상으로 취급하다니 조금 화가 나는구나!"

콰창!

다시 파열음이 울려 퍼지며 두 사람의 위치가 반전되었다. 다음 순간 수십 번의 공방이 오가면서 섬광의 궤적이 어지럽게 그려졌다. 충격파가 터지고 그 속에서 정도일의 어깨가 베어져 나갔다.

파앗!

"큭!"

유현은 이미 정도일의 난해한 공격을 파악했다. 상대방의 호흡을 읽고 그것을 흐트러뜨리는 검세도, 시야 밖에서 날아드는 암격도 사전에 그 움직임을 읽고 강대한 힘의 파동을 조작해 흐름을 뒤틀 수 있는 자에게는 통용되지 않는다.

"정도일 네 이놈!"

"정도일!"

그리고 그를 보고 으르렁거리는 사람은 유현만이 아니었다. 계속 그를 찾아 헤맸던 멀린과 그에게 당했던 신아연이 이를 갈았다. 신아연은 진선희를 떨치고 일어나서 한 손에 단창을 잡고 달려들었다.

"이크크, 당신 상대는 내가 하겠소. 뭐 일단은."

그렇게 말하며 멀린을 가로막은 것은 모건이었다. 두 사람 사이에서 마력의 스파크가 튀면서 초당 수백 번의 마법 공방이 오가기 시작했다. 순간을 영원으로 늘여놓은 것 같은 상황에서 상대방을 파괴하려는 의지와 그것을 방어하려는 의지가 헤아릴 수 없을 정도로 무한히 교차한다. 그것은 컴퓨터 네트워크상에서 서로 해킹하고, 해킹 시도를 방어하는 것과 같았다.

"훗. 당신이라도… 그런 몸으로는 나를 완전히 막을 수 없을 것 같군."

모건이 애석하다는 듯 혀를 차며 말했다. 멀린이 본래의 상태라면 그도 승부를 장담할 수 없었다. 아니, 공간이동을 이용해서 도망칠 수는 있어도 정면 승부에서는 필패였을 것이다.

그러나 지금은 모건은 다 죽어가는 상태에서 힘을 쥐어 짜내어 기계 몸을 유지하고 있는 것이다. 중간부터 성아까지 합세했지만 모건은 여유있게 둘을 물리치고 있었다.

"좋아. 이 얼간이도 구했으니 물러가지!"

"누가 얼간이에요, 누가?"

"바로 너다, 이 얼간아."

지윤의 투덜거림을 일축한 모건이 한 손을 들어 파동을 발했다. 그와의 마력 장악 공방에 사로잡힌 멀린은 그것을 막을 수 없었다. 티탄이 폭발한 자리의 공간이 일그러지더니 그럭저럭 멀쩡하게 남은 부품들을 모조리 으스러뜨리기 시작했다.

"제기랄! 이렇게 보내줄 것 같냐!"

"보내줄 수밖에 없을걸."

쾅!

모건이 씩 웃는 것과 동시에 그를 중심으로 공간이 물결쳤다. 폭음과 함께 유현 일행이 전부 뒤로 밀려난다. 한창 정도일을 몰아치며 승기를 잡은 유현과 신아연도, 한 팔을 쓸 수 없는 상황이라 세르반테스에게 수세에 몰렸던 아일라도 뒤로 날아가 버리고 그 자리에 공간결계가 세워졌다.

"휴우. 죽다 살아났군."

정도일이 한숨 돌리면서 유유히 모건의 곁으로 돌아갔다. 세르반테스도 그 반대편에 서자 오로지 모건만이 시전할 수 있는 공간이동이 시전되었다.

"그럼 아디오스. 곧 다시 만나도록 하지!"

"모건! 이 건방진 애송이가!"

"다음에는 좀 더 제대로 된 상태로 만나길 기대하겠소, 존경하는 대마법사여. 하하하하하하!"

"웃기지 마!"

쾅!

유현이 노성을 터뜨리며 브류나크 DX212를 꺼내서 갈겨 버렸다. 하지만 그것조차도 모건이 쳐둔 공간결계에 휘말려 엉뚱한 궤도로 흩어질 뿐이었다.

짧은 순간 정도일과 유현의 시선이 마주하면서, 그의 입가에 의미심장한 미소가 스쳐 지나갔다. 마치 그들 사이의 인연이 이렇게 완성되었음을 즐거워하듯이.

"곧 다시 만나게 될 거다, 꼬맹아."

"도망치게 둘 것 같냐!"

유현은 퀘이사의 힘을 제어해서 공간결계를 돌파했다. 창세의 빛이 작렬하자 공간결계조차도 그 견고함을 잃고 산산이 부서져 버린다.

하지만 그 짧은 틈에 모건의 공간이동이 완료되었다. 유현이 공간결계를 돌파해서 안쪽으로 달려드는 순간, 그들의 모습이 사라졌다.

"이런 제기랄!"

유현은 분통을 터뜨렸지만 적들은 이미 자취를 감춘 후였다. 그들이 사라진 공간에 썰렁한 바람이 불었다.

멀린이 허탈한 표정으로 중얼거렸다.

"허, 허허허허……. 모건 저 개 같은 애송이가 은혜도 모르고 나를 이렇게 엿 먹여? 그것도 정도일 그놈하고 합동해서?"

"……."

아일라 역시 속이 부글거려서 아무 말도 못하고 있었다. 유현이 분을 참지 못하고 옆의 나무를 후려갈겨 박살 내면서 소리질렀다.

"으아아아아아아아!"

*　　　*　　　*

"아, 위험했구만. 심장이 다 철렁했네."

공간이동을 무사히 마친 모건이 가슴을 쓸어내리며 말했다. 그 말에 지윤이 다 죽어가는 목소리로 물었다.

"으으, 그렇게 여유있게 엿 먹여놓고는 뭔 우는소리를… 그럴 시간 있으면 나부터 좀 치료해 줘요."

"이 얼간아."

모건이 짜증을 내며 지윤을 걷어찼다. 의기강체술로 겨우겨우 상처의 출혈을 막고 있던 지윤이 비명을 질렀다.

"악! 부상자한테 무슨 짓이에요?"

"너 때문에 산통 다 깨질 뻔했잖아. 꼴사납게 잡히기나 하고 말야. 사나이답게 목숨을 불꽃처럼 태우고 산화할 것이지."

"거 무슨 억하심정이 있어서 앞날이 창창한 젊은이 인생이 빨리 끝나길 바라요?"

"네놈이 잡히는 바람에 내가 적들에게 노출되었다. 이게 얼마나 큰일인지 아냐?"

"어차피 금오 쪽에서는 알고 있었을 텐데요, 뭐."

지윤이 투덜거렸다. 어차피 설악산 전투 때 모건은 금오의 요괴선인들에게 모습을 보였다. 그리고서도 드러나지 않았다고 주장하면 너무 뻔뻔한 노릇이다.

"그건 그렇지만… 아, 멀린 저 양반한테 걸린 것은 안 좋아. 저 양반이 힘을 회복하기라도 하면 승산이 없다."

"그렇게 세요?"

"사경을 헤매면서도 전 세계에 한 사람을 찾을 수 있는 탐지망을 깔아둘 정도로. 그리고 좀 전에 공방을 해보고 느낀 것인데, 지금도 충분히 대마법사 소리를 들을 정도로 강하더군."

정작 앞에서는 멀린을 조롱했던 모건이었지만, 속으로는 철렁했다. 사경을 헤매서 의식의 일부만을 떼어내 돌리는 게 한계인 주제에, 바다 건너 머나먼 땅에 기계 인간의 몸을 보내 조종하며 막강한 힘을 발휘하다니, 도대체 어떻게 생겨먹은 괴물이란 말인가?

"야, 어떻게 된 거야?"

그사이 보고를 받은 이현종이 달려나왔다. 지윤이 죽는소리를 했다.

"야, 일단 응급처치 좀. 진짜 죽겠다."

그 말에 이현종은 총알에 관통당한 지윤의 상태를 보고는 곧바로 구급상자를 가져왔다. 그리고 응급처치를 해주고 재생포션을 주사해 주며 물었다.

"그래서 어떻게 된 거야?"

"끄웅. 미안하다. 일단… 혁이가 죽었어."

"뭐?"

이현종이 깜짝 놀랐다. 연락이 두절되고, 모건이 정도일과 세르반테스를 거느리고 나갈 때부터 문제가 생겼다는 것은 짐작했었다. 그런데 지윤은 이 모양 이 꼴이 되고 김혁은 죽었다니?

"앤드류 웨버를 포함, 본인을 제외한 작전 부대 전원 사망. 티탄은 자폭 후 아크메이지의 뒤처리로 적들에게 기밀 정보가 넘어가진 않을 것으로 판단. 다만 '요괴의 알'과 장비 일부가 넘어가는 것은 어쩔 수 없다고 여겨짐."

지윤의 보고에 모건이 어깨를 으쓱했다.

"그 정도는 어쩔 수 없지. 요괴의 알 정도는 사실 저쪽에서도 얼마든지 만들어낼 수 있는 물건이었을 테니 넘어가 봤자 큰 타격은 없을 게야. 장비들이야 우리 장비가 저쪽 장비에 비해 별로 잘난 것도 없지. 하지만 앤드류가 죽다니 아깝군. 가뜩이나 쓸만한 전투 병력이 부족한데. 티탄이 망가진 것도 그렇고……."

고급 전투 병력이 적은 미드가르드에서 육도의 수라 급이라 평가받는 앤드류 웨버는 정말 귀한 전력이었다. 외부에서 영입해 와서 그들이 가진 전력의 비밀을 전수할 수 없는 이들과 달리 앤드류 웨버는 미드가르드 자체적으로 키워내고, 그러한 노하우를 통해 새로운 전력을 키워내고 있는 존재였으니 그의 죽음이 가져온 손실은 굉장히 크다. 거기에 비하면 생산 단가 1억 달러의 티탄 하나가 망가진 것 정도는 아무것도 아니리라.

하지만 이번 일은 지윤을 탓할 만한 것은 아니었다. 7대 세력과 예지 겨루기를 하고 있는 상층부에서조차 허를 찔린 셈이었으니 현장의 실행 부대가 뭘 어떻게 할 수 있었겠는가?

"그나저나 진유현 그놈 진짜 무서운 존재가 되었군."

모건이 마지막에 자신의 공간결계를 돌파하던 유현의 모습을 떠올리며 말했다. 정도일이 고개를 끄덕였다.

"그렇군요. 짧은 시간 동안 공방을 주고받았을 뿐이지만 확실히 제가 알고 있던 시절보다 실력이 월등히 좋아졌습니다. 하마터면 거기서 목이 날아갈 뻔했으니."

예전의 유현이었다면 정도일이 간단하게 처리할 수 있었을 것이다. 기습으로 타이밍을 뺏고 몰아쳤는데도, 수라 급 인원조차 제대로 파악하지 못하는 암검술을 섞어서 몰아쳤는데도 그것을 빗아치는 데는 정말 감탄했다. 거기에 신아연까지 가세하는 바람에 30초만 더 공방을 벌였다면 결단이 날 뻔했다.

'꼬맹이가 정말 두근거리게 만들어주는군.'

정도일은 유현과 처음 만났던 그날을 생각했다. 육도의 전투원들을 앞에 두고 당당하게 자신의 목숨을 담보로 가족을 살려달라고 교섭하던 꼬맹이. 물론 그러한 용기는 무지로부터 비롯된 것이었지만, 그때 정도일은 어떤 운명적인 예감을 느꼈다.

그리고 13년의 시간이 지난 지금, 그 예감은 마침내 파멸적인 형태로 현실화되려 하고 있었다.

'다음에 만나면 둘 중 하나가 죽는다.'

이것은 예감이 아니다. 확신이다.

아마도 진유현과는 다음 전장에서 반드시 만나게 될 것이다. 그는 그곳에 모습을 드러낼 것이고, 정도일은 그와 결판을 낼 것이다. 삶에 대한 어떤 충실한 열의없이 그저 충동을 좇아 살아온 정도일에게 이것은 유일하게 의미가 있는 일이다. 그 일만큼은 결코 누구에게도 방해받지 않을 것이다.

모건이 이현종에게 말했다.

"일단 자세한 보고는 응급처치가 끝난 후에 듣도록 하지. 지윤이를 치료실로 데려가라."

"알겠습니다."

이현종은 고개를 끄덕이고는 지윤을 들쳐업고 치료실로 향했다. 세르반테스도 묵묵히 그 뒤를 따라서 사라진다. 정도일과 둘만 남게 되자 모건이 말했다.

"흠. 꽤나 난감하게 됐어. 이쪽에는 증원을 불러야겠군."

"증원을?"

"앤드류 웨버와 김혁이 죽은 것은 치명적이지. 지윤이 녀석에게 보고를 받아야 알겠지만 저쪽의 전력이 생각 이상이야. 이쪽도 일류 급 전투원들을 충분히 갖춰야 할 필요가 있네."

"저도 그렇게는 생각합니다만… 증원이라니, 그럴 여유가 있을까요?"

"있을 걸세. 에밀은 능구렁이거든. 곧 있을 작전의 중요도를 생각하면 어떻게든 인원을 채워줄걸."

"흠. 슬슬 세계수 계획도 마무리에 돌입하는군요."

"언제까지 질질 끌 수도 없는 노릇이고, 사하라 사막의 세계수림은 충분히 확장되었으니까. 이미 성혼의 위치도 정확히 알아낸 이상 더 이상 망설일 필요가 없지. 다만……."

"다만?"

모건이 말을 흐리며 의미심장한 눈으로 자신을 바라보는 바람에 정도일이 눈살을 찌푸렸다.

"이번에 오는 인원은 자네들처럼 저쪽하고 개인사가 얽혀 있지 않으면 좋겠는데 말일세. 자네야 그렇다 치고 세르반테스까지 저쪽하고 얽혀 있는 줄 몰랐는걸."

"그러게요. 워낙 말을 안 하는 친구라 그런 미인하고 과거가 있는 줄은 몰랐는데."

정도일이 피식 웃었다. 그야 원래 진유현과의 인연 때문에 이곳에 와 있는 것이지만 세르반테스가 유현의 일행 중 하나와 인연이 있을 줄은 몰랐다.

"하지만 그건 아크메이지께서도 남 말할 처지가 아니지 않습니까?"

"그건 그렇군. 나도 남 말할 처지가 아니지."

모건도 웃었다. 확실히 그도 진유현과 그리고 멀린과 인연을 가진 몸이다. 남이 적과 어떤 관계에 있든 그것을 지적할 입장은 못 된다.

"하지만 이번 일은 정말 예상외로군. 육도가 아니고 진유현이 직접 움직일 줄이야, 허를 찔렸어. 이사진도 난리가 났겠지."

"예지의 허를 찔렸다는 것부터가 난리가 날 만한 건이겠죠."

정도일이 어깨를 으쓱했다.

그가 볼 때 이사진은 다들 겁쟁이다. 7대 세력과 예지 대결을 펼치고, 그러면서도 자신들의 존재를 드러내지 않을 수 있다는 사실에 철통같은 자신감을 갖고 있었을 텐데 그것이 깨져 버렸으니 충격을 받지 않았을까?

"분명 계획을 앞당길 것을 요구하겠지."

"그렇겠죠. 세계수 계획이 마무리되면 의기양양하게 전면에 나설 수 있을 테니까."

정도일은 이사진에 대한 불쾌감을 드러내면서 말보로 레드를 한 개비 꺼내서 입에 물었다. 모건이 냉큼 손을 내밀면서 말했다.

"나도 하나 주게나."

"가끔은 아크메이지께서도 좀 줘보시죠."

정도일은 투덜거리면서 그에게 한 개비를 건네주었다.

# Chapter 21

## 나의 적

1

　기적은 현재진행형이었다. 2월이 되자 사하라의 세계수림
은 장장 54만 7천 평방 킬로미터의 면적을 차지했다. 게다가
그 중심부에 있는 세계수의 크기는 무려 100미터 이상! 지구
상에서 가장 큰 나무로 자라나 모르는 이가 없게 되었다.

　이로써 세계수림은 이미 7대 세력만이 아니고 그 누구도
막을 수 없는 존재가 되었다. 핵이라도 떨어뜨린다면 없앨 수
있겠시만, 글쎄? 감히 누가 지구상에 나타난 그 기적을 없애
려 하겠는가?

　모든 진실을 아는 자가 아닌 한 그 기적은 보다 맑은 미래

를 보장해 주는 반가운 것이었다. 각국에서 수많은 학자들이 모여들어 그곳을 연구하고 있었고, 벌써부터 여러 가지 발견과 억측, 학설을 발표하며 세상을 떠들썩하게 만들고 있었다.

"순조로워. 이보다 더 순조로울 수 없을 정도야."

에밀 크레이그는 신윤범에게 보고를 받으면서 들뜬 기색으로 말했다. 신윤범이 보고서를 닫으면서 물었다.

"하지만 한국에서의 활동에 문제가 있는데요?"

"그건 별로 문제가 안 된다네. 어차피 세계수 계획은 막바지에 이르렀고 이번 달 말에는 마지막 단계에 돌입할 테니까. 그때는 이쪽이 드러나건 말건 아무런 문제가 없지."

"이사진 쪽에서는 좀 더 마지막 단계를 앞당겨 주길 바라는 모양이더군요."

"그렇지. 그들은 불안해서 견딜 수가 없는 게야. 자신들을 지켜줄 방벽이 완벽하지 않다는 것을 알아버렸으니."

에밀이 쓴웃음을 지었다.

지난달 부천에서 있었던 사건 이후, 정도일의 예측대로 미드가르드의 이사진은 극도로 위축되어 있었다. 그들은 강대한 힘을 가진 존재이긴 하지만 그래 봤자 7대 세력의 눈길을 피해 자신의 목숨을 보전하는 데 급급했던 자들이다. 에밀의 시스템 뒤에 숨어서 7대 세력을 농락할 때는 신이 나 있었지만, 한번 허를 찔리고 나자 자칫하면 자신들이 드러나서 파멸할 수도 있다는 위기감이 고개를 든 것이다.

"하지만 그렇다고 계획을 지나치게 서두를 수는 없네. 묘목도 아직 완전하지 않으니."

"그 묘목은 굳이 여기까지 와야만 완성되는 겁니까?"

신윤범이 벽 쪽을 바라보며 눈살을 찌푸렸다.

벽 바깥쪽에는 무저갱을 연상시키는 검은 어둠이 펼쳐져 있었다.

그러나 잘 보면 그 속에서 이따금씩 기포가 끓어오르는 것이 보일 것이다. 마치 그 안에 물이 채워져 있고 살아 있는 생물이 호흡을 하고 있기라도 한 듯이.

에밀이 대답했다.

"원래는 단순히 숙성만 시킬 셈이었네만… 완벽하게 만들 수 있다면 완벽하게 만드는 편이 좋겠지."

그는 그렇게 말하며 복도 끝의 문을 열었다.

그곳은 반구형으로 만들어진 커다란 방이었다. 바닥은 금속으로 이루어져 있었지만 벽은 모두 두터운 유리벽이다. 그리고 안에는 달리 아무런 기재도 존재하지 않았다.

에밀은 그 안에 선 채 유리벽 너머에 펼쳐진 검은 어둠을 바라보았다. 한동안 그 어둠을 들여다보던 그가 신윤범을 돌아보며 물었다.

"그러고 보니 자네의 눈으로는 보이지 않겠군."

"영적으로는… 굉장히 불길한 게 느껴집니다만."

신윤범이 식은땀을 흘리며 대답했다. 아까부터 그의 기분이 저기압이었던 것은 짓눌릴 듯한 압박감에 시달리고 있기 때문이었다. 유리벽 하나를 두고 저편에 펼쳐진 저 어둠이, 아니, 정확히는 그 어둠 너머에 자리한 존재로부터 전해지는 기운이 그를 눌러 터뜨릴 것만 같았다.

"이런, 그거 미안하게 되었네. 해결해 주지."

에밀은 가식적인 어투로 말하면서 손가락을 한 번 튕겼다. 그러자 신윤범에게 전해지는 압박감이 확연히 감소하면서, 갑자기 어둠이 확 밝혀졌다.

"이건……!"

신윤범의 눈이 크게 떠졌다.

밝혀진 어둠 속에서 커다란 나무가 보였다. 희뿌연 어둠을 뭉쳐서 만들어낸 것 같은 불길한 나무의 형상이.

저 나무와의 거리는 아직 수백 미터 이상이다. 그런데도 나무는 너무나도 거대하게 보였다. 그리고 더 놀라운 것은…….

"예전에는 잎사귀가 무성한 아름다운 나무였는데 아쉬운 일이야. 지금은 가지가 너무 앙상하군."

그것이 나무의 줄기가 아닌 가늘게 뻗어난 가지에 불과하다는 사실이다. 신윤범은 침을 꿀꺽 삼키며 시선을 아래쪽으로 향했다. 동시에 금속으로 이루어졌던 바닥이 투명해지며 아래쪽조차 끌려 들어갈 것 같은 어둠으로 변했다. 오로지 허공에 나타난 강렬한 불빛들만이 그 어둠을 희뿌옇게 흐려놓고 있었다.

결코 밝혀지지 않을 것 같은 그 거대한 어둠 너머에 상상을 초월할 정도로 거대한 나무의 본체가 있을 것이다.

'이것이 세계수.'

먼 옛날, 세계를 지탱한다고까지 불렸던 나무.

에밀은 황홀함에 젖은 눈으로 그 나무를 바라보고 있었다. 지금은 희뿌연 어둠 속에서 일렁이는 불길한 실루엣으로 보일 뿐이었지만 그의 눈에는 마치 천국의 일부분처럼 보이는 것 같았다.

"남극대륙에 감사해야겠어. 이렇게 위그드라실을 온전하게 보존해 주었으니."

에밀의 말은 상식과는 크게 어긋나는 것이었다.

바다 위에 얼음이 얼어 이루어진 북극 지방과 달리 남극은 대륙이다. 땅 위에 얼음이 덮여 있으니 그 아래쪽에 이토록 거대한 빙해가 존재하고, 세계수가 그 안에 온존되어 있는 것은 말이 되지 않는다.

그러나 그들은 실제로 남극대륙 아래쪽에 와 있었다. 세계수가 있는 저 지점이야말로 노르웨이의 탐험가 로알 아문센과 그 일행이 1911년 12월 14일에 도달했던 남극점이다. 그 아래쪽에 헤아릴 수 없을 정도로 까마득한 깊이까지 세계수는 존재하고 있었다.

"하지만 이만한 공간이 남극대륙의 아래 존재하고 있다니… 어떻게 이럴 수가 있습니까?"

신윤범의 물음은 타당한 것이었다. 에밀은 웃으면서 대답해 주었다.

"좋은 질문일세. 그 질문에 대한 답은, 남극대륙은 원래부터 이러한 형태로 만들어졌기 때문일세."

"대륙이 만들어졌다고요?"

신윤범이 믿을 수 없다는 듯 눈을 크게 떴다. 에밀의 설명이 이어졌다.

"남극대륙 자체가 구세계 시절에는 존재하지 않았다네. 당시에는 남극 역시 북극처럼 거대한 얼음덩어리에 불과했지. 하지만 세계의 파멸 속에서도 그 형체를 온전히 보전한 최후의 세계수를 완전히 파괴할 수도 없었고, 혹시나 부활할 것을 염려한 자들은 영맥의 뒤틀림을 이용해 남극대륙이라는 터무니없이 거대한 봉인을 만든 것일세."

"그런 말도 안 되는 일이 가능합니까?"

"지금 하라면 그들도 할 수 없겠지. 당시에는 세계가 대격변을 겪고 있었고, 지금의 형태로 고정되지도 않았던… 말 그대로 미쳐 날뛰던 시절이었네. 격렬한 변화와 재앙을 이용한 기적 같은 조형이었던 것이지."

구세계가 파멸하고 신세계가 시작되던 약 천 년간, 초기에 성혼을 안정시키고 별이 파괴되는 것을 막았던 자들은 지금 세계의 창조주나 마찬가지였다. 그들이 대륙의 형태를 고정 시키고 현재의 환경을 만들었다. 그 과정에서 대륙 하나를 만 들었다 한들, 그 안에 하늘에 닿을 정도로 거대한 나무를 가 두었다 한들 이상할 것도 없으리라.

하지만 이전에는 에밀도 그러한 사실을 몰랐다. 세계수의 유해와 공명하고 나서야 비로소 알게 된 것이다. 그래서 두 극 지방에 동시에 자신이 만든 결계 해제의 열쇠를 가진 탐사 대를 보내면서도 남극점보다는 북극점에 세계수가 있을 가능 성이 높다고 여겼다. 이사진이 세계수 유해의 위치를 북극점 으로 알고 있는 것은 그러한 착오로부터 비롯된 것이다.

신윤범이 물었다.

"그럼 이건… 되살릴 수 있는 겁니까?"

이 나무를 파괴할 수 없었고, 혹시 되살아날 것을 두려워하 여 가두었다면 구세계의 후예인 에밀은 이것을 되살릴 수도 있으리라. 그렇게 생각하고 물은 것이지만 의외로 에밀은 고 개를 저었다.

"아니, 이건 이미 죽었다네. 저들은 썩지 않는 시체를 보고 겁먹었을 뿐, 죽은 자는 두 번 다시 되살아나지 않지……."

이 세계수는 이미 죽었다. 남극의 빙해 아래서 수만 년 동안 잠들었으면서도 조직이 온존되어 있기는 했지만, 그 숨은 이미 끊어졌다. 단지 한없이 불멸에 가까운 그 강인함이 아직까지 그 형체를 보존시켰을 뿐이다.

"그럼 어째서 여기까지 찾아온 겁니까?"

"내가 만들어낸 세계수는 이것의 마이너 카피이기 때문에 완전하지 않기 때문일세. 지금 세계의 요소들을 모아 만들었기 때문에 이것을 완벽하게 복제하지는 못했어. 물론 그 본연의 능력은 고스란히 갖고 있고 증식력 면에서는 더더욱 월등하지만… 그래도 이것의 조직을 통해서만 얻을 수 있는 것도 있다네."

에밀은 눈을 감았다. 동시에 공기가 미약하게 떨리면서 그와 세계수가 공명하기 시작했다. 이미 죽어버린 지 수만 년이상이 지나 버린 세계수이기에 공명하는 것도 쉽지 않았지만 시간과 노력을 들이면 원하는 것을 얻어내는 것이 불가능하지 않았다.

동시에 두 사람을 태운 잠수함이 조금씩 움직였다. 세계수가 가까워지는 것을 보며 신윤범은 살짝 몸을 떨었다. 에밀덕분에 압박감은 훨씬 덜해졌지만 여전히 그의 영감이 저 나무가 끔찍하게 불길한 존재라고 경고하고 있었다.

우우우우웅…….

문득 신윤범은 세계수 주변에서 변화가 일어나는 것을 발견했다. 세계수에 가까워지고 나니 그 주변을 떠다니는 반딧불 같은 광점들이 있다는 것을 확인할 수 있었다.

　그 빛이 에밀과 공명하듯이 점점 강해지며 실체를 드러낸다. 그것은 표면이 새카만 금속 상자 같은 것이었다. 수백 개, 아니, 어쩌면 수천 개도 넘을지도 모르는 그 금속 상자들이 죽어버린 세계수 주변을 떠다니며 미약한 빛을 발하고 있었다. 표면에 혈관처럼 이어진 회색의 선을 꿈틀거리면서.

　그 상자들이 에밀에게 이끌려 조금씩 다가오고 있었다. 신윤범이 침을 꿀꺽 삼키며 물었다.

　"이것들은 뭡니까?"

　에밀이 눈을 뜨며 대답했다.

　"그건 우리 세계의 마지막 기록이라네."


　　　　　*　　　　　*　　　　　*


　라리사 고르디바는 한국에 오는 게 처음이었다. 세계 유일의 분단국가고 밥맛 없기로 유명한 육도가 지배하는 땅이라는 이야기는 들었지만 지난 40여 년간은 와볼 일이 없었다.

　"과연 따뜻한 곳이군요."

　그녀는 푸른 눈동자로 얼어붙은 산을 굽어보며 말했다. 시

기는 2월, 아직 겨울의 매서움이 지배하고 있었고 더구나 강
원도의 산골쯤 되면 그 추위가 보통이 아니었지만 러시아 태
생인 그녀에게는 이것도 따뜻한 날씨에 불과한 모양이었다.

"따뜻한가?"

그녀를 데려온 모건이 조금 당혹스러워하며 물었다. 그를
제외한 인원들은 다들 방한 대책을 공고히 하고 있는데, 이
여자는 얇은 긴팔 셔츠만을 입은 채 이런 소리를 하고 있으니
황당할 수밖에.

"그렇습니다, 대마법사. 활동하긴 편한 곳이겠군요. 다만
제 힘은 좀 반감될 것 같습니다만."

라리사 고르디바는 흠 잡을 데 없이 깨끗한 한국어를 구사
하고 있었다. 러시아인인 그녀가 한국어를 이렇게 능숙하게
터득한 것은 육도가 지배하는 나라의 언어이기 때문, 그 이상
도 이하도 아니다. 그녀는 러시아의 지배자 스패쯔나쯔 출신
의 정령술사였고 7대 세력이 있는 모든 국가의 언어를 구사
할 수 있었다.

올해로 42세인 라리사 고르디바는 겉보기로는 그보다는
10년은 젊어 보였다. 약간 빛 바랜 금발에 창백한 푸른 눈동
자를 가졌고 피부도 깨끗했지만 날카로운 눈매 덕분에 상당
히 까다로울 것 같은 인상이었다.

"하긴 자네는 얼음정령의 힘을 주로 사용했으니 여기서는

힘이 좀 줄어들겠군. 하지만 겨울이 완전히 가기 전에 승부를
낼 테니 걱정하지 말게."

"그나마 다행이군요."

라리사 고르디바는 미드가르드 본사에서 오지윤의 팀에
지원 병력으로 파견된 일급 전투병력이었다. 본래 특급 정령
술사였던 그녀는 '섬멸의 북풍'이라는 별명으로 불리며 압도
적인 파괴력으로 조직에서도 장래가 촉망받는 인물이었다.
그러나 에밀의 회유에 넘어가 10년 전에 스패쯔나쯔를 배신
하고 미드가르드의 일원이 되었다.

그녀를 보는 이곳 인원들의 시각은 다양했다.

"으아, 엄청 까다로울 것 같은 아줌마일세."

지윤은 그녀와 몇 마디 인사를 나누고는 혀를 내둘렀다. 그
야말로 찬바람이 쌩쌩 부는데다가 대뜸 지윤을 애송이 취급
해서 인상이 좋질 않았다.

"그러게. 그보다는 난 항상 주변에 정령을 띄워두고 다니
는 게 더 신경 쓰이는데."

이현종은 마법사로서 그녀를 관찰했다. 정령술 자체는 마
법사라면 누구나 다룰 수 있는 영역이지만, 스패쯔나쯔의 정
령술사만큼 그 능력을 특화한 존재는 없다. 일반인의 눈에는
보이지 않겠지만 그녀의 주변에는 항상 정령이 떠다니고 있
다가 그녀의 수발을 들고 있었다.

"저 아줌마가 그래도 능력은 있는 편이지. 전투 능력은 대단하니까 꽤 도움이 될걸."

정도일은 라리사 고르디바와 몇 번 일해본 적이 있었다. 그때 그녀가 보여준 능력은 확실히 특급 정령술사다운 것이었다.

이현종이 투덜거렸다.

"전투 능력이 뛰어난 것도 좋지만 같이 게임할 정도로 융통성있는 사람이 더 좋은데."

"흠. 혁이가 죽은 게 정말 아쉽군. 그랬으면 저 아줌마가 올 일도 없었는데 말야."

"그러게."

그들은 죽은 김혁을 떠올리며 한숨을 쉬었다. 꽤 오랫동안 함께했던 동료의 죽음이라곤 해도 이들은 아주 냉정하게 그것을 받아들이고 있었다. 같이 게임하고 농담을 시시덕거리던, 공동 생활이 편했던 녀석이 하나 사라졌을 뿐이다. 그뿐이다.

정도일이 쓴웃음을 지었다.

"그런 소리 저 아줌마 앞에선 하지 마라."

"아줌마, 아줌마 시끄럽군. 쉐도우 머더러 당신도 별로 젊은 나이도 아닌 주제에."

러시아의 북풍보다도 싸늘한 목소리가 들려왔다. 복도 저편에서 라리사 고르디바가 그들을 쏘아보고 있었다. 정도일이 화들짝 놀라서 몸을 일으켰다.

"이크크, 미안합니다. 그럼 난 이만 실례."

정도일은 후다닥 그 자리에서 도망가 버렸다. 라리사 고르디바가 눈살을 찌푸리며 투덜거렸다.

"이런. 담배나 한 대 빌리려고 했더니."

'또 흡연자인가.'

지윤은 한숨을 쉬고 싶어졌다. 예전에는 거의 흡연자가 없던 집단에 날이 갈수록 흡연자 비중이 늘어가니 아주 괴롭다.

라리사 고르디바는 정도일이 앉았던 자리에 다리를 꼬고 앉더니 물었다.

"애송이, 담배 있나?"

"없는데요."

"너는?"

"저도요."

"인생의 낙이 없는 애송이들이군. 왜 그렇게 건전하지? 새파랗게 어려서 그런가?"

"비흡연이랑 나이는 별로 상관없죠. 그리고 애송이, 애송이 하시는 게 별로 좋게 안 들립니다만?"

"꼬우면 10년쯤 더 늙던가."

"……."

슬쩍 노려보면서 한마디 하는데 지윤은 말문은 막혀 버리고 말았다. 이 여자는 성격이 뭐 이따위야? 아니, 연옥의 인간이니 성격파탄인 것은 당연하겠지만 이렇게 노골적으로 시비를 걸어오면 짜증난다. 진짜 한번 해보고 싶어서 이러는 건가?

"나를 아줌마라고 부르는 녀석에게 듣기 좋은 소리를 해줄 이유는 없다."

"…아, 네."

지윤은 할 말이 없어졌다. 생각해 보니 이 여자는 노처녀다. 아줌마, 아줌마 하는 게 듣기 좋진 않겠지.

"뭐 아줌마라고 부른 건 사과하죠. 그럼 앞으론 아가씨라고 불러 드리겠습니다."

"맞고 싶냐?"

"농담이에요."

"재미없는 농담은 집어치워. 미국인 코미디언만큼이나 죽이고 싶어지니까."

"난 영국 개그가 더 싫던데."

"취향이 철저하게 안 맞는군. 뭐 좋아. 대마법사께서 말씀하셔서 왔다. 우리가 상대할 적들에 대해서 들을 수 있겠나?"

"육도에 대해서는 잘 알고 있지 않습니까?"

"육도는 조직에 있을 때 지겹도록 교육도 받았고, 몇 번 부

덮쳐 본 적도 있으니 딱히 설명해 줄 필요는 없다. 그들보다
는 내가 불려오게 된 원인이 된 적들에 대해서 듣고 싶군. 여
기에는 쉐도우 머더러와 흑검사가 와 있는데 굳이 나까지 부
른 것은 그만큼 적이 강하다는 소리 아닌가? 내 생각에는 우
리 조직의 병대 중에서 가장 전력이 편중되어 있는 느낌인
데."

확실히 지윤의 팀에는 비상식적일 정도로 많은 전력이 모
여 있었다. 원래 지윤의 팀이라면 모를까, 대마법사 모건에
쉐도우 머더러 정도일, 흑검사 세르반테스에 섬멸의 북풍이
라고 불리는 라리사 고르디바까지 모였으니 이만한 힘을 가
진 팀은 미드가르드 내에는 존재하지 않을 것이다.

"흠. 그들과 이번 작전 때도 맞붙게 될지는 모르겠지만 그
래도 말씀드리죠."

지윤은 그렇게 말하면서도 이번 작전 때 유현과 다시 맞붙
게 되리라고 확신하고 있었다. 아니, 어쩌면 바라고 있는 것
인지도 모른다. 완전히 허를 찔려서 두들겨 맞다가 어처구니
없이 패배하게 되었던 것을 갚아주고 싶은 것이다.

그 이후로 몸을 회복하고, 모건의 도움을 받아서 신체를 보
다 개량했다. 마력 용량도 순조롭게 늘어가는 중이고, 아카샤
시스템의 활용 능력도 더더욱 가다듬었으니 다시 만났을 때
는 그렇게 쉽게 패하지 않을 것이다.

'아니, 이겨야지.'

반드시 이긴다. 진유현의 현재 전력을 알고 대비할 수 있는 이상 승산은 있었다.

지윤은 라리사 고르디바가 원하는 정보를 들려주었다. 선입견을 심어주지 않기 위해 주관적인 시각을 배제하고 되도록 객관적인 사실만을 나열한 지윤의 설명에 그녀가 눈살을 찌푸렸다.

"7킬로미터에서 저격이 가능한 놈이라니, 정말로 괴물이군. 거기에 아일라 스카우드라면 나도 들어본 적이 있어. 내가 현역이던 시절에는 애송이였지만 그때부터 꽤 촉망받는 인재로 이름나 있었지. 이후에 들은 바에 의하면 세르반테스와 함께 데스트레자 최고의 천재라고 하던데."

"육도에서도 경계 대상 리스트 상위권에 올려놓고 있었죠."

아일라 스카우드는 연옥에서는 상당한 거물이다. 그런 거물이 조직을 이탈해서 프리랜서로 세상을 떠돌고 다니는 게 이해할 수 없을 정도로. 진유현은 축생 계급에서 그만둬서 몰랐지만 수라 계급으로 활동했던 지윤은 그녀에 대한 정보를 열람할 수 있었고, 그녀가 활동하고 있다고 알려진 지역에서 작전 활동을 펼쳐 본 적도 있었다.

라리사 고르디바가 투덜거렸다.

"하지만 티탄의 장갑을 칼 한 자루로 꿰뚫을 수 있는 존재라니 터무니없군. 그리고 능력이 많이 떨어지긴 했어도 대마법사 멀린이 함께하는 팀이라."

유현이 이끄는 팀은 실로 막강한 전력을 보유하고 있었다. 숫자는 소수지만 결코 무시할 수 있는 병력이 아니다. 다음 작전은 워낙 규모가 커서 지윤의 팀만이 아니라 한반도에서 활동 중인 미드가르드의 작전 병력 대부분이 물려들기로 되어 있었지만, 그만큼 거기에 대적하는 인원도 많아질 것이고 그사이에서 그들이 활약할 경우를 반드시 대비해야만 한다.

"어려운 싸움이 될지도 모르겠어. 하긴 이번 작전 이후로는 그런 걱정을 할 필요도 없어지겠지만."

라리사 고르디바는 그렇게 중얼거리며 몸을 일으켰다. 그러더니 문득 지윤을 돌아보며 물었다.

"담배를 얻으려면 어디로 가야 되지? 흑검사 그 인간도 금욕주의자인지 담배 안 피우는 것으로 아는데."

"…움직이는 담배 창고인 정도일 아저씨한테 가시죠."

"역시 그 작자밖에 없나. 알겠다."

그녀는 군인처럼 절도있는 발걸음으로 척척 걸어가 버렸다. 그 뒷모습을 밍하니 바라보던 이현종이 불쑥 중얼거렸다.

"와, 저 아줌마 은근 멋있지 않냐?"

"멋있긴 개뿔이."

지윤이 눈살을 찌푸리며 투덜거렸다.

## 2

"다녀왔습니다."

신우는 주 3회 받는 마법 교습을 마치고 집으로 돌아왔다. 유현이 비싼 돈을 주고 배우게 하는 만큼 교사의 능력은 뛰어나서, 머리가 별로 좋지 않은 신우도 마법의 기초 이론을 습득하고 자신의 몸에 내장된 술식을 조금씩 활용할 수 있게 되고 있었다. 예를 들면 염동력은 이제 제법 능숙하게 사용할 수 있게 되어서 식탁 위에 있는 물통을 들어 잔에 물을 따르고 그것을 자기 손으로 가져오는 것 정도는 할 수 있게 됐다.

하지만 그런 교습을 받고 돌아오는 신우의 얼굴에는 힘이 없었다. 딱히 피곤하기 때문은 아니다. 그보다는 이후에 기다리고 있는 훈련 때문이었다. 유현과 아일라가 그를 훈련장으로 끌고 가서 들들 볶을 것을 생각하면 우울하기만 했다.

"왔냐?"

거실에서 난슬과 FPS 게임을 즐기고 있던 유현이 그를 흘끔 바라보며 물었다. 신우는 조심스레 고개를 끄덕였다.

부천 사건 이후 유현은 계속 저기압이었다. 그리고 그런 기분을 종종 신우를 괴롭히며 풀곤 했기 때문에 행동을 조심할 필요가 있었다.

"아, 죽었다."

난슬이 아쉽다는 듯 중얼거렸다. TV 화면에서는 적군들이 의기양양한 기색으로 괴성을 질러대고 있고, 플레이어 캐릭터들이 시체가 되어 바닥에 누워 있었다.

게임기 패드에서 손을 뗀 유현이 말했다.

"너 오늘은 훈련장 오지 마라."

"네?"

뜻밖의 말에 신우가 눈을 휘둥그레 떴다. 유현이 시큰둥한 표정으로 말했다.

"멀린 영감님이 오늘 너 좀 보겠다더라. 난슬이랑 같이 가봐."

"멀린 할아버지가요?"

신우는 자기가 말해놓고도 왠지 그 '할아버지' 라는 호칭이 어색하다고 느꼈다. 행동거지를 보면 노인네가 맞긴 한데, 겉모습은 기계로 만들어진 젊은이의 모습이다 보니 영 매치가 안 된다.

"전에 말한 것을 너한테도 해주려나 본데… 뭐 상관은 없겠지. 우리 전력이 늘면 좋은 거니까."

유현은 신우가 이해할 수 없는 말을 하면서 몸을 일으켰다. 그가 방으로 들어가자 난슬이 옆자리를 가리키면서 말했다.

"신우야, 게임 같이하자. 두 판만 더 가면 마지막 판이야."

"멀린 할아버지가 불렀다면서요?"

"약속 시간 아직 30분 남았어. 다음 세이브하는 데까지는 가야지."

"그러죠 뭐."

신우는 별 고민 없이 그 옆에 앉아서는 게임기 패드를 잡았다. 그리고 신우는 몰랐지만 어쩌면 이날 최후의 안식일지도 모르는 30분이 흘러갔다.


멀린의 집에 들어간 신우는 왠지 모를 오싹함을 느꼈다. 그것은 유현이 가상세계로 그를 끌어들여 죽음의 전장을 보여줬을 때와 같은 그런 기분이었다.

'뭐, 뭐지?'

예전에 왔을 때는 깨끗하다 못해 삭막할 정도로 아무것도 없는 집이었는데, 지금은 왠지 마루에 이상한 기재들이 잔뜩 설치되어 있어서 가정집하고는 거리가 멀어져 있었다. 컴퓨터도 있고 의료기구 비슷한 것들도 보인다. 그리고 가장 눈에 띄는 것은 전에 본 것과 굉장히 흡사한 침대였다.

"저거… 혹시 수술대 아니에요?"

"음? 잘 아는구먼. 하나 구입해서 놨지. 바로 어제 도착했다네. 한국에선 꽤 비싸더구만."

멀린이 흐흐 웃는 모습을 보니 왠지 더 불길해졌다. 난슬은 순진하게 묻고 있었다.

"멀린 할아버지, 수술도 할 줄 알아요?"

"그럼. 내가 못하는 마법시술은 없다네. 이 손으로 개조인간이나 초인도 여럿 탄생시켰지."

"헤에, 그런데 이번엔 누굴 수술하려고요?"

"그거야 뻔하지 않겠나?"

멀린의 음흉한 눈이 신우에게 향했다. 신우는 뱀에게 노려지는 생쥐 같은 심정이 되어서 슬금슬금 뒤로 물러났다.

"그, 그거 설마 저는 아니죠?"

"왜 아니겠나? 바로 자네일세."

"도대체 왜요? 저, 저한테 도대체 무슨 수술을 하시려고?"

"하하하. 걱정하지 말게나. 이상한 짓 할 생각은 없으니까. 유현이 그 친구도 허락한 일이니까 아무런 염려도 필요없네."

"그게 더 불길한데요……."

유현이 허락했다는 소리를 들으니 불길함이 두 배로 치솟는 이유는 뭘까? 그 말에 멀린이 혀를 찼다.

"쯧쯧. 그 친구도 제자한테 신뢰받지 못하는 스승이구만. 역시 누군가를 가르치려면 연륜과 인덕이 있어야지."

'아니, 솔직히 당신도 별로 인덕이 있어 보이진 않는데요.'

신우는 그렇게 생각했지만 이 상황에서 그런 말을 할 만큼 바보는 아니다. 대신 침을 꿀꺽 삼키며 물어보았다.

  "그런데 진짜 뭘 하시려는 건데요?"

  "아, 마법시술일세. 내가 전에 유현이 그 친구한테 비장의 마법 몇 개를 전수해 주겠다고 말했거든. 그 친구한테는 이미 건네줬으니 알아서 자기 몸에 설치하던지 터득하던지 할 것이고, 자네의 경우는 기초도 제대로 안 된 상황이니 도저히 터득할 수가 없지 않나? 그래서 내가 직접 자네 마법회로를 손봐서 술식을 이식할 걸세."

  "그, 그런 것도 가능해요?"

  "물론이지. 자네 스승도 새로운 마법들에 대응할 수 있도록 술식을 매번 개수, 보수하고 있지 않나? 마법에 대한 공부가 얕긴 하지만 대신에 몸의 기능으로써 장치된 마법들의 성능은 계속 좋아졌겠지. 자네한테도 그런 기능을 몇 개 넣어주려는 것뿐이니까 염려할 것 없네."

  "기능이라니, 제가 기계도 아닌데요."

  "인간도 엄밀히 말하자면 정밀한 생체 기계라네. 그런 측면에서 인체를 파악해야 보다 냉정하고 확실하게 그 기능을 개량할 수 있지."

  "기계는 고통을 못 느끼잖아요. 그거 혹시 아프지 않아요?"

신우는 마법 술식을 이식할 때를 떠올리며 몸을 부르르 떨었다. 유현이 아플 거라고 말하긴 했지만 그때의 고통은 정말 심했다. 중간중간 느껴지던 신경을 가닥가닥 잡아서 뜯는 것 같은 그 고통은 두 번 다시 겪고 싶지 않다. 하지만 유현의 말에 의하면 그것도 그 자신이 시술받을 당시에 비하면 고통의 시간이 많이 줄어든 것이라고 한다.

그 말에 멀린이 곧바로 대답하지 않고 슬쩍 미소를 지었다. 원래부터 만들어진 얼굴이라 그럴까? 그 미소가 굉장히 가식적이고 불길하게 보였다.

"하하. 별로 아프지 않을 걸세. 확실한 것은 자네가 이 시술을 받고 나면 강해질 것이라는 사실이지. 그것만은 보장하겠네."

"아니, 그게……."

"사나이로 태어나서 강해질 수 있는데 고통 정도는 감수할 만하지 않나. 자, 이리 오게나."

"그, 그래도……."

머뭇거리던 신우는 갑자기 눈을 부릅떴다. 어느새 자신의 몸이 꽁꽁 묶인 것처럼 움직이지 않게 되었다는 사실을 알게 되었기 때문이다.

멀린이 실실 웃으면서 움직이지 않는 그의 몸을 번쩍 들어서 수술대에 놓았다. 그리고 팔다리에 구속구를 채우고 구속

마법을 발동시키면서 말했다.

"사나이는 결단력이 있어야 하는 거라네."

"이건 너무하잖아요!"

"걱정 말게. 죽거나 불구가 되는 일은 절대 없을 테니까."

"지, 진짜죠? 확실한 거죠?"

"정신이 망가지지만 않으면 확실해. 그냥 미치지만 말고 버티게나."

"소, 속였군요! 멀린!"

비명을 지르는 신우에게 멀린이 약물을 주사했다. 따끔하는가 싶더니 육체의 감각이 급속도로 약해져 간다. 정신이 몽롱해지며 동시에 의식이 붕 떠서 스스로를 내려다보는 듯한 기분이 들었다.

그런 그를 붉은 기계의 눈동자로 내려다보며 멀린이 수술용 장갑을 꼈다. 그리고 마법수술을 위한 메스를 들어서 마법회로를 푹 찌르면서 말했다.

"후후후. 그럼 시작해 볼까?"

'아아아아아아악!'

그때부터 신우의 지옥이 시작되었다. 신우는 영혼을 뒤틀면서 몸부림쳤지만 현실의 육체는 정신이 나간 것처럼 입을 헤벌리고 침을 흘리고 있었다.

신우는 그 고통 속에서 왜 유현이 난슬을 같이 보냈는지 깨달았다. 수술을 마치고 나면 그의 상태를 회복시켜 줄 사람이 필요하지 않겠는가? 멀린의 마법이 뛰어나다고 해도 누군가를 회복시키고 고통을 덜어주는 데는 난슬의 선술이 제일이었다.

'사, 사부님, 원망할 거야아아아악!'

그의 영혼의 비명을 들은 난슬은 눈물을 찔끔하며 중얼거렸다.

"신우가 너무 불쌍해……."

하지만 그러면서도 절대 수술을 중단시켜야겠다거나 그를 구해줘야겠다는 생각은 안 하는 난슬이었다.


          *          *          *


전 세계가 기적과 요괴로 인해 시끄러운 가운데, 한국은 비교적 조용했다. 지난번 부천에서 벌인 전투 이후로 미드가르드 측에서 활동을 극도로 억제하고 있는 덕분이다.

결국 유현의 행동이 성과없이 끝나지는 않은 셈이다. 적들의 작전 활동을 극도로 위축시켰다는 것만으로도 커다란 성과였다. 하지만 그래도 유현으로서는 마지막의 엿 먹은 기분을 지울 수 없었다.

그동안 한국 정부는 물론이고 전 세계 국가들이 연옥의 인물들을 회유해 관련 부서를 신설하는 일에 박차를 가하고 있었다. 군부대의 무기에 연옥의 기술이 투입되었고, 이제 요괴는 완전히 현실의 존재로 인정받고 대적하는 게 가능해졌다.

채채채채챙!

섬광이 어지럽게 춤춘다. 선이 굵은 일격을 선호하는 유현의 장군검과 현란하면서도 정밀한 아일라의 쌍검이 허공에서 맞부딪치며 불꽃과 충격파가 튀었다.

하지만 시간이 갈수록 밀리는 것은 유현이었다. 다른 무기를 모두 배제한 채 검투만으로 아일라와 겨루면서 유현은 짧은 시간 동안 전신에 무수한 상처를 입었다. 아슬아슬하게 치명타만을 피하고 있을 뿐, 누가 봐도 아일라에게 승기가 기울어져 있는 것을 알 수 있는 상황이었다.

"큭!"

유현도 그 사실을 절감하고 있었다. 유현은 빼앗긴 승기를 되찾기 위해 마검술을 사용했다. 하지만 그 순간 아일라도 기다렸다는 듯 데스트레자의 마검술을 이용해서 반격, 유현의 마검술이 끌어낸 검광을 상쇄시키며 그를 베고 지나갔다.

츠팟!

유현의 옆구리가 깊숙이 베어지며 피가 튀었다. 나노 소재의 방탄복이 간단하게 베어지고 그 속에서 피와 내장 조각이

튄다. 유현은 격통을 느끼며 그 자리에 주저앉았다.

"역시… 검투만으로는 안 되나."

유현은 예상된 결과에 쓴웃음을 지으며 그 자리에 쓰러졌다. 그리고 아일라가 그 시체에 시선을 던지는 순간, 두 사람이 서 있던 세계가 산산이 부서지고 의식이 현실로 되돌아왔다.

"으윽."

유현은 옆구리에서 환통을 느끼며 신음을 흘렸다. 가상세계의 감도를 좀 높여놨더니 현실의 육체에도 어느 정도 영향이 있었던 것 같다. 아일라가 심호흡을 한 번 하더니 말했다.

"밀착된 상황에서 반드시 힘으로 상황을 풀어가려고 하는 것은 좋지 않은 버릇이지. 하지만 너무 힘을 제약하고 싸워도 그리 효율적인 훈련이라곤 할 수 없을 텐데."

"음. 그래도 어느 정도는 현재 상태를 확인해 보고 싶어서."

예상대로 검투만으로 아일라와 맞서는 것은 무리였다. 총체적인 전투력에서는 유현이 앞설지 몰라도, 근접한 상황에서의 검투란 상황으로 한정 지으면 아일라의 실력은 세계 최고 수준이다.

'검투란 종목에 한정하면 역시 이 여자는 내가 아는 인간 중에는 최강. 정도일도 그 인간도 상대가 못 되겠군.'

정도일의 검술은 상대방의 호흡과 인식의 허를 찌르는 스타일이다. 신도 죽일 수 있는 암살자라 불리는 그는 모든 면에서 상대방의 허를 찌르는 데 특화한 전투 능력을 갖고 있다. 그렇기에 기습에는 강하지만 정면 승부로 몰고 가면 의외로 취약한 면모도 보인다. 그 점은 부천에서의 전투로 확인했다.

하지만 전투라는 것은 언제나 상대적이다. 유현의 실력을 확인한 그가 정면 승부를 취할 리가 없다. 자신의 특기를 최대한 살려서 유리한 고지를 차지하고 유현을 처치하려고 하겠지. 그리고 그렇게 움직이기 시작하면 정도일은 세상에서 가장 무서운 적이 된다.

유현은 그와 다시 만날 순간을 준비하고 있었다. 이전에도 내일 당장 결전을 치를 사람처럼 살고 있었지만, 부천에서의 사건 이후로는 적들에게 확실하게 대응할 수 있는 힘을 손에 넣고 싶어했다. 그 결과 신우는 지옥에 목을 담갔다 빠져나왔다를 반복하고 있었고, 멀린과 난슬은 성아까지 끌어들여서 모건이 다시 나타났을 경우에도 대처할 수 있는 방안을 고심했으며, 유현은 멀린으로부터 얻은 새로운 술식을 이용하는 전투법을 가다듬고 있는 중이었다.

문득 아일라가 물었다.

"신우 군은 내일부터 복귀하나?"

"글쎄, 잘 모르겠는데. 일단 이따가 상태를 봐야지."

신우가 멀린에게 수술을 받고 나서 어떤 상태일지는 알 수 없었다. 상태가 안 좋으면 며칠은 쉬게 해야 할 수도 있고, 아니면 내일부터 당장 훈련에 복귀시킬 것이다. 본래대로라면 그런 수술을 받고 나면 일주일 정도는 정양하면서 신체 밸런스를 조정해야 하지만, 그 부분에 대해서는 탁월한 재주를 가진 난슬이 있으니 어떻게든 될 것이라고 생각했다.

"신우 군이 없으니까 심심하군."

"정이라도 들었나?"

"그런 것 같은데. 사제의 정이라는 게 이런 게 아닐까? 여태까지 교관은 있었어도 스승은 없었으니 잘은 모르겠지만… 뭐, 신우 군이 나를 어떻게 생각하는지도 알 수 없는 노릇이지만."

아일라가 순순히 고개를 끄덕이는 바람에 유현은 좀 놀랐다. 자신이라면 몰라도 이 여자가 그런 이야기를 긍정할 줄은 몰랐다.

'하긴 이 여자 의외로 물렁한 구석이 많지.'

항상 무심하고 냉정해 보이지만 정이 많은 여자다. 릴리아나라는 데스트레자의 예지능력자에 대해서 이야기할 때 드러나는 태도만 봐도 알 수 있었다.

예전이었다면 그런 그녀를 부러워했을지도 모르겠다. 전

투기계로서는 불완전하지만 수라도를 거쳐 오면서도 아직까지 인간적인 면모를 가진 그녀를.

하지만 지금의 유현은 그녀에게 그런 감정을 느끼지 않았다. 유현 자신도 그동안 충분히 변해왔기 때문이다. 난슬이, 성아가, 그리고 신우가… 지금까지 함께해 온 사람들이 그를 변화시켰다. 영영 잃어버린 것 같던 온기가 황량한 가슴 한구석에 싹트는 것을 느낄 수 있었다.

물론 그가 고장난 기계 같은 존재라는 사실은 변하지 않았다. 어떤 의미에서는 좀 더 복잡하게 미쳐 버렸을 뿐인지도 모른다. 그래도 유현은 자신의 변화에 만족하고 있었다.

"신우를 어떻게 평가하지?"

"재미있는 아이지. 같이 있으면 정말 심심하질 않아. 인간적으로나 가르침의 대상으로서나. 마음 씀씀이도 좋고."

"아니, 그러니까 그런 면에서 말고… 요 3개월간의 발전상 말이지."

"그런 면에서라면 일취월장이라는 말이 어울리지 않나? 빈말로라도 재능있다는 말은 못하겠지만."

"그렇지. 절대 재능있다는 말은 못하겠지만."

고개를 끄덕이며 신우의 재능을 단칼에 부정하는 두 사람의 말에 조금 떨어진 곳에서 혼자 훈련 중이었던 한얼이 쓴웃음을 지었다. 신우가 여기 있었다면 분명히 상처 입었으리라.

"워낙 실력이 밑바닥이어서 그런 것도 있겠지만 시키면 시키는 대로 성실하게 하는 편이라서 가르치는 것은 다 잘 습득했지. 확실히 말하건대 요 3개월간 신우 군의 실력은 급격하게 늘었어. 이제는 전장에서 쓸만한 병사로서의 기량을 갖췄지."

"당신도 그렇게 보고 있군. 저놈 저기까지 키우는 데도 참 힘들었는데, 당신이 있어서 좀 빨리 저 수준까진 올려놓은 것 같아."

"그래도 즐겁지 않았나?"

"그건 부정하지 않겠지만."

유현은 피식 웃어버리고 말았다.

신우는 정말 보다 보면 까불거리는 태도가 때려주고 싶고—실제로 때린다—한심하고 답답해서 때려주고 싶고—물론 실제로 때린다—상처받고 궁상떠는 모습을 보다 보면 또 때려주고 싶어지지만—당연히 실제로 때린다—그래도 가르치다 보면 정말 재미있는 녀석이기도 하다. 그래서 별다른 재능이 보이지 않는 녀석을 붙잡고 가르치면서도 열과 성을 다할 수 있었던 게 아닐까.

"음. 이건 물어볼까 말까 고민하긴 했는데… 당신, 그 세르반테스란 인간 때문에 나한테 온 건가?"

"절반은. 사실 지금까지 그를 찾아서 전 세계를 헤매고 다

녔으니까."

"그럼 나머지 절반은?"

"처음에 말한 대로 릴리아나가 너를 도와주라고 했기 때문이지. 다른 이유는 없어."

그녀는 더 무슨 이유가 필요하냐는 듯 유현을 바라보았다. 유현은 그 단호함에 피식 웃고 말았다.

"당신도 알고 보면 참 물러터진 것 같아."

"그러니까 지금까지 이러고 살고 있는 것일 테지."

아일라는 부정하지 않았다. 유현은 왠지 그녀의 입가에 슬쩍 미소가 스쳐 지나가는 것을 본 것도 같았다.


3


이변은 2월 말엽에 돌입하면서 일어났다.

이때 사하라의 세계수림의 면적은 62만 평방 킬로미터를 넘었다. 토양이 변하고, 기후가 변하고, 생태계가 변한다. 학자들은 앞으로 10년 안에 사하라 사막이라는 용어가 역사책 속에나 존재하게 될 것이라고 입을 모았다. 하지만 아직도 이 기적의 정체를 뚜렷이 설명할 수 있는 이는 아무도 없었다.

그 시작점에는 무려 130미터에 이르는 거목이 자라나 있었다. 하나의 나무라기보다는 나무의 형상을 한 고층빌딩에 가까운 그것은 진정 세계수라는 명칭이 어울리는 것이었고, 공식적으로도 세계수 위그드라실이란 명칭이 붙어 있었다.

그날까지만 해도 모든 것이 평화롭고, 긍정적이었다. 적어도 그곳에 몰려든 일반인들은 그렇게 생각했다.

크르르르르……

이른 아침, 영국에서 파견된 생물학자 에드워드 리치는 천막 밖에서 이상한 소리를 들었다. 이곳에서 들려올 리 없는 소리가 들려왔던 것이다.

'뭐지?'

그는 의아해하면서도 호신용으로 지급된 권총을 들어서 장전했다. 밖에서 들려오는 으르렁거림은 분명 맹수의 그것이라고밖에 생각되지 않았기 때문이다.

그러나 그런 그의 대비는 헛되었다. 그가 조심스럽게 천막 문을 걷는 순간, 갑자기 커다란 그림자 하나가 그의 천막을 덮쳐서 무너뜨렸기 때문이다.

"우, 우와아아아악!"

크르르릉!

험악한 울부짖음과 함께 천막이 무너져 내렸다. 에드워드 리치는 무너신 천막 속에서 허우적거리다가 겨우 바깥으로 빠져나왔다. 그리고 보았다.

붉은 눈동자를 번뜩이고 있는 거대하고 새하얀, 털이 칼날처럼 일어서 있는 사막여우가 자신을 내려다보고 있는 것을.

쫘직!

그의 생각은 거기까지였다. 사막여우 괴물이 전광석화처럼 그의 목덜미를 물어뜯었기 때문이다. 엄청난 턱 힘에 목뼈가 단번에 으스러지면서 에드워드 리치는 절명했다.

그리고 숲 곳곳에서 비명이 울려 퍼지기 시작했다.

"우와아아악!"

"꺄아아아아!"

이 숲에 몰려든 사람의 숫자는 네 자릿수가 넘었다. 세계 각국에서 연구를 목적으로 온 학자들은 물론이고, 국가의 중요한 재원인 그들을 호위하기 위해 파견된 병력들, 그리고 사막의 혹독함을 피해 이 기적적으로 풍요로운 자연 속에서 새로운 터전을 잡으려고 하는 사람들까지.

그런 이들이 갑자기 나타난 괴물들에게 학살당하고 있었다. 거대한 사막여우는 물론이고 기괴하게 변질된 새들과 자칼, 그리고 인간을 닮은 실루엣을 가진 치타 괴물에 이르기까지 그들은 모두 붉은 눈동자를 번뜩이며 인간을 탐했다.

"이 괴물들!"

투두두두두!

미국의 요인들을 경호하기 위해 와 있던 병력들이 전열을 정비하고 그에 맞섰다. 총구가 불을 뿜으며 괴물들을 덮쳤다.

그러나 괴물들은 총에 맞고도 별반 타격이 없었다. 미국의 조사단을 호위하기 위해 파견된 레이 맥버튼 대위는 문득 그들이 어떤 존재인지 깨달았다.

'데몬!'

그렇다. 지금 전 세계를 강타한 악마의 화신들은 미국에서는 데몬이라 불리는 존재였다.

그렇다면 지금 가져온 화기로는 타격을 주기가 어렵다. 미군은 지금 데몬을 상대하기 위해 특수한 화기와 특수탄을 도입했다. 일반 화기로는 그들에게 거의 타격을 주기 어렵다는 사실을 알아냈기 때문이다.

"젠장!"

하지만 여기의 병력에게는 그런 특수 장비가 지급되어 있지 않았다. 지금은 있는 장비로 어떻게든 데몬들에게 맞서는 수밖에 없다.

그렇게 생각했을 때였다.

철컥!

'탄이 떨어졌나?'

공허한 울림과 함께 총격이 멈췄다. 반사적으로 탄창을 뽑으려던 맥버튼 대위는 어떤 사실을 깨닫고는 흠칫했다.

총격을 멈춘 것이 그만이 아니었다.

"서, 설마……."

"큭큭큭큭."

음산한 웃음소리와 함께 기괴한 차림의 존재가 모습을 드러냈다. 거대한 사막여우 위에 올라선 그는 너덜너덜한 망토를 걸친 해골이었다. 해골의 눈구멍 안쪽에서 붉은빛이 번뜩이면서 기괴한 웃음소리를 내고 있는 것이다.

"캬캬캬캬캬! 나약한 것들! 알량한 무기만 믿고 있었을 텐데 그것마저 쓸 수 없게 되었으니 어쩌나?"

그 말에 맥버튼 대위는 상황을 파악할 수 있었다. 그가 직접 경험한 적은 없었지만 데몬들 중에는 현대 화기를 무력화시키는 이상한 파장을 발하는 존재들이 있다고 한다. 그런 파장 속에서는 화약이 발화되지 않기 때문에 일반 화기는 소용이 없고, 최근에 보급되기 시작한 특수 화기만을 쓸 수 있었다.

'젠장! 그게 정말일 줄이야! 끝장인가!'

느긋하게 다가오는 거대 사막여우와 해골인간을 보며 군인들이 겁에 질렸다. 총기를 쓸 수 있을 때도 공포와 절망에 잠겨 있었는데, 상황이 이렇게 되었으니 다 끝장이었다.

하지만 그때였다.

쾅!

폭음과 함께 해골인간의 상반신이 터져 나갔다.

"어?"

맥버튼 대위는 한순간 상황을 이해하지 못하고 멍청한 표정을 지었다. 그런 그의 옆으로 한 남자가 긴 금발을 휘날리며 걸어나왔다. 특수부대원인지 전신을 새카만 전투복으로 감싼 장신의 남자였다. 그가 맥버튼 대위를 돌아보며 말했다.

"당신이 지휘관인가?"

"그, 그렇소."

"레이 맥버튼 대위로군. 이제부터는 우리 지시에 따라주도록. 당신들을 포함해서 보이는 인원은 전부 데리고 이 숲을 벗어나겠다."

"다, 당신은 누구요?"

"설명할 시간이 없다. 살고 싶으면 닥치고 따라오도록."

캬오오오오!

남자가 그렇게 말하는 순간 거대 사막여우가 달려들었다. 하지만 남자는 느긋하게 뒤를 돌아보았다. 그리고 다음 순간 측면으로부터 거대한 화염의 류이 날아들어 사막여우에게 작렬했다.

화아아아아악!

"홍."

그리고 남자가 방아쇠를 당기자 대전차 라이플이 불을 뿜었다. 불길에 휩싸였던 사막여우의 머리통이 총격을 맞고 산산조각 났다.

"소령님, 너무 여유있으신데요?"

"자네가 있으니까. 어쨌든 최대한 살려서 빠져나가라는 명령이다. 각자 여기서 뼈를 묻을 생각은 절대 하지 말도록."

"그야 뭐 저런 게 되긴 싫으니까, 죽어도 나가서 죽어야죠."

그렇게 대꾸하며 걸어나온 것은 아직 10대로밖에 보이지 않는 소년이었다. 그도 역시 소령이라 불린 남자처럼 전신을 새카만 전투복으로 감싸고 있었고, 손에는 중세에나 쓰였을 법한 커다란 클레이모어를 들고 있었는데 그 검신을 타고 요사스러운 빛이 흐르고 있었다.

"디스트로이어 전원, 여기서 이탈한다."

"Yes, Sir!"

소령의 명령과 함께 7대 세력의 하나, 디스트로이어 소속의 전투원들이 일반인을 호위하며 요괴들과 격렬한 전투를 벌이기 시작했다. 그리고 숲 곳곳에서 이와 비슷한 풍경이 벌어지고 있었다.

*　　　*　　　*

사하라 수해의 재앙은 곧바로 전 세계에 보도되었다. 전 세계를 덮치는 겁난의 중심에서 피어난 아름다운 꽃 같은 기적에 고무되어 있던 사람들은 충격에 휩싸였다.

그러나 이 사건에서 상당히 많은 숫자의 사람들이 살아 나왔는데, 그들은 어째서인지 수해에서 탈출하는 과정의 기억 상당수를 잃어버리고 있었다. 단순히 쇼크성 기억상실이라고 보기에는 미심쩍은 부분이 많았지만 의학계에서는 그 원인을 알아내지 못했다.

"이런 바보 같은. 이놈들이 본격적으로 움직이기 시작한 건가? 하지만 왜 굳이 사하라에서도 똑같은 짓을 할 필요가 있었던 거지?"

유현은 그 소식을 접하고는 경악을 금치 못했다. 지금까지 멀린에게 세계수가 위험하다, 위험하다 들어오긴 했지만 계속 잠잠하다가 이런 식으로 일을 벌일 줄은 몰랐다. 영맥을 뒤흔들어 7대 세력의 여력을 빼앗을 생각이라면 별 관계도 없고, 인간이라고는 고작해야 수천 명 정도밖에 없는 사하라에서 일을 벌일 이유는 없지 않은가? 게다가 그곳에는 7대 세력의 인원들이 상당수 파견되어 있었기에 천 명 이상의 생존자가 요괴들의 공격을 피해서 탈출하는 데 성공했다.

"아니, 똑같은 짓이 아니라네."

그 소식을 듣고 곧바로 달려온 멀린이 고개를 저었다. 유현이 눈살을 찌푸렸다.

"똑같은 짓이 아니라니?"

"우려하던 짓을 벌이는군. 이건 테스트야. 젠장. 생각해 보게나. 세계수는 영맥을 제어할 수 있다. 이게 의미하는 바가 무엇이겠나?"

"영맥을 제어한다… 잠깐, 설마 당신이 말하고 싶은 게……."

그의 말에 유현의 뇌리에 한 가지 가능성이 스쳐 지나갔다. 자신이 그런 가능성을 떠올렸다는 것조차 믿고 싶지 않을 정도로 끔찍하고 황당한 것이었다.

"알아차린 것 같군. 그래. 영맥의 뒤틀림을 인위적으로 발생시켜서 요괴를 만들어낼 수도 있다는 이야기라네."

"정말 그게 가능하단 말야?"

유현은 경악을 금치 못했다.

요괴는 영맥의 뒤틀림으로부터 태어난다. 그렇기에 세계 7대 세력의 수뇌는 폭주하는 영맥을 다스려 최대한 안정적인 흐름을 만들어내고, 요괴의 발생 수치를 최소한으로 억제한다.

하지만 생각해 보면 요괴의 발생을 억제시킬 수 있다는 것은, 거꾸로 요괴의 발생을 촉진시킬 수도 있다는 것이다.

세계수로 영맥을 통제하면 요괴를 만들어낼 수 있다. 이론적으로는 그게 가능하지만 육도를 비롯한 7대 세력은 그런 일을 하려고 하지 않았다. 아마 실제로 하려고 해도 저렇게 대규모로 만들어내는 일은 불가능할 것이다. 저 세계수림에 어떤 특수한 기능이 부여되어 있는 것이겠지. 그리고 멀린의 말대로라면, 이번 사건은 적들이 사하라 수해의 기능을 테스트한 것이다.

"하지만 그렇게 만들어낸 요괴를 제어할 수 있는 거예요?"

난슬이 믿을 수 없다는 듯 눈을 동그랗게 뜨고 물었다. 멀린으로부터 진실을 다 들은 그녀로서도 그런 일이 인위적으로 가능하다는 것은 믿기 어려웠다.

멀린이 고개를 끄덕였다.

"가능할 것이네. 이미 그들은 인공적으로 만들어낸 요괴로 전 세계에서 마음껏 활개를 치고 있지 않은가? 그런 요괴들을 제어할 수 있다는 것은, 이미 자신들이 만들어낸 요괴를 제어할 만한 수단을 개발해 냈다는 것이지."

"그럼 적 요괴를 잡으면 그 수법을 알아낼 수 있나요?"

"그건… 흠. 아니, 잠깐."

난슬이 순진하게 던진 질문에 멀린이 생각에 잠겼다. 기계라서 표정이 풍부하지 못한 그의 얼굴이 무표정하게 굳어진 채로 생각에 잠기는 다소 기괴한 모습을 보여주었다.

"여태까지 녀석들이 사용한 요괴는 시간이 지나면 자동으로 소멸했지. 아주 짧은 시간 동안만 활동할 것을 상정하고 만들어진 것처럼. 그래서 덜미를 잡지 못했던 것인데 사하라에서 만들어지는 요괴라면 확실히……."

"문제는 그걸 알아내기 전에 적들이 얼마나 숫자를 불릴 수 있느냐 하는 것 아닐까?"

유현이 눈살을 찌푸렸다.

멀린의 말대로라면 사하라에는 상상을 초월할 정도로 거대한 요괴 생산 공장이 생겼다는 것이나 마찬가지다. 사람들은 세계수의 등장을 지구의 미래를 밝힐 등불이라며 칭송했지만, 그 결과는 인류의 파멸을 가져올 병기 생산장이었던 것이다.

"당신 말대로라면 적들은 거의 무한한 병력을 가졌다는 소리잖아? 한 번에 만들어지는 숫자는 한계가 있겠지만 그만큼 거대한 공간에서 끝도 없이 요괴가 만들어진다면……."

"이론상으로는 그렇다고 봐야겠지만, 인위적으로 사념을 모아서 뒤틀림을 발생시키는 것에도 한계는 있다네. 게다가 고위 급 요괴일수록 지능이 높은 생명체, 혹은 인간의 의념이 많이 향하는 생명체를 베이스로 삼고 탄생하는 경우가 많으니 대응이 불가능할 정도로 양과 질 모두가 높아지긴 어려울 거야."

"하지만 이걸로 저놈들이 전 세계와 맞서 싸울 병력을 확보했다는 것만은 분명하겠지. 제기랄."

유현이 이를 갈았다. 이걸로 이전부터 의아하게 생각했던 수수께끼 하나가 풀렸다. 적들이 아무리 거대 조직이라고 하더라도 전 세계를 적으로 돌리고 어떻게 맞설 생각인가 싶었는데, 요괴를 공장에서 빵 틀로 빵 찍듯이 찍어내서 자신들의 병사로 쓸 수 있다면 충분히 그럴 만하지 않은가!

멀린이 말했다.

"사하라의 수해가 더 이상 확대되게 해서는 안 돼. 아마 각 조직들도 이미 국가적인 움직임을 만들기 위한 행동에 돌입했을 걸세."

"국가적인 행동이라면 어떤?"

"글쎄. 예를 들어 무식하고 화끈한 미국 놈들이라면… 역시 핵 아니겠나?"

"사하라 한가운데에다가 핵을 떨군다고?"

유현이 깜짝 놀라서 몸을 일으켰다. 아니, 아무리 그래도 핵은 좀 너무하지 않나? 적을 섬멸하기 위한 목적이라고는 해도 그 여파가 어마어마할 텐데?

하지만 유현은 곧 냉정을 회복했다. 생각해 보면 사하라의 세계수림은 그 면적만 해도 웬만한 국가 이상이다. 사하라 사막 한가운데 저게 생겼으니까 기적이니 뭐니 떠들면서 좋아할 수 있었던 것이지, 사람 사는 지역에 생겨서 저렇게 폭증했다고 생각해 봐라. 그건 정말 감당할 수 없는 재앙이다. 현재 인공위성으로 관측된 세계수림의 면적이 62만 평방 킬로미터라고 하는데, 참고로 서울의 면적이 605평방 킬로미터 정도밖에 안 되고 대한민국 전체의 국토 면적은 10만 평방 킬로미터를 약간 넘는 정도다. 저게 대한민국 한복판에 생겼다면 벌써 국토 전체를 집어삼켜서 도시와 문명 그 자체를 파괴하고도 남았다!

"과연. 핵 외에는 답이 없군."

"없다네. 그리고 핵이라면 아무리 세계수라고 하더라도 어느 정도는 타격을 받을 테지."

"어느 정도는? 핵으로도 그 정도밖에 안 되는 건가?"

"세계수의 존재 자체가 단순히 물리적인 영역에 머무르지 않음을 알게나. 저것은 그 자체로 마법을 초월한 영역에 있는 생명의 근원이야. 저걸 섬멸하려면 단순한 핵으로는 안 될 걸세. 아마 디스트로이어 쪽에서 적절한 조치를 취하겠지."

"디스트로이어 특제의 마법 원자폭탄이라는 건가? 끝내주는군. 빌어먹을."

핵실험이 아닌, 진짜 무언가를 파괴해 없애 버리고자 하는 목적으로 핵이 발사되는 것이 도대체 얼마만의 일인가? 그야말로 세기의 이벤트가 될 것이다.

"물론 다른 조직들도 가만있지 않을 걸세. 디스트로이어의 대응 수단을 핵으로 추정한다면, 일단 우리 조직은 전략 급 마법을 사용하겠지. 러시아 녀석들은 전설의 대정령을 소환할 가능성이 높고. 금오 녀석들이 어떻게 나올지 궁금하군.

예언자 헌우라면 신수(神獸)라도 소환할지도 모르겠어."

"신수?"

"말 그대로 신격을 가진 짐승. 예를 들면 용이지. 헌우라면 아마 그런 존재를 소환해서 풀어놓을지도 모른다네. 내가 헌우라면 뭐든지 먹어치울 수 있는 그런 존재를 고르겠지. 전략 병기나 마법으로 세계수림을 파괴할 수 없다면, 먹어서 없앤다는 발상도 나올 법하지 않겠나?"

"다들 어마어마한 수단을 갖고 있군."

"핵을 보유한 국가가 어떤 위상을 갖게 되는지를 생각하면, 연옥의 무리들 역시 핵에 준하는 전략적인 파괴 수단을 갖고 있는 게 당연한 일이지 않나. 육도 역시 비슷한 것을 갖고 있네. 한 번도 쓴 적은 없지만."

전 세계적인 위기 상황이었지만 멀린은 왠지 즐겁다는 듯 웃었다. 마법사로서 연옥의 비술이 집약된 궁극의 파괴 병기들이 실전에서 사용되는 것을 볼 수 있다는 것이 그를 흥분시키는지도 모른다.

"정말로 결전의 시간이 와버린 거군."

유현이 긴장된 기색으로 말했을 때였다.

띠리리리리.

핸드폰 벨이 울려 퍼졌다. 유현은 누구 전화인가 싶어서 액정을 확인했지만 모르는 번호였다. 스팸전화일 가능성이 높

앴지만 그래도 일단 받아보기로 했다.

"여보세요? 누구신가요?"

"의외로 평범한 전화예절을 갖고 있군."

"당신은?"

유현은 흠칫 놀랐다. 전화기 너머에서 들려오는 목소리는 분명 육도 천상 계급의 일원, 환몽여제 김지아의 것이었다.

"무슨 일이지?"

"급하니까 용건만 이야기하지. 자세한 자료는 곧바로 우리 애들한테 보내질 테니까 확인하도록 하고. 새로운 예지가 이루어졌다. 지금 이야기를 전하는 시점에서 앞으로 27분 후에 놈들이 서울을 강습한다. 우리 애들하고 같이 움직여 주길 요청하는 바다."

"뭐?"

유현의 눈이 부릅떠졌다.

4

섬멸의 북풍이라 불리는 라리사 고르디바는 수송선의 기내 안전 수칙 따윈 깡그리 무시하고 담배를 피워대고 있었다. 까탈스러워 보이는 인상의 그녀가 인상을 찌푸린 채 담배를 뻑뻑 피워대고 있으니 정말 아무도 말을 걸 수가 없는 분위기가 연출되었다. 민감한 후각 때문에 괴로워하는 늑대인간 요한과 주찬은 지윤과 함께 아예 화물칸으로 도망쳤을 정도로, 지금 이 공간에 떠도는 담배 연기는 지독했다.

"긴장이라도 했나? 표정이 장난 아닌데."

그녀의 앞에서 같이 담배를 피워대고 있던 정도일이 물었다. 라리사 고르디바가 신경질적으로 대꾸했다.

"긴장, 긴장이라. 그런 건 전투에 나가기 전에는 언제든지 하고 있지."

"무슨 겁쟁이 같은 소리를."

"난 겁쟁이 맞아. 그러니까 지금까지 살아남을 수 있었던 게지."

그녀는 그렇게 대답하며 다 태운 담배를 바닥에 아무렇게나 버렸다. 그리고 창밖으로 비춰지는 한국의 풍경을 바라보며 말했다.

"솔직히 여기가 러시아가 아니라서 다행이라고 생각하고 있다."

"왜지?"

"내 조국을 내 손으로 파괴하는 것은… 나로서는 못할 짓이었을 테니까. 아마 하면서 상처받았을 거야."

"하아?"

정도일은 황당해하며 그녀를 바라보았다. 아니, 이 여자가 지금 도대체 무슨 소리를 하고 있는 거야? 섬멸의 북풍이라는 별명을 달고 다니는 여자가 무슨 그런 인간적인 소리를?

"왜 그런 눈으로 보나?"

"아니, 못 들을 소리를 들은 것 같아서. 당신 그렇게 정신 나간 소리를 진지하게 하는 타입이었나?"

정도일이 아는 그녀는 적들을 상대함에 있어 주저함이 없는 철혈의 학살자였다. 미드가르드에 들어온 이래 그녀가 죽인 일반인만 해도 수백 명 단위다. 그런데 이제 와서 저런 소리를 하다니, 도대체 무슨 생각을 하고 있는 것일까?

"내 원한은… 2년 전에 끝났어. 나는 당신과는 이 빌어먹을 세계에 들어온 이유가 좀 다르지. 내 딸은 모스크바의 풍경을 사랑했거든. 설령 그것이 다른 누군가에 의해 파괴될 것이라고 해도… 이제 와서 내 손으로 파괴하고 싶진 않았다."

"딸? 당신 딸도 있었나?"

"있었지."

라리사 고르디바는 감상에 젖은 눈으로 대답했다.

연옥의 인간이 자식을 갖는 경우가 드문 것은 아니다. 그러나 그녀처럼 7대 세력의 고위급 전투 병력씩이나 되는 이가 가정을 갖는 경우는 거의 전무하다시피 했다.

그러나 라리사 고르디바는 과거형으로 딸의 존재를 이야기하고 있었다. 이제는 더 이상 이 세상에 존재하지 않는, 기억

속에서는 영원히 순진한 어린아이로 남아 있는 딸의 존재를.

"웃기는 소리를 해버렸군. 당신 같은 쓰레기한테."

"어이쿠. 사람을 앞에 두고 그런 소릴 하면 미움받는다구, 아줌마."

"흥. 당신 따위한테 미움받든 말든 무슨 상관이겠나. 담배 나 내놔."

"날강도 같으니."

"편의점에 갈 시간이 없었을 뿐이야. 서울에는 담배가 넘 치도록 많을 테니 잔뜩 챙겼다가 나눠주지."

라리사 고르디바는 뻔뻔한 소리를 늘어놓으면서 정도일의 담배를 뺏어서 입에 물었다. 그녀가 뭘 할 필요도 없이 그녀 주변을 떠돌던 정령 중 불도마뱀의 형상을 한 불의 정령 살라 만다가 입김을 훅 불어서 담배에 불을 붙여주었다. 폐 깊숙이 담배 연기를 흡입했다가 토해내면서 그녀는 신경질적으로 중 얼거렸다.

"전투는 정말 싫은 일이야."

"그런데 왜 아직까지 전투원 일을 계속하고 있지?"

정도일이 어처구니없어하며 물었다. 이 여자, 이렇게 헛소 리를 마구 떠들어대는 스타일이 아니었는데 못 보던 사이 성 격이 좀 변한 모양이다. 2년 전에 원한이 끝났다는 소리로 보 아서 그때 이미 지금까지 연옥에서 살아오던 동기가 끝나기라도 한 것일까?

라리사 고르디바가 그를 노려보며 담배 연기를 뿜어냈다. 그리고 일그러진 웃음을 지으며 대답했다.

"달리 제대로 할 줄 아는 일이 아무것도 없기 때문이지."

"그것참 흔해빠진 이유로군."

정도일은 피식 웃었다. 정말로 개성이라고는 없어서, 주변에 있는 녀석들을 붙잡고 물어보면 열 중 아홉은 내놓을 만한 그런 대답이다. 끝내주게 시시하고, 끝내주게 미쳐 버린 대답이… 무척이나 마음에 든다.

'어차피 삶이란 시시하니까.'

죽지도 살지도 못하고, 죄도 벌도 없는 연옥이라는 공간에 빠져 허우적거리는 인생이란 그런 것이다. 언젠가 찾아올 사신이 쿨하게 총알 한 발로 자신의 인생을 마쳐 주길 기대하면서, 그들은 오늘도 삶을 실감하기 위해 전장에 발을 딛는다.

그러니까 드라마는 중요하다. 분명 라리사 고르디바는 그 드라마의 엔딩을 보고 만 것이리라. 다른 사람에게는 세상에 넘치도록 흘러 다니는 시시껄렁한 불행에 불과하지만, 그녀 자신에게는 더없이 강렬해 이 개성없는 흑백의 세상에 잊을 수 없는 색채를 부여하던 이야기의 끝을.

정도일은 문득 자신을 향해 살기를 쏘아내던 진유현의 눈빛을 떠올렸다. 지금 그의 심장을 뛰게 만드는 이 드라마는 어떤 형태로 끝날까? 해피엔딩이든 배드엔딩이든 상관은 없다. 왜냐하면 어느 쪽이라도 인간적인 행복 따위는 없이, 새카만 어둠만이 탐욕스럽게 입을 벌리고 희생자의 영혼을 갈구할 따름일 테니.

*      *      *

지윤은 정도일, 라리사 고르디바와는 다른 수송선에 탄 채 장비를 점검하고 있었다. 그런 그와 같은 공간에는 하필이면 잔뜩 신경을 곤두세우게 만드는 존재가 자리하고 있었다. 붉은 금발을 단정하게 빗어 넘기고 고급 정장을 입은 남자, 그러나 그 실체는 미드가르드 이사진의 일원이며 뱀의 하반신을 가진 나가라쟈 키오스터.

그는 기재들의 정비를 끝내더니 자리에 앉아서 창밖을 바라보았다. 그러다가 문득 지윤을 보며 입을 열었다.

"당장에라도 총을 들어 나를 쏘고 싶은 얼굴이군."

"……."

실제로 지윤은 그런 충동이 맹렬하게 일어나는 것을 느끼고 있었다. 어린 시절부터 철저하게 요기에 반응하여 적의를 일으키도록 교육받은 몸이다. 설령 깊이 잠든 상황이라도 요기가 흐르면 벌떡 일어나서 반응할 수 있었다.

"뭐 나도 예전에는 그랬으니 이해할 수 있어. 너희들은 다 그런 식으로 만들어진 생물이니 어쩔 수 없겠지."

"그런 걸 뻔히 알면서 앞에서 무방비 상태로 있는 건 배짱이 좋다기보다는 만용으로밖에 안 보이는데?"

지윤이 시큰둥하게 한마디 던졌다.

키오스터가 대단한 마물이라는 것은 인정한다. 인간일 때부터 고위 마법사였고 요괴로 전생한 후에도 계속해서 비의를 탐구해 온 몸이니 그 힘은 같은 급의 대요괴하고 비교하면 격이 다를 것이다.

그러나 지윤은 단숨에 그를 갈가리 찢어놓을 수 있다고 확신했다. 이 거리에서, 한 호흡만 틈을 보여준다고 하더라도 타흘룸을 발동시켜서 한순간에 그를 파괴할 수 있다. 대요괴의 재생력조차 무의미할 정도로 철저하게.

키오스터가 미소 지었다.

"어차피 자네도 우리가 다뤄야 할 말에 불과해. 남이 동기를 부여해 주지 않으면 왜 살아야 하는지조차 알 수 없는 도구가 주인 될 자를 죽일 수 있을까?"

'응. 얼마든지 죽일 수 있어.'

지윤은 한순간 그렇게 말하고 싶은 충동을 억눌렀다.

이 남자는 지윤에 대해서 아주 큰 착각을 하고 있었다. 육도에서 나왔을 때부터 그런 규격품으로서의 삶에서 일탈을 시작했다는 것을. 지금의 지윤은 스스로의 야망을 위해서 얼마든지 자신의 의지로 선택할 수 있는 존재다.

하지만 여기서는 참아야지. 참지 않으면 안 되지. 키오스터는 아직까지는 아군이었고, 쓸모가 있는 존재니까. 지금은 멋대로 착각하게 내버려 두자. 아마 에밀 역시 그들의 착각을 이용해 자신의 일을 진행시키고 있는 것 같으니.

지윤이 별 반응을 보여주지 않자 키오스터는 김이 샌 표정으로 책을 들고 읽기 시작했다. 지윤이 흘끔 책의 타이틀을 훔쳐보니 밀턴의 '실낙원'이었다.

'고상하시기도 하지.'

지윤은 코웃음을 치며 기재들 쪽으로 시선을 던졌다. 그곳에는 지윤의 파일럿으로 등록된 티탄도 있었다. 이미 탑승해서 여러 가지 테스트를 거치긴 했지만 저걸 타고 날뛸 생각을 하니 가슴이 두근거렸다.

'육도, 드디어 적으로 만나게 되는군.'

다른 무엇보다도 그 사실이 지윤을 흥분하게 만들고 있었다.

그 자신이 육도에 몸담고 있었기에 지윤은 육도의 무서움을 아주 잘 알고 있었다. 그들은 거대하고 강력한 집단이다. 설악산에서는 그들이 이쪽에 대해서 전혀 모르는 상태였고, 금오와 디스트로이어, 쿠로카미까지 모여든 상황이었기에 그 사이에서 어부지리를 취할 수 있었지만 이번에는 정면으로

부딪치게 될 것이다. 그들은 지금껏 맞닥뜨렸던 그 어떤 적들보다도 강대한 적이 되어 목숨을 위협해 올 터.

'예정 작전 시간은 세 시간, 그중 얼마 동안을 육도와 상대하게 될까.'

이번에도 그들이 활약할 시간은 길지 않다. 수성전으로 들어가면 인원 면에서나 화력 면에서나 적들이 압도적으로 우세하니까, 적들이 집결하기 전에 최대한 빨리 일을 마쳐야만 한다.

문득 출발하기 전에 모건이 해준 말이 떠올랐다.

"할 일은 잘 알고 있겠지?"

모건은 군이 달의 퀘이사 포인트에서 위험을 감수하고 퍼올린 지혜의 파편을 지윤에게 쥐어준 이유를 알려주면서 어떤 행동을 요구했다. 그 행동이 가져올 결과를 들은 지윤은 주저없이 그 요구를 받아들였다.

지윤은 미소 지으며 중얼거렸다.

"아주 잘 알고 있지요. 알고 있고말고."

그로부터 10분 후, 미드가르드 창설 이후 최대 규모의 작전 '라그나로크'가 전 세계 일곱 개의 포인트에서 동시에 개시되었다.

     *       *       *

부아아아아앙!

두 대의 스포츠카가 도로를 질주하고 있었다. 한 대는 붉은
색 페라리 F430 스파이더 컨버터블 모델이었고 또 한 대는 은
색 아우디 R8이었다. 본래의 스펙과는 비교도 할 수 없을 정
도로 개량된 두 대의 차는 도로교통법 따위는 아랑곳하지 않
고 경쟁적으로 속도를 높이고 있었다.

"쳇, 짜증 나는 여자로군."

은색 아우디 R8을 모는 신아연이 으르렁거렸다.

도로 사정이 좋지 않은 한국에서 스포츠카는 제대로 속도
를 내기 어렵다. 도로면이 매끄럽지 않은데다 과속방지턱이
사방에 깔려 있어서 지나치게 속도를 내다가는 그대로 튀어
서 날아가 버리는 수도 있기 때문이다.

하지만 이 두 대의 차는 연옥의 기술로 개량된 차체, 그리
고 인간을 초월한 감각을 가진 운전자들의 실력을 더해 시속
200킬로미터 이상의 속도를 내고 있었다.

"천박하게 붉은 페라리 따위나 몰고 말야. 어디까지 따라
오나 두고 보겠어!"

'…왠지 저쪽 차가 더 비싼 차라서 신경질 내는 것 같기도
하고.'

시속 200킬로미터 이상으로 달리고 있는 와중이었지만 옆에 앉은 진선희는 냉정하게 노트북 화면을 응시하고 있었다. 과속방지턱을 넘을 때마다, 마법이 작동하는 충격 흡수 장치가 있음에도 불구하고 심하게 덜컹거리지만 잠깐 눈썹만 꿈틀거리고 만다. 육도 본부에서 위성을 통해 계속해서 정보가 전달되는 중이었다.

"좀 옆으로 쏠릴 거야."

신아연이 진선희에게 경고하며 급커브에 들어갔다. 한계까지 가속했던 아우디 R8의 차체가 도로 위를 미끄러지며 그림 같은 드리프트를 선보였다. 하지만 다음 순간 신아연의 눈이 부릅떠졌다.

"저 여자가!"

거의 같은 속도로 달리고 있던 아일라의 페라리 F430 스파이더가 그녀보다 안쪽 코스를 점하며 드리프트, 거의 닿을 듯 말 듯 아슬아슬하게 앞쪽을 돌아가더니 간발의 차이로 더 빠르게 가속해서 앞서 가기 시작했던 것이다. 신아연으로서는 이를 갈 만한 일이었다.

"젠장! 당하다니!"

'도대체 이 상황에서 쓸데없는 경쟁에 열을 올리는 이유는 뭐냐고요.'

진선희는 그렇게 생각했지만 굳이 말하지는 않았다. 시속

240킬로미터로 달리고 있는데 괜히 신경을 분산시켰다가 목숨이 날아가고 싶진 않았으니까.

한편 신아연의 아우디 R8을 제쳐 버린 아일라는 여전히 무심한 얼굴로 액셀레이터를 밟고 있었다. V8 엔진이 포효하며 드리프트 시에 떨어졌던 속도가 순식간에 회복된다.

그 옆에 타고 있는 신우는 완전히 얼어 있었다. 아차 하는 순간 목숨이 날아갈 수 있는 속도로 과격한 운전을 계속하는 그녀가 제정신으로 보이지 않는다. 방금 전의 드리프트 때, 굳이 신아연의 안쪽으로 파고들어서 차체가 아슬아슬하게 비껴갔을 때는 진짜 심장이 멈추는 줄 알았다.

"후어어어어."

"왜 그러지?"

"아, 아니 그냥 좀 무서웠어요."

"염려할 거 없어. 도로에 차량도 별로 없어서 사고 날 위험은 없으니까."

'200킬로미터 넘는 속도로 그렇게 닿을락 말락 하게 달리면서 할 소리가 아닌데요!'

신우는 그렇게 생각했지만 현명하게 말을 아끼기로 했다. 괜히 신경을 분산시켰다가 삐끗하기라도 하면 후회할 것은 자신이었으니까.

하긴 현재 상황은 그야말로 긴급 상황, 아무리 빨리 달려가

도 적들이 먼저 일을 벌이고 있을 타이밍이다. 괜히 목숨을
건—정작 운전자들은 태연하지만—드라이빙을 계속하고 있는
게 아니었다.

'아, 타고 가겠다고 하지 말걸. 차라리 한얼을 태우고 내가
멀린 할아버지한테 매달려서 가는 건데.'

신우는 페라리 F430 스파이더의 붉은 차체에 현혹되어 조
수석에 타고 가겠다고 말한 자신의 선택을 저주했다. 한얼처
럼 고속 비행마법으로 날아가는 멀린에게 매달려 가는 편이
나았을 텐데.

하지만 이때 한얼은 신우를 세상에서 가장 부러운 사람 취
급하고 있었다. 멀린의 몸에 묶인 쇠사슬에 대롱대롱 매달린
채 하늘을 날고 있으니 그럴 만도 했다. 이런 때는 보통 등에
업히는 것이 정상적이겠지만 그 자리는 성아가 차지하고 있
어서 어쩔 수가 없었다.

'어쩌다가 이런 신세가 됐는지 원.'

그는 지상을 질주하는 스포츠카들을 보며 한숨을 쉬고 말
았다. 멀린이 나는 속도는 맹렬히 질주하는 스포츠카보다 느
렸지만 지형을 무시할 수 있었기에 실질적인 이동 속도는 비
슷했다.

그리고 지상에서는 유현과 난슬이 스포츠카를 능가하는
속도로 달리고 있었다. 유현의 최고 속도는 스포츠카보다 더

빠른데다가 지형도 가리지 않았고, 난슬 역시 대요괴답게 그에 지지 않는 속도를 낼 수 있어서 두 사람은 다른 이들보다 한참 앞서 가고 있었다.

"저쪽은 슬슬 시내로 들어가면 이동 속도가 확 떨어지겠군."

유현이 네비게이션으로 서울 시내의 도로 사정을 파악하고 눈살을 찌푸렸다. 지금이야 도로가 휑하니 비어 있어서 아일라도 신아연도 전속력으로 밟아대고 있지만, 조금 있으면 속도가 확연히 떨어질 것이다. 계엄령이 발령된 이후 서울의 교통 사정도 상당히 숨이 트이긴 했지만 아직까지도 교통 정체 자체가 사라진 것은 아니었으니까.

그렇게 달리고 있을 때 진선희가 텔레파시 링크를 통해서 절망적인 소식을 전했다.

─시작됐습니다.

"젠장!"

유현이 이를 갈았다. 고작 27분 전에 상황을 알게 되는 바람에 이것저것 준비를 갖추고 나왔을 때는 이미 19분 전이었고, 그 상황에서는 유현 일행이 아무리 빨리 이동해도 시간에 맞출 수 없었다.

그 사실은 이미 알고 있었지만 이렇게 확인 사살을 당하고 나니 울컥한다. 육도에서는 적들이 지금까지와는 다른 패턴으로 움직이고 있다고 했다. 분명히 종로 습격 이래로 계속된 일련의 '요괴의 존재를 알리기 위한' 행위와는 다른 목적을 갖고 움직이는 것이라고.

그 목적이 무엇인지는 알 수 없지만 좋은 게 아니라는 것만은 분명하다. 또 분명히 도시는 파괴되고 일반인 희생자들이 마구 발생할 것이다.

그렇게 생각하자 그들에 대한 살의가 맹렬하게 불타올랐다.

'기다려라, 다 죽여 버릴 테니까!'

유현은 그 분노를 갈무리하며 더더욱 가속을 붙였다. 질풍으로 화한 그의 몸이 산을 넘어 그 저편으로 달려나갔다.


5


몇 개월 전에 요괴 강습 사건이 있었는데도 불구하고 종로 거리에는 사람들이 많았다. 기업들이 밀집해 있는 지역이니 어쩔 수 없는 일이었지만 그래도 그때 직접 자신의 손으로 이곳을 아비규환으로 만들었던 지윤으로서는 좀 기가 막혔다.

"아, 유령도시가 되는 걸 기대한 건 아니지만 이건 좀 대단하군."

인간이란 어쩌면 이렇게까지 빨리 잊어버리는 존재인 것일까? 수천 명 단위의 학살극을 펼쳤는데도 4개월 만에 그것을 잊고 그 장소를 돌아다니면서 일을 하고, 누군가를 만나서 뭘 먹고, 웃고 떠들고, 책을 살 수 있단 말인가?

물론 그때하고는 분위기가 많이 달라졌다. 일단 사람들 숫자도 많이 줄었고 곳곳에 총기를 든 군인들이 돌아다니는 것을 볼 수 있었다. 그들이 들고 있는 것은 연옥의 기술이 도입된 특수총기인만큼 발화 억제 주문을 뚫고 요괴에게도 직접적인 타격을 줄 수 있으리라.

하지만 그럼에도 불구하고 그곳의 사람들은 생명의 위협 따윈 모르겠다는 듯 웃고 떠들고 있었다. 정부에서 권장하는 안전 수칙에 따라 사람이 없는 으슥한 곳이나, 밤의 어둠만을 피하면 된다고 생각하는 것처럼.

"정말 답이 없군. 저런 멍청한 머리통에는 총알을 박아주는 수밖에 없겠어."

작전은 경복궁 상공에서 시작되었다. 수송기와 헬리콥터를 타고 모여든 미드가르드의 병력은 백 단위였다. 지금까지 한국에서 이루어진 작전 행동 중에 최대의 병력이 투입되는 셈이었다. 하지만 앞으로 세 시간 이상 적들을 막아내야 할 것을 감안하면 이것도 터무니없이 적었다.

"이쪽 움직임이 읽혔다. 다들 주의하도록."

통신기를 통해서 키오스터의 목소리가 들려왔다.

과연 서울 시내 곳곳에 무장한 연옥의 전사들이 모습을 드러내고 있었다. 육도의 본진은 아직 도착하지 못했겠지만 서울에 파견되어 있는 파견 병력과 서울을 지켜온 강호들이 그들을 맞이하기 위해 기다리고 있었다.

그리고 자세히 보니 일반인들의 움직임도 이상했다. 다들 자신들이 그러고 있다는 사실도 모르는 채 그 자리를 벗어나고 있었다. 하나하나의 움직임은 자연스러웠지만 위에서 내려다보면 그들 군중이 어떤 목적을 가진 집단처럼 경복궁 부근에서 이탈하는 것을 알 수 있었다.

"텔레파시로 통제하고 있는 건가? 안간힘을 쓰는군."

지윤은 피식 웃으면서 라이플을 들었다. 그의 뒤에 서 있던 키오스터가 눈살을 찌푸리며 물었다.

"뭘 할 셈이지?"

"작전은 시작된 것 아닌가? 그럼 이런 일 정도는… 상관없겠지."

파밧!

지윤은 아무것도 모르는 채 전장에서 이탈하고 있는 군중들을 향해 라이플의 방아쇠를 당겼다. 군중들 한가운데서 피보라가 솟구치며 사람들의 비명이 울려 퍼졌다.

"꺄아아아아악!"

"좋아. 내려간다. 티탄은 따로 사출해!"

지윤은 조종사의 대답을 듣지 않고 수송선에서 뛰어내렸

다. 낙하하면서 계속해서 방아쇠를 당기자 몇 명의 사상자가 발생하고, 군중들이 패닉에 휩싸여서 비명을 지르며 달아나기 시작했다.

투두두두두!

그런 그를 향해 사방에서 총격이 쏟아졌다. 사태를 최대한 원만하게 수습하려 했다가 방해를 받은 적들의 분노가 실린 공격이었다. 그러나 지윤은 그 공격들을 가볍게 방어해 내면서 지상에 내려섰다.

"완전 미쳤군."

라리사 고르디바는 지윤의 돌발 행동을 보며 눈살을 찌푸렸다. 필요하다면 일반인을 학살하는 데 전혀 주저함이 없는 그녀지만, 지금은 전혀 그럴 필요가 없는 국면이었다. 패닉에 빠진 군중들은 서로 밀치고 쓰러뜨린 자를 밟으면서 아비규환을 연출하고 있었다.

"전주곡으로서는 최고잖아?"

정도일은 씩 웃으며 뛰어내렸다. 라리사 고르디바는 고개를 설레설레 젓고는 그 뒤를 따라서 뛰어내렸다.

두 사람이 광화문 위에 내려서자마자 적들의 집중 포화가 쏟아졌다. 그러나 그 총알들은 두 사람의 주변에서 갑자기 솟아난 얼음 방벽을 꿰뚫으면서 전부 다 궤도가 틀어졌고, 위력이 떨어진 상황에 그 안쪽에서 기다리는 진공의 방벽에 맞고

팅겨 나갔다.

두 가지 정령술로 간단하게 총격을 막은 라리사 고르디바가 가까운 적에게 손을 뻗으며 중얼거렸다.

"언제나 그렇듯이 딱히 원한이 있어서 죽이는 건 아냐."

후우우우우우!

공기 중의 수분이 응결하며 눈보라가 몰아치기 시작했다. 적들은 갑자기 급변하는 기후에 경악을 금치 못했다. 러시아의 동토로부터 몰려온 눈보라의 정령들이 라리사 고르디바의 힘에 의해 이 자리에 모습을 드러내고 있었다. 얼음으로 빚어낸 나체 여인의 조각상 같은 모습을 한 정령들이 입을 벌리고 차가운 울부짖음을 토해내자 그 주변에 있는 자들이 한순간에 얼어붙어 버렸다.

"그럼 섬멸전은 당신에게 맡겨두고 난 휘말려들기 전에 다른 데로 가서 놀지."

정도일은 그렇게 말하고는 자취를 감추었다. 그의 기척이 공간에 녹아들 듯이 사라지는 것을 느끼며 라리사 고르디바는 코웃음을 쳤다.

"섬멸전이라, 확실히 그건 내 전문 분야지."

휘이이이이이!

느긋하게 담배를 꼬나 물고 있는 그녀의 주변에는 칼날 같은 바람이 몰아치고 있었다. 이미 그 주변의 기온은 영하 70도

밑으로 떨어졌다. 방한 장비 없이는 영역에 들어서는 것조차 어려울 것이고, 라리사 고르디바의 인식 거리 안으로 들어오면 한순간에 영하 200도 이하의 냉기를 받고 얼음기둥이 되어 버리고 만다.

그렇다면 멀리서 저격하는 수밖에 없었는데 그것도 어려웠다. 휘몰아치는 눈보라와 얼어서 터져 버릴 것 같은 한기가 시야를 확보하지 못하게 만들기 때문이다. 저격수들은 그래도 이를 갈며 공격을 시도했지만 총탄은 전부 다 표적에서 크게 벗어난 곳에 떨어지고 있었다.

게다가 라리사 고르디바는 그 자리에 그냥 서 있기만 하는 것이 아니다. 그런 막강한 눈보라를 품은 채 서서히 전진한다. 그렇게 전진하는 것만으로도 그녀를 둘러싼 눈보라의 영역이 이동하면서 그 주변을 쓸어버렸다. 슬슬 날이 풀리기 시작하고 있던 도시의 풍경이 한순간에 변해 버리는 모습은 거의 공포였다.

그야말로 막을 자가 없는 죽음의 전진! 몇몇 전사들이 마법사들의 서포트를 받고 그 영역 안으로 뛰어들었지만 라리사 고르디바의 근처에도 가보지 못하고 얼어붙은 시체가 되었다. 게다가 라리사 고르디바는 그들에게 안식마저 허락하지 않았다.

"용감한 전사들에게는 한 줌의 재가 될 때까지 계속해서 싸우는 운명이 어울리지."

　라리사는 정령과 일체화하여 차가운 숨결을 얼어붙은 시
체에 불어넣었다. 그러자 완전히 얼어버린 그 신체가 뿌드득
거리며 움직이기 시작하더니 급격하게 변형을 시작했다. 응
결된 수분이 몰려들며 그들을 거대한 설인(雪人)으로 탈바꿈
시켜 놓았다.

　"크어어어어!"

　2미터 이상의 거대한 설인들이 울부짖으며 라리사의 주변
을 맴돌았다.

　그것을 본 적들은 전율을 금치 못했다. 이토록 막강한 힘이
라니, 이 자리에 있는 마법사들과는 차원이 달라도 너무 다르
지 않은가? 저건 그야말로 일인군단이다!

　라리사 고르디바가 정령술을 전개하는 것과 동시에 미드
가르드의 다른 병력들이 강하, 요괴의 알을 개방해서 인공 요
괴들을 수백 마리나 풀어놓았다. 미드가르드의 병력을 제외
한 모든 존재들에게 적의를 품은 폭주하는 요괴들이 사방으
로 흩어져서 날뛰었다. 미드가르드의 병력은 그들을 방패 삼
아서 적들의 위치를 포착하고 공격을 가하고 있었다.

　그리고 경악하는 적들 사이를 한 명의 검사가 누비고 있었
다.

　쉬쉬쉬쉬쉭!

허공을 뱀처럼 누비는 새카만 칼날이 한순간에 수십의 목숨을 앗아간다. 고층빌딩 사이를 뱀처럼 누비는 흑검사 세르반테스는 상대방과 두 합 이상을 겨루는 일이 없었다. 그와 맞닥뜨린 상대는 전부 한 합에 피를 뿌리며 쓰러져 갔다.

비명이 들릴 때마다 저격수들이 그의 위치를 파악하려고 했지만, 그는 철저하게 저격수의 시선이 닿지 않는 사각지대를 골라서 움직였다. 그러다가 어느 순간 적들이 자신의 동선을 예측했다 싶으면 곧바로 패턴을 바꿔서 저격수들을 직접 처리했다.

그 반대편에서는 정도일이 아무도 모르게 움직이다가 한순간 모습을 드러낼 때마다 몇 명씩 죽어나가고 있었다. 신조차 죽일 수 있는 암살자라는 별명을 가진 자답게 그가 지척까지 다가와도 적들은 그의 존재를 눈치채지 못했다. 비로소 그의 존재를 눈치챘을 때는 이미 그의 검이 육신을 가르고 지나간 다음이었다.

"시시하군. 육도의 본진을 기다려야 하나?"

정도일이 권태롭기까지 한 표정으로 중얼거렸다.

그때 지윤은 격렬한 전투를 벌이고 있었다. 네 명의 일급 진투원 중 가장 고전하고 있는 중이었다.

투두두두두!

날아드는 총격의 탄도를 계산, 적이 방아쇠를 당기기 직전에 피해내면서 타흘룸을 발동해 근거리에 있는 적을 격살하고 라이플을 들어서 멀리 있는 자들을 쏘아 떨군다. 날아드는 마법을 피하고 방어하면서 가까이 다가온 병력들은 타흘룸으로 산산조각 내고, 쌍검으로 마검술을 펼쳐 나머지를 쓸어버렸다. 그렇게 죽인 숫자가 순식간에 30명을 넘어가고 있었다.

지윤은 처음부터 자신을 드러내는 바람에 맹공에 시달리고 있었다. 라리사 고르디바처럼 압도적인 마력과 화력을 가진 것도 아니었기에 정면으로 모습을 드러낸 채 돌격해 오는 적들을 일일이 맞아서 해치우고 있었다.

"젠장. 손해 보는 포지션을 선택해 버렸잖아."

쌍검에 묻은 피를 털어내는 그의 뒤쪽으로 티탄이 사출되었다. 4.7미터의 거구를 자랑하는 강철의 거인이 자율지능에 의해 충격을 흡수하면서 아스팔트 위에 내려섰다.

쿠우웅!

마법으로 충격을 완화시켰는데도 불구하고 압도적인 중량으로부터 비롯된 충격이 아스팔트를 유리처럼 깨뜨려 버렸다. 깨진 아스팔트 파편들이 치솟아오르는 것을 보면서 적들이 경악했다.

"저건 뭐야!?"

"이족 보행형 전차? 아니, 전투용 골렘인가?"

그들의 경악을 뒤로하고 지윤은 곧바로 티탄 쪽으로 달렸다. 티탄의 조종석이 열리면서 탑승자를 보호하기 위해 주변에 강력한 결계가 전개되었다. 날아드는 총탄이 결계에 걸려 튕겨 나가는 것을 보면서 지윤은 티탄에 올라타자 망막 스캔부터 시작해서 파일럿 확인 과정이 빠르게 이어졌고, 곧바로 티탄의 시스템이 전투 모드로 전개되었다.

"내 마력이 별로 남아돌지 않는 관계로, 너희들은 이 대량 학살병기의 희생자가 되어줘야겠다."

지윤은 당황하는 적들을 향해 티탄의 팔을 들어 올렸다. 그리고 주저없이 20밀리 기관포를 갈겨대었다.

투두두두두두!

티탄의 팔에 장착된 총구가 불을 뿜자 적들이 박살 나서 흩어지기 시작했다. 지윤 앞에 모습을 드러낸 병력들은 물론이고 티탄의 센서에 잡힌 적들은 전부 그 총격에서 벗어나지 못했다. 압도적인 기관포의 위력에 사람은 물론이고 도로에 주차되어 있던 차가 걸레짝이 되어 박살 나고, 건물들의 유리가 줄줄이 깨져 나갔다.

"하하하하! 신나는데!"

적을 죽이는 것을 넘어 눈앞에 보이는 풍경이 박살나고 있는 것에 신이 난 지윤에게 한 발의 저격이 날아들었다. 티탄의 장갑에 튕겨 나간 총격으로 저격수의 위치를 파악한 지윤은 곧바로 그 방향을 향해 왼팔을 들어 올렸다.

"네놈에게는 과분한 선물을 주지. 이 싸움을 기념하는 축
포다!"

쿠아아아아!

그리고 레일건이 불을 뿜으며 마하 8.4의 섬광으로 화한
포탄이 빌딩을 관통했다. 폭음이 울려 퍼졌다고 생각한 순간
포탄은 이미 수 킬로미터를 날아가서 마찰열로 타버리고 있
었다. 뒤이어 빌딩의 유리창이 모조리 깨져 나가고 뒤이어 터
진 충격파로 인해서 건물이 옆으로 기울어졌다.


오지윤, 정도일, 세르반테스, 라리사 고르디바 네 명이 경
이로운 힘을 보여주고 있긴 했지만 미드가르드가 모든 전장
을 압도하고 있는 것은 아니었다. 그들 외의 일반 병사들은
서울의 강호들을 상대로 고전을 금치 못했다. 상당수의 요괴
들을 풀어놓았음에도 불구하고 전투가 시작되고 난 지 10분
도 못 돼 벌써 다섯 명이 사망했고 세 명이 전투 불능 상태에
빠졌다.

"생각보다 적들의 수준이 높군. 네 명만 믿고 있을 순 없겠
어."

전황을 파악한 키오스터가 눈살을 찌푸렸다. 서울의 조직
들도 강했지만 그들 사이에 끼어 있는 육도의 파견 병력들이

상당한 힘을 발휘하고 있었다.

이대로라면 육도의 본진이 올 경우 감당하기 어려워진다. 그들의 움직임을 완전히 읽을 수 없는 만큼 다소 초조한 기분이 들었다. 물론 그렇게 될 경우의 대비책도 마련되어 있긴 하지만, 오랜 시간 동안 그들을 두려워해 온 키오스터의 입장에서는 과연 그것으로 충분할까 하는 의심이 들고 있었다.

지금 그는 경복궁 중심부에 들어와 있었다. 경복궁의 경비 병력은 모조리 참살되었고, 그 안에 매복하고 있던 연옥의 병력 역시 얼마 버티지 못하고 정리되었다.

키오스터는 사방에 흩어진 피와 살점을 밟고 선 채 하늘을 올려다보며 명령했다.

"청소가 끝났다. 묘목을 사출해."

"알겠습니다."

통신기에서 수송기를 몰고 있는 조종사의 대답이 들려왔다. 곧 수송기의 아래쪽이 '묘목' 이라 불리는 존재를 사출하기 위해서 열리기 시작했다. 그런데 그 순간이었다.

쾅!

"아니?!"

키오스터는 경악으로 눈을 부릅떴다. 안전한 고도까지 올라갔다고 생각했던 수송기가 갑자기 날아든 공격에 맞고 파괴되었기 때문이다. 전광석화처럼 날아든 섬광이 커다란 수송기를 일격에 파괴해 버렸고, 불길에 휩싸인 수송기는 군인 아파트 쪽으로 추락해 가기 시작했다.

"젠장! 설마 육도가 벌써 온 건가?"

키오스터는 당혹스러움을 감추지 못했다. 다음 순간 허공에 벼락이 번쩍이며 헬기와 수송기들이 연달아 파괴되기 시작했다.

꽈르릉! 꽈릉!

그것을 본 키오스터는 아주 강력한, 어쩌면 그 자신과 필적할지도 모르는 마법사가 등장했다는 사실을 알아차렸다. 여기서는 일행 중 가장 강력한 마법사인 자신이 적과 맞서야겠지만, 그는 전혀 그럴 생각이 없었다. 그가 이 작전에서 맡은 역할은 전투가 아니었다. 전투는 아랫것들에게 맡겨두고, 어디까지나 계획의 중추를 수행하고 나서 안전하게 이탈하기만 하면 되었다.

그는 호위 병력과 함께 경북궁을 벗어나서 '묘목'을 실은 수송기의 추락 지점을 향해 달려갔다. 수송기가 파괴된 것은 예상 밖의 일이었지만 그 안에 있는 기재는 쉽게 파괴되지 않는다. 방금 전의 공격은 강력했지만 안에 든 것들은 무사할 것이다.

"새로운 적들이 나타났다! 수송기 추락 지점으로 향하고 있으니 내 주변을 지키도록!"

통신을 통해서 그의 목소리가 울려 퍼졌다. 한창 적들을 학살하고 있던 정도일은 피식 웃으며 중얼거렸다.

"역시 담이 콩알만 하군. 벌써 겁먹었나."

뭐 수백 년에 걸쳐 7대 세력의 눈을 피해 쥐새끼처럼 살아왔으니 새가슴이 되는 것도 무리가 아니다. 아군의 전력이 아무리 강해도 파블로프의 개처럼 7대 세력만 등장하면 두려움에 떨게 되는 게 당연하다.

'하지만 저런 놈이라도 에밀의 계획상 아직 필요한 놈이라고 하니.'

정도일은 머리를 긁적이며 키오스터 쪽을 향해 달리기 시작했다. 아니, 그러려고 했다.

순간 차가운 살기가 그의 심장을 관통했다. 오싹한 감각이 느껴지는 순간, 정도일은 앞뒤 가리지 않고 지금 이동하려던 곳과 반대 방향을 향해 뛰었다.

쾅!

그리고 실로 간발의 차이로 그가 달려가려던 지점을 총탄이 꿰뚫었다. 마하 5 이상의 속도로 날아든 특수탄 발몽이 강렬한 충격량으로 빌딩의 옥성을 관통하고 그 안쪽에 처박혔다. 충격파로 대기가 요동치는 것을 느끼며 정도일은 빌딩 위에서 앉아 쏘는 자세를 취하고 있는 저격자를 바라보았다.

그곳에는 지나치게 길어 보이는 초장거리 저격용 라이플 궁니르 GTX77을 쥐고 있는 소년이 있었다. 왼쪽 눈에서 희미한 빛을 발하고 있는 소년이 불어오는 바람에 머리칼을 휘날리며 정도일을 노려보았다.

홍분으로 달아오른 정도일의 눈동자와 얼음처럼 싸늘한 진유현의 눈동자가 마주쳤다. 정도일은 가슴이 미친 듯이 뛰는 것을 느끼며 희열에 찬 목소리로 외쳤다.

"왔구나! 나의 적!"

〈제6권 끝〉

# 가면의 레온

*the Mask of Leon*

눈매 퓨전 판타지 소설

**중원을 공포로 떨게 만든 희대의 악마, 혈마존.
그의 영혼이 기억을 잃은 채 차원 이동을 한다.**

한 소년과 몸이 바뀐 후 깨어난 혈마존.
기억은 지워지고 싸가지없는 본성만 남았다!
욱할 때마다 튀어나오는 살벌한 말투와 그의 독자 무공.

**'아, 나는 왜 이렇게 성격이 더러운가?
어째서 이리도 잔인한 기술을 알고 있는 것인가? 착하게 살고 싶다.'**

살인광이었던 그가 전혀 어울리지 않는 대신관이 되기로 결심한다.
하지만 그 본성이 어디 가나……

**"이런 빌어 처먹을 놈들, 신전에서 봉사 활동 안 할래?"**

유행이 아닌 자유추구 –
WWW.chungeoram.com
Book Publishing CHUNGEORAM

임준욱 장편 소설

# 무적자
# WITHOUT MERCY

그의 이름은 임화평(林和平)이다.
이름처럼 살기를 소망했고 그렇게 살아왔다.
그를 건드리지 말았어야 했다.
조용히 살게 놔두었어야 했다.

"너희들 실수한 거야.
내 세상의 중심,
내 평안의 근거를 깨뜨린 거다.
세상 그 무엇과도 바꿀 수 없는……
알게 해주마, 너희들이 누구를 건드린 건지."

그의 고독한 여정이 시작되었다.

―오, 바라타족의 아들이여, 언제든지 정의가 무너지고 정의가 아닌 것이
판을 치는 때가 되면 나는 곧 나 자신을 나타내느니라.
올바른 자를 보호하기 위하여, 악한 자를 멸하기 위하여, 그리하여 정의를
다시 세우기 위하여, 나는 시대에서 시대로 태어난다.

〈바가바드기타 중에서〉

유행이 아닌 자유추구 ―
WWW.chungeoram.com
Book Publishing CHUNGEORAM

정봉준 新무협 판타지 소설

『철산전기』의 작가 정봉준!!!
팔선문을 통해 또 다른 유쾌함을 선사한다!!

뛰어난 자질을 갖춘 팔선문의 대제자 유검호,
그의 치명적인 단점은 게으름과 의지박약!

천하제일마두의 기행에 재수없이 동참하게 된 의지박약아.
갖은 고생 끝에 가까스로 고향으로 돌아오다.

"무림? 그딴 건 개나 주라 그래. 나만 안 건드리면 돼!"

시간을 가르는 그의 행보에 무림이 뒤집어진다!!!

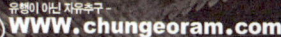
유행이 아닌 자유추구 -
WWW.chungeoram.com
Book Publishing CHUNGEORAM

# War Mage
## 워메이지
### 김재한 퓨전 판타지 소설

사람들이 인식하는 상식의 세계 이면,
짙은 어둠이 드리워진 그곳에 사는 괴물들이 있다.

문명이 드리운 그림자 속에서, 전투기계들과
인간의 사념으로부터 태어난 마물들이 격돌한다.
마법과 주술이 난무하는 초현실적인 전장,
소년은 그곳에 서는 대가로 인생을 잃었다.
운명의 노예가 되어 가족과 인성을 잃어버린 소년, 진유현.

총염(銃炎)과 검광(劍光)이 뒤얽히는
어둠의 거리에서, 운명의 족쇄를 끊고 나온
소년의 눈이 살의를 발한다.

유행이 아닌 자유추구 -
WWW.chungeoram.com
Book Publishing CHUNGEORAM